Laura Imai Messina • Die Telefonzelle
am Ende der Welt

Laura Imai Messina

# Die Telefonzelle
# am Ende der Welt

Roman

Aus dem Italienischen
von Judith Schwaab

btb

*Für Ryōsuke, für Sōsuke und Emilio,*
*und für die Stimmen,*
*die euch immer begleiten werden.*

# Vorbemerkung

Für die Transkription japanischer Begriffe wurde das soge-
nannte Hepburn-System verwendet, laut dem die meisten
Vokale wie im Deutschen ausgesprochen werden und die
Konsonanten wie im Englischen. Außerdem gilt:

*ch* wie in Peitsche
*g* wie im Deutschen, auch *ng*
*h* stimmhaft, wie im Deutschen
*j* stimmhaft, wie in »Dschungel«
*s* stimmlos, wie in »Masse« oder »Maße«
*sh* wie ein weiches, deutsches *ch*
*u* wie ein *u* mit nicht gerundeten Lippen; klingt oft auch
wie ein *ü*
*w* wie das *w* im Englischen, aber ohne Rundung der Lippen
*y* wie das deutsche *j* in »Jacke«
*z* stimmhaftes *S* wie in »sagen« oder »Sonne«.
Der Strich über einigen Vokalen, das sogenannte Makron,
kennzeichnet einen langen Vokal.

*Diese Geschichte erzählt von einem Ort, den es wirklich gibt. Er liegt im Nordosten Japans, in der Präfektur Iwate.*

*Eines Tages errichtete ein Mann am Fuße des Kujirayama, des Walberges, ganz in der Nähe der Stadt Ōtsuchi, im Garten seines Hauses eine Telefonzelle. Ōtsuchi gehört zu den Städten, die von dem verheerenden Tsunami des 11. März 2011 am schwersten betroffen waren.*

*Im Inneren der Zelle steht ein altes, nicht angeschlossenes Telefon, aus dem die Stimmen des Windes zu hören sind.*

*Hunderttausende von Menschen pilgern Jahr für Jahr zu diesem Telefon.*

Es ist der Übergang der Gestalten von einem Leben/
zum anderen. Ein Konzert, in dem / nur das
Orchester wechselt./ Doch die Musik bleibt,
sie ist da.

    *Mariangela Gualtieri*


Steh auf, Nordwind, und komm, Südwind, und
wehe durch meinen Garten, dass der Duft seiner
Gewürze ströme! Mein Freund komme in seinen
Garten und esse von seinen edlen Früchten.

    *Hoheslied 4, 16, Anrufung der Braut*


Verschenke sie also nicht zu schnell, die Liebe.

    *Kojiki*

# Prolog

Der Wind peitschte auf die Pflanzen des großen, an einem Hang gelegenen Gartens von Bell Gardia ein.

Instinktiv nahm die Frau den Arm vors Gesicht, um sich zu schützen, und beugte sich nach vorn. Doch dann richtete sie sich wieder auf, stemmte sich der Witterung entgegen.

Kurz vor Morgengrauen war sie gekommen, hatte zugesehen, wie es hell wurde, noch bevor die Sonne aufging. Sie hatte große Säcke aus dem Auto geladen: fünfzig Meter aufgerollte, dicke Plastikfolie, mehrere Packungen Isolierband, zehn Schachteln Nagelringe für die Befestigung im Boden sowie einen Hammer mit Damengriff. Bei Conan, dem großen Baumarkt, hatte ein Verkäufer sie gebeten, ihm ihre Hand zu zeigen, er wolle lediglich ihre Größe für den Griff messen, doch sie zuckte zusammen und blieb ihm eine Antwort schuldig.

Mit schnellen Schritten näherte sie sich jetzt der Telefonzelle, die ihr unendlich zerbrechlich erschien, wie aus Zuckerwatte und Baiser gemacht. Schon jetzt war der Wind zu einem Sturm angewachsen, und die Zeit wurde knapp.

Gut zwei Stunden arbeiteten beide ohne Unterlass dort auf dem Hügel von Ōtsuchi: sie – die nicht nur die Zelle, sondern auch die Bank, das Schild am Eingang und den kleinen Bogen, der als Wegweiser diente, in Plastikplanen wickelte – und der Wind, der nicht einen Augenblick lang aufhörte, sie zu umtosen. Ab und zu schlang sie unwillkürlich die Arme um sich, als wollte sie sich selbst umarmen, so wie sie es seit Jahren tat, wenn ihre Gefühle sie überwältigten, doch jedes Mal richtete sie sich wieder auf, streckte den Rücken und stemmte sich erneut trotzig der Wolkenbank entgegen, die mittlerweile den gesamten Hügel einhüllte.

Erst als sie mit allem fertig war, als sie sogar glaubte, den Geschmack des Meeres im Mund zu haben, als wäre die Luft von unten aufgestiegen und die Welt stünde Kopf, hielt sie endlich inne. Erschöpft ließ sie sich auf die Bank sinken, die unter ihrer dicken Plastikhülle aussah wie eine Seidenraupe, ihre Schuhsohlen dick verkrustet von Lehm.

Wenn die Welt jetzt unterginge, so sagte sie sich, dann würde sie eben mit ihr untergehen. Doch sollte auch nur die geringste Möglichkeit bestehen, sie auf den Beinen zu halten, selbst in einem ungelenken Gleichgewicht, dann würde sie auch das letzte Körnchen Energie aufbringen, um ihr zu helfen.

Die Stadt unter ihr schlief noch immer. In manchen Fenstern brannte bereits Licht, doch in Erwartung des Taifuns hielten die meisten Menschen die Fensterläden geschlossen und vernagelten sie mit Brettern. So mancher hatte gar Sandsäcke vor seinem Haus gestapelt, um den Wind in seinem Wüten davon abzuhalten, die Barrikaden zu durchbrechen und den Wassermassen Tür und Tor zu öffnen.

Doch Yui schien den Regen gar nicht zu bemerken, den Himmel, der bis zu ihren Schuhen herabgesunken war. Sie betrachtete ihr Werk, die dicken Schichten aus Plastikfolie und Isolierband, in die sie alles eingewickelt hatte: die Telefonzelle, die Holzbank, die akkurat aufgereihten Steinplatten, die den Weg formten, den Bogen am Eingang und das Schild mit der feierlichen Aufschrift: »Telefon des Windes«.

Alles war mit einer Schicht aus Erde und Regentropfen bedeckt. Selbst wenn der Taifun etwas wegrisse oder gar mit sich forttrüge – Yui würde bleiben, um es zurückzuholen.


Das Augenscheinlichste in diesem Moment kam ihr gar nicht in den Sinn – nämlich, dass die Dinge nicht so hinfällig sind wie das Fleisch. Materielles kann immer repariert oder ersetzt werden, der Körper hingegen ist irreparabel; wenngleich er auch stärker ist als die Seele, für die es keine Heilung gibt, wenn sie erst einmal in Stücke gegangen ist, so ist er doch schwächer als das Holz, das Blei, das Eisen. Dass sie selbst in Gefahr war, war ihr nicht einen Augenblick bewusst.

»Es ist schon September«, flüsterte Yui und betrachtete die schwarze Himmelswand, die sich aus Osten näherte. *Nagatsuki* 長月, der »Monat der langen Nächte«, der Name, den man ihm schon in uralten Zeiten gegeben hatte. Sie erinnerte sich, dass sie damals genau diesen Satz jeden Monat gesagt hatte. Es ist schon Oktober, November, Dezember. Es ist schon April, hatte sie gesagt, und dann war es Mai und so weiter, während ein Tag auf den anderen folgte, seit jenem 11. März des Jahres 2011.

Jeder Tag, jede Woche war ein Kampf, jeder Monat einfach nur angehäufte Zeit, gesammelt und eingemottet für eine aufgeschobene Zukunft, von der Yui gar nicht wusste, ob sie jemals eintreffen würde.

Yui hatte langes rabenschwarzes Haar, das nur an den Spitzen blond war, als wäre der Ansatz von unten nach oben nachgewachsen. Seit ihre Mutter und ihre Tochter in den Mahlstrom des Meeres gesogen worden waren, hatte sie ihr Haar nicht mehr gefärbt. Stattdessen hatte sie es nur ab und zu ein Stückchen abgeschnitten und ansonsten wachsen lassen, wie eine Aureole, die langsam nach unten wanderte. So kam es, dass die Farbe ihres Haares, genauer der Abstand zwischen dem fahlen Gelb von früher und dem ursprünglichen Schwarz, von der Dauer ihrer Trauer erzählte. Sie war zu einer Art Kalender geworden.

Ihr Überleben hatte sie vor allem diesem Garten zu verdanken, dieser weißen Zelle mit der Schiebetür und dem schwarzen Telefon auf der Ablage, dem Spiralheft daneben. Sie wählte eine beliebige Nummer auf der Wählscheibe, hielt sich den Hörer ans Ohr und ließ ihre Stimme hineinfallen. Manchmal weinte sie, aber manchmal musste sie auch lachen, weil das Leben so komisch sein kann, auch wenn etwas Schreckliches geschieht.

Jetzt war er fast über ihr, der Taifun. Yui hörte, wie er sich näherte.

In dieser Gegend waren Wirbelstürme nichts Ungewöhnliches, besonders im Sommer. Sie brachten Chaos, deckten Dächer ab und verstreuten die Dachziegel wie Samenkörner in der Landschaft, und jedes Mal beschützte Suzuki-san, der Hüter von Bell Gardia, den Garten mit der liebevollen Fürsorge, die ihm zu eigen war.

Dieses Mal jedoch kündigte sich ein besonders furchterregender Taifun an, und Suzuki-san war nicht da. Das Gerücht, er sei krank, hatte sich wie ein Lauffeuer verbreitet. Wie schlecht es wirklich um ihn bestellt sein mochte, wusste niemand, nur, dass er im Krankenhaus war.

Wenn er diesen Ort nicht schützte, wer dann?

Yui kam dieser Taifun wie ein kleines, boshaftes Kind vor, das einen Eimer Wasser auf die Sandburg eines anderen Kindes schütten wollte, welches in seiner Unschuld nicht damit rechnete; er beobachtete es aus der Ferne, hinter einem Felsen verschanzt, und wartete auf seine Gelegenheit zuzuschlagen.

Die Wolken am Himmel veränderten ständig ihre Position, alles dort oben raste, und das Licht zog sich rasch in Richtung Westen zurück. Von Minute zu Minute senkte es sich ein wenig mehr über sie herab, legte sich wie eine dunkle Hand auf die Stirn des Hügels, als wollte es prüfen, ob sie wirklich heiß war oder das Fieber nur vortäuschte.

Als das Gebrüll des Windes über den Garten hereinbrach, schien sich alles unter seinem Wüten zu ducken. Tu mir nicht weh, schien es zu flüstern.

Yuis Haare öffneten sich wie die Fangarme einer Qualle, sanken schlaff in sich zusammen, fächerten sich wieder auf. Man musste sich nur den Kopf dieser Frau anschauen, um zu erahnen, welche Partitur der Wind spielte, dieses unheimliche Pfeifen, kurz bevor er die Pflanzen aus der Erde riss: die *higan-bana*, die Spinnenlilie mit ihren scharlachroten Dolden, die Blume des Nirwana, die Totenblume, die Hortensie, die all ihrer Blütenblätter beraubt und wieder zum nackten Strauch wurde, oder die weißen Blüten der *fusen-kazura* mit ihren grünen Früchten, die die Kinder zum Klingeln brachten wie Glöckchen.

Obwohl es ihr mittlerweile Mühe bereitete, sich auf den Beinen zu halten, ging Yui noch ein letztes Mal in die Hocke, um sich zu vergewissern, dass alles geschützt war. Mal schleppte sie sich über den Boden, mal stemmte sie sich mit ihrem ganzen Gewicht gegen jene Wand aus Luft, bis sie schließlich die allerletzte Steinplatte des Weges erreicht hatte. Noch einmal prüfte sie die Haken, mit denen sie die Planen um die Telefonzelle festgesteckt hatte, pflügte mit beiden Armen durch den Wind, als wollte sie schwimmen.

Eine einzige Platte des Weges knirschte wie mürbe unter ihren Füßen, und Yui fiel ein, wie ihre Tochter die Steinplatten über der Abwasserrinne bei ihrem Haus immer Kekse genannt hatte.

Sie lächelte, dankbar dafür, dass sie sich daran wieder erinnert hatte.


Als Kind nimmt man das Glück als Ding wahr. Eine Spielzeugeisenbahn, die aus einem Karton hervorlugt, die Folie, mit der ein Stück Torte eingewickelt ist. Oder vielleicht auch ein Foto, das das Kind als Mittelpunkt einer Szene zeigt, bei der sich alle Augen auf diesen kleinen Menschen richten.

Als Erwachsener wird das alles komplizierter. Glück – das ist Erfolg, die Arbeit, das sind ein Mann oder eine Frau, alles Dinge mit vielen Nuancen, schwer zu erreichen. Und wenn dieses Glück dann da ist – und auch wenn es nicht da ist –, wird es vor allem das: ein Wort.

Genau, dachte Yui jetzt, aber die Kindheit lehrt uns etwas anderes: nämlich dass es genügt, die Hand in die richtige Richtung zu strecken, und schon ist es zum Greifen nah.

Dort unter der gräulich-matschigen Masse des Himmels blieb eine Frau von etwa dreißig Jahren trotz allem aufrecht stehen. Sie dachte darüber nach, wie wesenhaft Glück sein kann, verlor sich in ihren Gedanken, so wie sie sich früher in Büchern verloren hatte, in den Geschichten anderer, die ihr schon als kleines Mädchen stets und ausnahmslos schöner erschienen waren als die eigene. Ja, sie fragte sich sogar, ob nicht genau das der Grund war, warum sie beschlossen hatte, im Rundfunk zu arbeiten. So sehr faszinierte es sie, dem Leben anderer zu lauschen und den verschlungenen Pfaden ihrer Erzählungen zu folgen.

Für Yui wohnte das Glück schon seit Jahren in der Telefonzelle und in jenem schwarzen und schweren Ding mit den kreisförmig angeordneten Nummern von 1 bis 0. Den Hörer ans Ohr gedrückt, verlor sie sich im Anblick des Gartens, auf jenem entlegenen Hügel im Nordosten

Japans. Von hier aus konnte sie das Meer sehen, nahm den salzigen Duft der Wellen wahr. Hier träumte Yui davon, mit ihrer Tochter zu sprechen, die für immer drei Jahre alt sein würde, und mit ihrer Mutter, die das Mädchen bis zum Ende im Arm gehalten hatte.

Und wenn das Glück ein Ding ist, so wird alles, was es in Gefahr bringt, zum Feind. Auch wenn es etwas Ungreifbares ist wie der Wind, oder wie der Regen, der in Sturzbächen vom Himmel fällt.

Und koste es sie ihr unbedeutendes Leben: Yui würde niemals zulassen, dass diesem *Ding* und diesem Ort, die ihr die Stimme schenkten, etwas zustieß.

I

# 1

Zum allerersten Mal hatte sie in ihrer Radiosendung davon erfahren.

Ein Zuhörer hatte sich am Ende zugeschaltet und erzählt, was er tat, damit es ihm nach dem Tod seiner Frau besser ginge.

Die Redaktion hatte ausgiebig über das Thema diskutiert, bevor sie es festlegte. Alle wussten von dem Abgrund, den sie in sich trug. Doch Yui hatte darauf bestanden und gesagt, ganz gleich, was im Verlauf der Sendung passiere, sie sei gewappnet. Gerade weil sie so sehr gelitten habe, könne kein Leid der Welt sie mehr berühren.

»Was hat es Ihnen leichter gemacht, am Morgen aufzustehen und am Abend zu Bett zu gehen, nachdem Sie einen Verlust erlitten hatten? Was hilft Ihnen, wenn die Trauer Sie übermannt?«

Die Sendung war wesentlich weniger bedrückend verlaufen als erwartet.

Eine Frau aus Aomori berichtete, wann immer sie traurig sei, gehe sie in die Küche; sie backe süße und salzige Kuchen, Macarons, koche Marmelade ein, bereite Leckereien wie Kroketten oder gegrillten Fisch mit karamellisierter Sojasauce zu oder gekochte Gemüsehäppchen für eine Bento-Box. Sie habe sich sogar eine Gefriertruhe zugelegt, um ihre kulinarischen Schätze aufzubewahren. Für *Hina-matsuri,* das Mädchenfest am 3. März, welches ihre Tochter Jahr für Jahr gefeiert hatte, leerte sie die Truhe sorgfältig. Sie wusste ganz genau, wenn sie die Puppensammlung im Wohnzimmer betrachten würde, jene auf Stufen aufgereihten Figuren in den Gewändern der kaiserlichen Familie, würde sie das zwingende Bedürfnis überkommen, zu schälen, zu schnippeln, zu überbrühen. Wenn sie koche, gehe es ihr gut, sagte sie, denn es helfe ihr dabei, wieder Hand an die Welt zu legen und sie zu spüren.

Eine junge Angestellte aus Aichi rief an und erzählte, sie gehe in bestimmte Cafés, wo man Hunde, Katzen und Frettchen streicheln könne, besonders Frettchen. Es genüge, dass die Tiere mit ihren kleinen Schnauzen ihre Hände streiften, und schon kehre in ihr die Freude zurück, am Leben zu sein. Ein alter Herr, der im Flüsterton sprach, damit ihn seine Frau im Schlafzimmer nicht hörte, gestand, dass er *pachinko* spiele, die japanische Variante eines Glücksspiels. Und ein Handelsreisender, der die Trennung von seiner Verlobten wie einen Trauerfall erlebt hatte, hatte es sich angewöhnt, große Tassen heißer Schokolade zu trinken und dazu *sembei,* Reiscracker, zu knabbern.

Alle mussten lächeln, als eine Hausfrau aus Tokio, eine Frau von etwa fünfzig, die bei einem Unfall ihre beste Freundin verloren hatte, erzählte, sie habe begonnen, Französisch zu lernen, und allein die fremde Modulation ihrer Stimme, das kehlige R und die komplexe Betonung vermittelten ihr die Illusion, ein anderer Mensch zu sein. »Die Sprache werde ich nie lernen, dafür bin ich vollkommen unbegabt, aber wenn ihr wüsstet, wie gut ich mich fühle, wenn ich auch nur *bonjourrrrr* sage!«

Der allerletzte Anruf kam aus Iwate, einem der Orte, die 2011 von der Tsunami-Katastrophe am schlimmsten betroffen gewesen waren. Die Programmleiterin der Sendung warf dem Tontechniker einen vielsagenden Blick zu, der einen Moment lang zur Moderatorin schaute und dann den Blick aufs Mischpult senkte, um ihn bis zum Ende des Anrufs nicht mehr von dort zu heben.

Wie Yui hatte auch der Zuhörer jemanden an den Tsunami verloren: seine Frau. Das gemeinsame Haus war von den Fluten überspült und die Leiche mitsamt den Trümmern weggerissen worden, sie zählte zu den sogenannten *yukue fumei,* den Vermissten, von denen jede Spur fehlte. Mittlerweile wohnte der Mann bei seinem Sohn im Inneren des Landes, wo das Meer nur eine Vorstellung war.

»Jedenfalls« – sagte die Stimme im Radio, immer wieder unterbrochen vom Ziehen an einer Zigarette – »gibt es da diese Telefonzelle mitten in einem Garten, auf einem einsam gelegenen Hügel. Das Telefon ist nicht angeschlossen, doch der Wind trägt die Stimmen fort. Ich sage *Yoko, wie geht es dir?,* und schon scheint mir alles wie früher zu sein, meine Frau, die mir aus der Küche zuhört, immer mit der Zubereitung einer Mahlzeit beschäftigt, dem Frühstück oder dem Abendessen, und ich meckere, weil ich mir an dem heißen Kaffee die Zunge verbrannt habe. Gestern Abend habe ich meinem Enkel die Geschichte von Peter

Pan vorgelesen. Von diesem Jungen, der fliegen kann und seinen Schatten verliert, doch dann näht dieses Mädchen ihn an der Fußsohle fest. Und genau so, glaube ich, sind auch wir, die wir auf diesen Hügel steigen. Wir wollen unseren Schatten zurückhaben.«

Im Studio war es ganz still geworden, als wäre ein riesiger Fremdkörper zwischen ihnen abgestürzt.

Auch Yui, die es normalerweise immer schaffte, mit kurzen, ausgewogenen Worten einen zu langen Wortbeitrag zu unterbrechen, hielt den Atem an. Erst als der Mann hustete und die Regie seine Stimme ausblendete, erwachte Yui aus ihrer Trance. Hastig kündigte sie die nächste Musik an, stutzte nur kurz bei dem zufällig passenden Titel: *Mrs Dalloway: In the Garden* von Max Richter.


In jener Nacht erreichten sie noch viele Anrufe dieser Art, selbst als Yui längst im vorletzten Zug nach Shibuya und im allerletzten nach Kichijōji saß.

Sie schloss die Augen, doch der Schlaf wollte sich nicht einstellen. Wieder und wieder kehrte sie im Geiste zu den Worten des Anrufers zurück, als würde sie ihren eigenen Schritten folgen, immer wieder die gleiche Straße entlanggehen und dabei ständig neue Details entdecken. Ein Straßenschild, einen Ortsnamen, eine kleine Stadt. Sie schlief erst ein, als sie sicher sein konnte, den gesamten Weg auswendig zu kennen.

Am nächsten Tag nahm Yui zum ersten Mal, seit ihre Mutter und ihre kleine Tochter gestorben waren, zwei Tage Urlaub.

Sie ließ den Motor ihres Autos an, tankte, lud die Batterie auf, die fast leer war, und machte sich mit Hilfe des Navis und seinen streng geäußerten Anweisungen auf den Weg zu Suzuki-sans Garten.

Und so wurde zwar nicht das Glück, aber doch der Trost allmählich zu einem Ding.

2

*Playlist dieser Nacht,*
*die in Yuis Radiosendung gespielt wurde*

Fakear, »Jonnhae Pt. 2«

Hans Zimmer, »Time«

Plaid, »Melifer«

Agnes Obel, »Stone«

Sakamoto Kyū, »Ue wo mite arukō«

The Cinematic Orchestra, »Arrival of the Birds & Trans-
    formation«

Max Richter, »Mrs Dalloway: In the Garden«

Vance Joy, »Call If You Need Me«

# 3

Während sie das Navi bediente, kämpfte Yui verzweifelt dagegen an, sich zu übergeben.

Diese Wirkung hatte das Meer jedes Mal auf sie, wenn sie es erblickte. Es war, als dringe es buchstäblich in ihren Mund ein, als würde jemand versuchen, es ihr mit Gewalt einzutrichtern. Deshalb steckte sie sich rasch etwas zwischen die Lippen, ein Stückchen Schokolade, ein Bonbon. In kurzer Zeit hatte sich ihr Herz dann beruhigt, und auch der Brechreiz ließ nach.

In dem Monat direkt nach dem Tsunami hatte sie als Evakuierte in der Sporthalle einer Grundschule gelebt und ein zwei auf drei Meter großes Leintuch ihr Zuhause genannt, inmitten von hundertzwanzig anderen Menschen. Und doch war sie nie einsamer gewesen als an jenem Ort.

Trotz starker Schneefälle, die beispiellos für März waren, verließ Yui damals das Gebäude, so oft sie konnte. Sie zwängte sich durch einen Riss in der Mauer, die den Schulhof umgab, schlang die Arme um einen Baum, der ihr genügend fest in der Erde verwurzelt schien, betrachtete das Meer, das auf seinen Posten zurückgekehrt war, und die Schneise der Verwüstung, die es hinterlassen hatte.

Wochenlang spähte sie konzentriert auf das Wasser hinaus, wochenlang schaute sie nichts anderes an. Denn irgendwo dort, davon war sie überzeugt, gab es eine Antwort.

Jeden Morgen und jeden Abend begab sie sich zum Informationszentrum mit der gleichen Frage: zwei Namen, Zöpfchen, mittellanges graues Haar, die Farbe eines Rockes, ein Muttermal auf dem Bauch.

Wenn sie zurückkehrte, ging sie rasch an der Schultoilette mit ihren kleinen Kloschüsseln vorbei, die normalerweise von Kindern zwischen sieben und elf Jahren benutzt wurden. Sie durchquerte Flure, die mit bunten Zeichnungen und Basteleien aus Papier geschmückt waren, und kehrte auf das weiße Rechteck zurück, das jetzt ihr Leben bedeutete, verstummt ob all dieser Absurdität.

Es gab Menschen, die zwischen diesen Tüchern auf dem Linoleumboden saßen oder standen und ohne Unterlass redeten. Sie mussten das Geschehene in Worte fassen, um sich sicher zu sein, dass es wirklich passiert war. Andere hingegen sagten kein Wort, wie versteinert, aus Angst vor der nächsten Seite des Buches, von der sie wussten, dass sich genau dort die Tragödie zutragen würde, denn sie waren zu der Überzeugung gelangt, wenn sie nicht umblätterten, würde auch das, was natürlicherweise folgte, nicht geschehen. Andere wieder, die Bescheid wussten, hatten nichts mehr zu sagen. Der größte Teil jedoch wartete, und Yui war eine von ihnen.

Je nachdem, was du im Informationszentrum erfuhrst, gehörtest du zu der einen oder der anderen Gruppe: die,

die warteten, und die, die wussten. Von Zeit zu Zeit packten Menschen ihre Sachen und begaben sich zu einer anderen Notunterkunft, wo diejenigen ihrer harrten, auf die sie selbst gewartet hatten.

Hunderte erschütternde Geschichten umschwirrten sie. Im Rückblick erschien ihnen das alles jetzt wie im Lichte eines Zufalls (»hätte ich nicht krank im Bett gelegen«, »wäre ich an jenem Tag im Auto nach rechts abgebogen und nicht nach links«, »wären wir an jenem Tag nicht zum Mittagessen nach Hause gegangen«).

Sie alle hatten die Stimme der jungen Angestellten der Stadtverwaltung gehört, die über Lautsprecher, etwa hundert Meter vom Meer entfernt, nicht einen Moment lang aufgehört hatte, vor dem herannahenden Tsunami zu warnen, die die Menschen aufgefordert hatte, in Richtung Berge zu laufen oder sich in die obersten Stockwerke von Gebäuden aus Stahlbeton zu flüchten. Und alle wussten, dass sich auch diese junge Frau nicht hatte retten können.

Die Bilder auf ihren Handys, für die sie nun stundenlang Schlange stehen mussten, um sie aufzuladen, zeigten dieses absurde Spektakel: Menschen, die sich an Dächer klammerten, von den Fluten umgestürzte Autos, die auf dem Kopf standen, Häuser, die, nachdem sie lange hartnäckig standgehalten hatten, schließlich doch nachgaben und den Menschen folgten, die wie Wasser in einem Waschbecken hinweggespült wurden.

Und dann das Feuer, von dem sich niemand hatte vorstellen können, dass es noch stärker war als das Wasser, denn schon von klein auf hatte man gelernt, dass die

Schere über das Papier siegt, so wie das Papier über den Stein; und dass das Wasser immer über das Feuer siegt, weil es die Flammen löscht und dich rettet. Keiner dachte in dieser kindlichen Gewissheit daran, dass das Wetter über alles entscheidet und der Rauch trotz seiner Flüchtigkeit eine Lunge zu füllen vermag. Und dass man mitten in einem Tsunami sterben kann, ohne das Wasser auch nur berührt zu haben.

Von der Anhöhe, die das Städtchen umgab, und auf die sie sich an jenem Tag, kaum waren die schlimmsten Erdstöße abgeebbt, geflüchtet hatte, hatte Yui gesehen, wie das Meer heranrückte. Ihr war dieses Heranrücken langsam, aber überzeugend erschienen, als bliebe dem Meer gar keine andere Wahl. Was sonst sollte ein Meer schon tun?

Sie war weit weg von zu Hause, und ihre Mutter hatte in ihrer SMS so beruhigend geklungen, als sie ihr mitteilte, sie und Yuis Tochter befänden sich ganz in der Nähe in einer örtlichen Rettungsstation, dass Yui einfach den Leuten um sie herum folgte. Sie stand sogar noch einer alten Frau bei, die Probleme beim Gehen hatte, und half so gut sie konnte, überzeugt davon, eine Überlebende zu sein. Einen Moment lang hatte sie sogar Schuldgefühle, weil sie selbst so viel Glück hatte.

Als sie auf der Lichtung am Berg angekommen waren, standen alle da und schauten hinab, wie im Theater aus einer Loge, die Handys in der Hand, beseelt von einem maßlosen Vertrauen in die Technik. Es schien, als wären sie alle wieder zu Kindern in dem Alter geworden, in dem die Grenze zwischen Aufregung und Angst nicht existiert. Doch in dem Moment, als das Meer aufs Land traf und nicht mehr anhielt, bis es die Ausläufer der Berge erreicht hatte, herrschte nur noch Schweigen.

Jene Szene war für Yui so surreal, dass sie sich lange Zeit nicht sicher war, was genau sie da eigentlich erlebt hatte.

Das Wasser stieg viel höher als vorausgesehen, sodass Schutzräume zur Falle wurden. Wie eine Formel, die nicht aufgeht, wie ein falsches Wort, wie eine ungenaue Definition, die zwischen zwei Dingen, die sich doch überhaupt nicht ähneln, eine Äquivalenz herstellt. Genau so war es auch ihrer Mutter und ihrer Tochter ergangen, die dort in dem Schutzraum den Tod gefunden hatten.

Einen Monat lang hatte Yui dort auf jener zwei auf drei Meter großen Plane gewartet und ab einem gewissen Punkt nicht einmal mehr gewusst, worauf. Die wenigen Dinge, die sie im Moment des Erdbebens bei sich gehabt hatte, um sich herum verteilt wie eine Girlande. Dazu Wasserflaschen, Handtücher, Becher mit Instantnudelsuppe, *onigiri*-Reisbällchen, Müsliriegel, Slipeinlagen, Energydrinks. Umringt von Dingen, die immer älter wurden, wartete sie darauf, dass das alles ein Ende fand.

Schließlich wurden die Leichen gefunden, und Yui hörte auf, aufs Meer zu schauen.

4

*Das Unglück von Tōhoku laut den statistischen*
*Erhebungen, wie sie von der Website* Hinansyameibo.
katata.info *veröffentlicht wurden*
*(letzter Stand 10. Januar 2019)*

Todesopfer: 15897
Vermisste: 2534
Evakuierte: 53709
Todesopfer, die mit der Katastrophe in Verbindung ge-
bracht werden können: 3701

# 5

Yui fuhr mit dem Auto auf den grauen Straßen des menschenleeren Ōtsuchi, einer Region, die von der Katastrophe vom März 2011 besonders stark betroffen gewesen war. Jeder Zehnte war damals entweder vom Meer verschlungen oder bei den Bränden, die tagelang gewütet hatten, den Flammen zum Opfer gefallen.

Buchstäblich ausgehöhlt von dem Tsunami wirkte die Gegend, durch die sie fuhr, wie ein gewaltiges Brachland. Darin lediglich wenige, notdürftig errichtete Gebäude sowie einzelne Schaufelbagger und Maschinen, deren Zweck sich ihr nicht recht erschloss.

Yui fühlte sich an einen dieser riesigen, halbleeren buddhistischen Friedhöfe erinnert, auf die Wanderer manchmal unvermittelt in den Bergen stießen.

Die hohen, länglichen Fahnen, auf denen stand, welche Arbeiten hier im Gange waren und welche Baufirma damit beauftragt war, flatterten im Wind, der hier ohne Unterlass wehte.

Während sie auf der Höhe von Niiji-itakaigan unterwegs war, auf einer Straße, die sich gemäß der welligen Struktur der Landschaft mal weitete und mal verengte, kamen Yui auf einmal Zweifel. Und wenn der Mann im

Radio sich irrte? Nicht, was den Ort selbst anging, den sie zusammen mit einer Telefon- und einer Faxnummer auf der Karte gefunden hatte, sondern die Tatsache, dass das, was für jenen Mann funktioniert hatte, möglicherweise für sie nicht gelten könnte.

Eine Telefonzelle in einem Garten, ein nicht angeschlossenes Telefon, durch das man mit seinen verstorbenen Angehörigen sprechen kann. Konnte so etwas wirklich Trost spenden? Und was sollte sie denn zu ihrer Mutter sagen, und was zu ihrem kleinen Mädchen? Allein bei dem Gedanken wurde ihr schwindelig.

Das Navi gab ihr weiterhin widersprüchliche Anweisungen, doch mittlerweile war sie fast da, und es konnte ihr sowieso nicht mehr weiterhelfen. Sie machte den Motor aus, stellte den Wagen ab.

Und wenn Bell Gardia voller Leute war und sie sich anstellen musste? Hatte denn nicht jeder Tote zu beklagen, mit denen er gerne kommuniziert hätte? Hatten wir nicht alle noch eine offene Rechnung mit dem Jenseits?

Auf einmal sah Yui eines dieser riesigen chinesischen Schwimmbäder vor sich, Fleischmassen, bunte Bademützen und aufgeblasene Schwimmringe. Alle wollten dorthin, doch schwimmen konnte niemand, weil es viel zu voll war und das Wasser darunter nur eine Idee.

Yui war überzeugt davon, dass sie es nie und nimmer schaffen würde, etwas zu sagen, wenn vor der Telefonzelle Menschen stünden und warteten.

Wie in der Schule auf dem Klo. *Wann bist du fertig? Hast du's bald?*

Sie kramte in der Plastiktüte, die sie auf dem Beifahrersitz ausgeleert hatte, wickelte eines der *onigiri* aus, die sie zusammen mit je einem Becher Kakao und Kaffee gekauft hatte, bevor sie aus Tokio wegfuhr. Kauend sah sie aus dem Fenster und betrachtete die Landschaft.

Es war ein unscheinbares Stück Land in der Provinz: heruntergekommene Gebäude, zweistöckige Häuschen mit den typischen blauen Dächern und ausgedehnte Gärten mit Schuppen und gepflegten Beeten, ein paar Hühnerställe. Rechts lag das Meer, die geschwungene Linie des Ausläufers eines Hügels. Dahinter, regungslos, die Berge.

Inmitten dieser Landschaft spürte sie, wie sie ruhiger wurde. Hier gab es weder Straßenverkehr noch Geschäfte. Ihre Angst vor einer Menschenmenge, die in Trauben vor der Telefonzelle wartete, erwies sich als unbegründet.

In genau diesem Moment stahl sich plötzlich, nach Stunden der Regenwolken, ein Lichtstrahl durch die Himmelsdecke. Erst jetzt bemerkte Yui eine Girlande aus Kakifrüchten, die zum Dörren unter der Gaube eines Hauses aufgehängt waren. Im Rückspiegel sah sie, wie ein Mann das Haus verließ und über eine Sprossenleiter auf einen Baum mit vielen Ästen stieg. Er hatte eine Gartenschere in der Hand und begann den Baum zu beschneiden.

Kurz überlegte sie, ob sie ihn nach dem Haus von Suzuki-san und dem Telefon des Windes fragen sollte: Ja, Bell Gardia, kennen Sie das? Doch sie zögerte, weil ihr einfiel, dass sie durch diese Frage dem Unbekannten auch offenbaren würde, dass sie um jemanden trauerte, und sie hasste es, wie sich das Verhalten der Menschen schlagartig änderte, wenn sie das erfuhren, wie sie nervös zu lächeln begannen oder sich hinter unnahbarer Höflichkeit versteckten.

Doch dann sah sie im Seitenspiegel einen Mann mit jungem Gesicht und ergrautem Haar vorbeigehen, und Yui wusste, dass er wie sie ein Überlebender war.

Genau hätte sie es nicht erklären können, doch da war ein winziger dunkler Schatten auf seinem Gesicht, wie Yui ihn auch hatte, obwohl sie ihn nicht genau lokalisieren konnte. Es war ein Fleck, wie ihn jeder Überlebende mit sich trug, ein Ort, an dem er sich jegliches Gefühl – auch Mitgefühl – versagte, um nicht auch noch den Schmerz anderer durchleben zu müssen.

Der Mann hielt eine Karte in den Händen, eine Kappe saß schief auf seinem Kopf, das zerknitterte Papier flatterte vor seiner Brust. Er schaute sich suchend um.

In den darauffolgenden Jahren sollte Yui ihn gut kennenlernen, oft seinen Rücken mustern, wenn er sich über das Telefon des Windes beugte, den Hörer ans Ohr gedrückt, sein Körper wie vom weißen Sprossenrahmen der Zelle unterteilt.

Und jedes Mal hielt er dabei etwas in der Hand, vorsichtig, um es nicht zu zerdrücken: eine Tüte mit zwei Eclairs, eins mit Sahne-, das andere mit Bananenfüllung, wie sie seine Frau so gerne gegessen hatte und die Yui und er, Fujita-san, nun, einer neuen Gewohnheit folgend, gemeinsam verspeisten, dort auf der Bank in Bell Gardia.

Und dann schauten sie aufs Meer, mit klarem Herzen, denn obwohl Yui kurz nach der Katastrophe nach Tokio gezogen und dem Meer ferngeblieben war, regte sich jetzt, anderthalb Jahre später, die Sehnsucht danach in ihr. Das sagten viele: Zuerst hasste man es, doch dann begann man es wieder zu lieben, mit jenem quälenden Gefühl, wie es eine Mutter ihrem Sohn entgegenbringt, der zum Mörder geworden ist und den sie doch, trotz allem, niemals ganz verstoßen kann.

»Auch wenn Zeit vergeht, so wird doch die Erinnerung an den Menschen, den wir geliebt haben, niemals alt. Nur wir sind es, die alt werden«, sagte er später oft, dieser Mann, der jetzt von Neuem die Landkarte aufklappte, während der Wind ihm das Haar zerzauste.

Als sie aus dem Auto stieg, glaubte Yui, das Salz in der Luft zu schmecken. Gewiss, da vorne lag das Meer, doch die Intensität seines Geruchs brachte sie schier aus der Fassung. Rasch drehte sie den Schlüssel im Schloss und zog ihn ab, um keine Zeit mehr zum Nachdenken zu haben.

Sie ging dem Mann entgegen, der gerade die Straße überquert hatte und einen kleinen Hügel hinaufstieg. Er ließ das Meer hinter sich und blickte nach oben.

Yui spürte den Wind in ihrem Rücken, als würde er sie schubsen. Es fühlte sich an, als hätte ihr jemand die Hand auf den Rücken gelegt und schöbe sie sanft den Weg hoch Richtung Kujirayama, dem Berg des Wales.

»Entschuldigen Sie bitte!«, rief sie und lief dem Mann hinterher, doch ihre Stimme verhallte ungehört. Sie rief es noch einmal, *sumimasen*, und dieses Mal klammerten sich ihre Worte am Wind fest und drangen an sein Ohr.

Der Mann drehte sich um, die zerknitterte Karte vor der Brust.

Er lächelte. Mit einem Blick begriff er, dass sie war wie er, und dass sie beide aus dem gleichen Grund hier waren.

6

*Andere Sätze, die Fujita-san öfter sagte*

»Der Schlaf heilt alle Wunden.«

»Um sich selbst zu kennen, ist es nötig, die anderen zu kennen.« (Ein Zitat von Miyamoto Musashi)

»Schlüssel finden sich nie, wenn man dringend aus dem Haus muss.«

»Cappuccino schmeckt unendlich viel besser, wenn der Milchschaum mit Zimt bestreut ist.«

»Eine oberflächliche Bekanntschaft ist schädlicher als Ignoranz.« (Auch das ein Zitat von Miyamoto Musashi)[1]

---

1  Bemerkung: *Das Buch der fünf Ringe* von Miyamoto Musashi war, zusammen mit Niccolò Machiavellis *Fürst,* Fujita-sans Lieblingsbuch.

# 7

Etwa ein Jahr lang hatte Yui einen immer wiederkehrenden Traum. Jede Nacht träumte sie, ihre Tochter noch einmal zu empfangen.

Etwas in ihr gaukelte ihr vor, wenn das Mädchen erst auf die Welt gekommen wäre, könnte alles noch einmal von vorne beginnen, könnte sie jeden einzelnen Schritt wiederholen und sie dadurch zurückbekommen.

In jenem ersten Jahr der Trauer war die Vernunft wie eine Gestalt, die stumm in einer Ecke des Traumes saß und sie anschaute; es schien, als fühlte sie sich nicht dazu befugt, sich einzumischen. Doch kaum war Yuki dann wach, stand die Vernunft aus ihrem Eckchen auf, kam zu ihr und flüsterte ihr ins Ohr, das sei doch alles nur Einbildung, und sie solle sich zusammenreißen und mit ihrem Leben weitermachen.

Nicht einmal, wenn sie tatsächlich noch einmal schwanger würde, nicht einmal absurderweise von ein und demselben Mann, würde das Mädchen mit der Narbe mitten auf der Stirn und der Handvoll Sommersprossen auf Nase und Wangen zu ihr zurückkehren. Nicht einmal, wenn sie auf ihre gerade, spitze Nase verzichtet hätte, und auf den schrillen Schrei, mit dem sie stets die Aufmerksamkeit ihrer Mutter forderte – da war nichts zu machen, sie würde trotzdem nicht zurückkommen.

Fujita-san, der jetzt vor ihr stand, sie verlegen anlächelte und ihr beichtete, er habe nicht die blasseste Ahnung, wo sich denn nun dieser Ort befinde, es müsse jedoch ganz in der Nähe sein, ja, auch Fujita-san sah Nacht für Nacht das Gleiche.

Im Traum gab er seiner dreijährigen Tochter Ratschläge. Sie war noch am Leben, aber stumm, seit sie ihre Mutter verloren hatte. Sein träumendes Ich unterwies sie in allem, was ihm in den Sinn kam. Er nahm also ihre kleinen Hände, rieb sie zwischen seinen und versuchte, ihr alles Wichtige beizubringen: dass man mit den Stäbchen das Essen nicht aufspießt, sondern es – genau so – damit aufnimmt; dass man die Hand vor den Mund hält, wenn man gähnt; dass man vor dem Essen ein wenig den Kopf neigt und *itadakimasu*, guten Appetit, wünscht; dass man sich die Hände wäscht, wenn man nach Hause kommt; und vor allem, dass man mit dem Herzen lächeln soll und nicht nur mit den Lippen.

Erziehung, ja, Erziehung sei wichtig, hatte seine Frau immer gesagt, als sie noch lebte, und auch er glaubte das und glaubte es umso mehr, seit sie nicht mehr da war.

Fujita-san legte unmäßiges Vertrauen in all diese Worte, die den Kopf überfluteten und ein ganzes Leben lang wiederholt werden würden, kurze klare Sätze im Klang der mütterlichen oder auch väterlichen Stimme, die allmählich zu ihrer eigenen würde.

»Das alles waren Dinge, die meine Frau der Kleinen

immer gesagt hat. Ich hörte sie jeden Tag, habe sie aber niemals selbst ausgesprochen. Ich überließ es ihr, sie zu sagen, vielleicht, weil ich im Grunde dachte, meine eigene Rolle in der Sache würde immer nur marginal sein. Jetzt jedoch schaue ich mir auf der Straße die Mütter an, in den Parks, im Supermarkt, und hoffe, ihnen ihre Geheimnisse zu entreißen: Ich möchte begreifen, wie man Kinder zum Sprechen bringt, und wie man es schafft, dass sie glücklich darüber sind, auf der Welt zu sein.«

»Ach, aber das weiß doch niemand!«, sagte Yui an jenem Abend rasch und wandte sich ihm zu.

An jenem Nachmittag machten sie einen ausgiebigen Streifzug durch Kujirayama, aßen im einzigen Restaurant der Gegend zu Abend, und Yui nahm ihn ein Stück bis zum Bahnhof mit. Dort saßen sie noch eine gute halbe Stunde zusammen im Auto und sahen schweigend zu, wie der Sonnenuntergang das Licht der Welt zuerst anknipste und dann zum Erlöschen brachte.

In jenem Moment aber, als sie dieses »*Aber das weiß doch niemand!*« ausgesprochen hatte und den unbehaglichen Ausdruck auf Fujita-sans Gesicht sah, musste Yui lachen. Die Überraschung darüber folgte erst danach.

Nicht die Naivität des Mannes überraschte sie. Von Vätern verstand Yui nämlich nichts, weder als Tochter noch als Frau. Sie wusste in dem Moment nur, dass so komplexe Dinge wie Glück weniger durch Worte als vielmehr durch Vorbilder vermittelt werden. Wir müssen selbst Freude im Überfluss besitzen, um sie anderen schenken zu können.

Nein, mehr war es dieses Geräusch, das da in ihrer Kehle aufstieg und das Yui stutzig machte und sie dann verblüffte: Sie lachte, sie hatte tatsächlich gelacht.

An das allerletzte Mal, als sie in Lachen ausgebrochen war und sich so leicht gefühlt hatte, dass sie sich eine Unachtsamkeit dieses Ausmaßes gestatten konnte, vermochte sie sich nicht einmal mehr zu erinnern.

Jemand, der sie liebte, wäre wahrscheinlich zutiefst gerührt gewesen, hätte er sie gehört.

»Ach nein?«, fragte Fujita-san und lachte auch.

# 8

*Wie man es schafft, dass Kinder glücklich sind,*
*auf der Welt zu sein*

Laut Frau Kuroda, der Mutter des zweijährigen Sakura, die Fujita-san im Kēijo-Supermarkt von Kichijōji kennenlernte, bestehe der Trick darin, »sie mindestens einmal mehr zu loben als zu schimpfen, jeden Samstagmorgen mit ihnen zusammen Pfannkuchen zu backen und sie anzuschauen, wenn sie sagen: ›Schau mal!‹«

Laut Frau Anzai, der Mutter von Tao-kun (drei Jahre und fünf Monate), wie sie während eines Gesprächs mit einer anderen Mutter im Park Inokashira einfließen ließ, indem man sie »jeden Tag im Park rennen lässt, sie fest umarmt, wenn sie launisch sind, und sie niemals in einen Spielzeugladen mitnimmt, um ihnen nichts abschlagen zu müssen.«

Laut Doktor Imai, dem Vater des siebenjährigen Kōsuke und Kollegen von Fujita-san, soll man »zusammen Bücher über Dinosaurier lesen, mit ihnen ins Aquarium gehen, Fische anschauen und auf alle ihre Fragen antworten, auch wenn sie peinlich sind.«

# 9

ell Gardia?«, fragte eine alte, gebeugte Frau die beiden Fremden. Ihre Schürze hatte große Taschen an den Seiten. Neben ihr saß ein schwarzer Hund, der selig auf etwas kaute; sein massiger Rumpf, leicht zur Seite gekippt, ruhte auf zarten Pfoten. »Da wollt ihr hin?«

»Ja, genau. Ist es hier in der Nähe?«

Das allerletzte Stück Weges, das am aufwühlendsten war, legten sie zusammen mit der alten Dame zurück. Sie schien bereits über achtzig zu sein und ging langsam, die eine Hand auf den gekrümmten Rücken gelegt, die andere an der Seite baumelnd.

Sie bot sich an, sie bis zum Eingang des Hauses von Suzuki-san zu begleiten, des Hüters von Bell Gardia. »Kommt«, sagte sie mit gutmütigem Lächeln, wie eine freundliche Gastgeberin, die ihren Gästen die entlegensten Zimmer ihres Hauses zeigt.

Ursprünglich stammte die Dame aus Kyūshū, hatte jedoch ihr ganzes Leben hier verbracht. Zusammen mit ihrem frischgebackenen Ehemann war sie kurz nach der Hochzeit hergezogen; er sei Fischer gewesen, erzählte sie. Damals habe er ihr gesagt, es sei der schönste Platz der Welt, und sie hatte ihm geglaubt. So hatten sie sein Elternhaus nach ihren Wünschen gestaltet und ihren Alltag nach den Rhythmen des Meeres ausgerichtet – zweigeteilte Tage und Nächte, denn das Boot des Mannes stach jeden Abend bei Anbruch der Dunkelheit in See und kehrte erst kurz vor Morgengrauen wieder zurück.

Zu Beginn, berichtete sie, hätten sie besonders die kolossalen Krebse beeindruckt, die ihr Mann als Geschenk aus dem Norden mitbrachte, wohin ihn seine Fahrten manchmal führten, ihre ellenlangen, karmesinroten und goldgelben Arme. Für sie seien es furchterregende Geschöpfe gewesen, mit ihren gewaltigen Scheren. »Aber sie schmecken köstlich, die müsst ihr unbedingt mal probieren.«

Als Yui sich gen Meer wandte, erblickte sie die roten Hütchen der Bojen, die im Wasser schaukelten. Sie sah die Frau vor sich, wie sich ihre Gestalt streckte, wie sie die Jahre abschüttelte wie Staubflusen und sich die Fältchen in ihrem Gesicht glätteten. Sie sah sie jung und aufrecht auf der Schwelle ihres Hauses stehen und aufs Meer spähen, mit einem anderen Hund an ihrer Seite und einem Kind auf dem Arm, ein weiteres, größeres Kind am Zipfel ihres Kimonos hängend, das Haar zu einem kecken Bubikopf geschnitten, wie er damals in Mode war. Mit der Ungeduld der Jugend suchte sie den Horizont nach dem Schiff ihres Mannes ab. Dann hob sie den Arm – *schaut nur*, rief sie und zeigte auf den winzigen Farbklecks, der die riesige Wasserfläche durchstieß.

Abgelenkt durch das freundliche Geplauder der Frau, kamen Yui und Fujita-san unvorbereitet in Bell Gardia an. Sie hatten ihre ganze Aufmerksamkeit auf die alte Dame und ihren Hund gerichtet, so dass der Garten urplötzlich vor ihnen auftauchte wie der improvisierte Vorhang eines Straßentheaters.

Auf Wiedersehen und viel Glück, sagte die alte Dame wieder und wieder und winkte ihnen zu. Sie schauten sie lange an, verbeugten sich mehrfach zum Abschied, um ihr zu danken, während die alte Dame sich langsam auf der Straße entfernte, vom Wind umweht, der ihr bis nach Hause zu folgen schien.

In der Schule, in der Yui wochenlang evakuiert war und inmitten von Obstkisten, Paletten mit Instantgerichten, Kleidung und Decken lebte, die als Spenden aus ganz Japan ankamen, hatte Yui in Hunderte von Gesichtern geblickt und sie ausnahmslos wieder aus den Augen verloren. Nur eines von ihnen kam ihr täglich in den Sinn, in unterschiedlichsten und nie vorhersehbaren Momenten.

Es war das Antlitz eines Mannes, und er hatte etwas in der Hand.

Er war um die fünfzig, von großer Statur, sein Mund schlaff, als wäre er geistig umnachtet, die Glupschaugen riesig wie bei einem Fisch.

Dieser Mann, von dem Yui nicht wusste, wie er hieß, hielt einen Bilderrahmen in der Hand, von dem er sich nicht einmal trennte, wenn er schlief. Durch diesen Rahmen betrachtete er den Himmel, die Decke der Turnhalle und alles andre, was sich darin befand: die Planen, auf denen sie lagerten, die Kleiderhaufen, die Menschen. Yui beobachtete ihn mit einer Neugier, die sie sonst niemandem entgegenbrachte, sah, wie der Mann allem, was er da betrachtete, einen Namen gab, und war überzeugt davon, dass sie die Einzige war, die das bemerkte. Mit der freien Hand schien er jedes Mal im Geiste etwas zu notieren, wenn er die Richtung wechselte und feierlich stehen blieb, um sich genauer anzuschauen, welche Szene in seinem Rahmen gelandet war.

In der Welt draußen waren die Verrückten vielleicht einsamer als andere, doch dort in jener Turnhalle waren sie es weniger, denn das, was die geistig Gesunden verrückt vor Schmerz machte, befreite die Verrückten und schenkte ihnen das Gefühl, weniger anders zu sein.

Yui kamen sogar Zweifel, ob der Mann wirklich ein Evakuierter war. Vielleicht stammte der Schaden, den er genommen hatte, gar nicht aus jüngster Zeit, sondern lag viel länger zurück, und keine der Nachrichten, die jenen Ort erreichten, würde ihn berühren. Alle gingen mindestens einmal pro Tag zum Informationszentrum, um sich nach ihren Angehörigen zu erkundigen, doch dieser Mann nicht; und niemand kam, um mit ihm zu reden, bis auf die förmlichen Mitteilungen, wann er seine Mahlzeiten abholen oder duschen konnte, wann der Arzt seine Runde machte, oder welche Übungen empfohlen wurden, um den Kreislauf in Schwung zu bringen. Alle weinten oder bemühten sich, es nicht vor anderen zu tun, doch er nicht. Er war nur gekommen, um sich unter die Leute zu mischen, vielleicht wohnte er ja sogar irgendwo, hatte jedoch das Bedürfnis, seine Einsamkeit zu lindern.

Im Evakuierungszentrum hegte niemand Zweifel an

den anderen Menschen, das hätte sich niemand erlaubt. Die Angst, Menschen, die bereits verletzt waren, weiteren Schmerz zuzufügen war viel zu groß. Doch Yui war dennoch wachsam: Wäre jemand auf den Mann zugetreten und hätte ihn nach jenem viereckigen Objekt aus blauem Kunststoff gefragt, durch das er auf das Leben hinausblickte, hätte sie sich eingemischt. »Das ist ein Spiel für ihn, er hat einem Neffen etwas versprochen«, hätte sie an seiner Stelle geantwortet. Und wenn jemand nachgehakt hätte, was für ein Spiel das denn sei, und ob es dem Neffen gut gehe, ob er in Sicherheit sei, hätte sie geschwiegen, damit niemand es wagte, noch weitere Fragen zu stellen.

Die Wahrheit, oder was Yui zumindest vermutete, war, dass es dem Mann Sicherheit schenkte, die Welt durch einen Rahmen hindurch zu betrachten, und dass ihm alles auf diese Weise erträglicher schien; doch offenbar war sie die Einzige, die das beruhigte.

Verrückte akzeptierte man eher, wenn man sich ihrer Verrücktheit nicht ganz sicher war.


Nachts, wenn sie auf ihrer Plane in der Turnhalle lag, sah Yui abwechselnd die Gesichter ihrer Tochter und ihrer Mutter vor sich, Überbleibsel aus ihrem früheren Leben. Dann wieder erblickte sie das Meer oder den Mann mit dem Rahmen, wie er in seinem Haus wohnte, wahrscheinlich in einer Wohnung voller Nippes.

In Wirklichkeit wusste sie nicht einmal genau, warum sie eigentlich so fixiert auf diesen Mann war, aber ihre Gedanken wanderten immer wieder zu ihm. Wenn sie nicht

schlafen konnte, sah Yui ihn wie an die Decke der Turnhalle projiziert, seine massige und unförmige Gestalt, wie
er aus reinem Zufall eine gerahmte Fotografie zur Hand
nahm, die Klammern auf der Rückseite des Rahmens löste
und das Foto, das sich darin befand, herausnahm. Den
Moment, der darauf folgte (wie der Mann den Rahmen
vor sein Gesicht hob und das, was er durch ihn erblickte –
das Zimmer, die Straße und all die Dinge, die die Welt da
draußen vor dem Fenster hindurchschimmern ließen –,
ihm auf einmal verführerisch und befriedet erschien),
ließ Yui zigmal vor ihrem inneren Auge vorbeiziehen. Es
schenkte ihr einen tiefen, heiteren Frieden, jene Szene vor
sich zu sehen.

Und so betrachtete Yui auch jetzt, da sie in Bell Gardia
auf der Bank saß, Fujita-san von der Seite und sah ihn wie
eingerahmt. Das lag vor allem an der spalierartigen Holz-
verkleidung der Telefonzelle (zwei vertikale Sprossen und
fünf kurze horizontale), durch die die Glasscheibe zusam-
mengehalten wurde. In jedem dieser Rechtecke war ein
Stück von Fujita-san zu sehen, ein Teil seines Armes, ein
Abschnitt seines Beines.

Mehrmals wandte sie den Blick ab, aus Furcht, indiskret
zu wirken.

Fujita-san bemerkte es allerdings gar nicht. Er sprach mit
seiner Frau über Hana.

»Sie hat aufgehört zu reden, ja, aber ich bin zuversichtlich, und der Kinderarzt ist es auch.«

Es sei eine Frage der Zeit, hatte der Doktor gesagt, denn

auch bei Kindern könne Kummer sich körperlich äußern und schlage sich oft auf Kehle und Stimmbänder nieder. Das komme viel häufiger vor, als man denke.

»Meiner Mutter geht es gut, sie ist als Großmutter sehr präsent.«

Außerdem seien da die Nachbarinnen, die Erzieherinnen im Kindergarten und Hanas kleine Freundinnen. Jedenfalls werde Hana sehr geliebt und würde bestimmt wieder gesund. Natürlich wäre es schön, wenn das passierte, bevor sie eingeschult würde.

Plötzlich war das Rechteck, hinter dem Yui Fujita-sans Nacken gesehen hatte, leer. Er bückte sich, tauchte im unteren Teil des Spaliers auf. Er griff nach dem Rucksack, den er auf dem Boden abgestellt hatte, und drehte sich um.

Er schien tief bewegt, doch er lächelte. Als wollte er sagen: »Alles ist gut, ihr geht es gut, mir geht es gut. Wir werden es schon schaffen.«


Es dauerte noch ein ganzes Jahr, bis Yui Fujita-san von dem Mann mit dem Rahmen erzählte. Sie erzählte ihm, wie auch sie eines Tages durch jenes hellblaue Rechteck ins Visier genommen worden war, und dass sie damals zum ersten Mal seit Wochen das Gefühl gehabt hatte, jemand sehe sie wirklich, ja *betrachte* sie.

Doch das geschah danach nie wieder: Drei Tage später war der Mann verschwunden. Niemand sprach über ihn, und Yui stellte keine Fragen.

Wenn man nichts über jemanden weiß, gibt es auch nichts über ihn zu sagen.

Wenn man nichts über jemanden weiß, ist es auch nicht mehr wichtig.

Dort, an jenem Ort der Verbannung, erkannte Yui, dass sie auch noch etwas anderes, Wichtiges gelernt hatte: nämlich, dass es genügte, einen Menschen totzuschweigen, um ihn für immer auszulöschen. Genau deshalb war es wichtig, Geschichten in Erinnerung zu behalten, mit Menschen zu reden, über Menschen zu reden. Menschen zuzuhören, wenn sie über andere Menschen sprachen. Und, wenn nötig, auch mit den Toten ins Gespräch zu kommen.

# 10

*Der Rahmen des Mannes mit dem Rahmen*

Maße: 17,5 cm x 21,5 cm
Farbe: himmelblau
Gekauft am 6. März 2001 in einem 100-Yen-Geschäft.
Preis 105 Yen, inklusive Mehrwertsteuer.
Made in China.

# 11

An jenem ersten Tag in Bell Gardia war es Yui lieber, erst einmal nur zuzusehen und abzuwarten, was passierte.

In dem Garten flüsterte es ohne Unterlass, als fänden auf dieser Partitur von begrüntem Land die Stimmen aller Nachbardörfer zu einem einzigen Chor zusammen.

Yui fragte sich, ob auch die Gespräche der alten Dame, die sie zusammen mit ihrem alten Hund nach Bell Gardia begleitet hatte, irgendwo hier herumschwirrten. Sie war sich sicher, dass jene Liebesgeschichte auch manch lange Erörterung über das Meer und über die Kinder beinhaltete, welche längst ganz woanders lebten.

Nachdem er das Telefon des Windes benutzt hatte, ging Fujita-san zum Haus des Hüters und schaute sich die Bibliothek an, die sich in Bell Gardia mit der Zeit angesammelt hatte und von verschiedenen nichtstaatlichen Organisationen gefördert wurde. Dann blätterte er in dem Terminkalender, in dem monatliche Ereignisse verzeichnet waren.

Insgesamt verlief die Begegnung diskret, und Suzukisan hieß die beiden mit großer Herzlichkeit willkommen.

Eine Verbeugung, der Mund des Mannes verzog sich

zu einem schmalen Lächeln, während Fujita-san ihm seine Visitenkarte reichte. Yui hingegen beschränkte sich darauf, der Begegnung stumm beizuwohnen; ihr war es lieber, die Rolle der Begleiterin einzunehmen und dem Mann den Eindruck zu vermitteln, sie gehöre zu Fujita-san. Dieser spürte das vielleicht; jedenfalls machte er keinerlei Anstalten zu erklären, wer Yui war.

Auch Suzuki-san hatte sie einfach nur angeschaut, ohne in sie zu dringen, während sein Blick einen winzigen Moment lang bei der auffallenden Farbgebung von Yuis Haar verweilte; dieses war damals noch zu zwei Dritteln blond und zu einem Drittel schwarz. Dann hatte er die beiden noch einmal voller Herzlichkeit begrüßt und dazu aufgefordert einzutreten.

Yui fand den Garten geradezu bewegend schön und bat darum, draußen bleiben zu dürfen, einfach irgendwo zu sitzen und ihn ganz allein zu betrachten.

»Sie können gerne noch länger bleiben. Später kommt noch ein Junge, vielleicht in einer halben Stunde, aber er verspätet sich. Überlassen Sie ihm dann die Telefonzelle. Er kommt ziemlich oft, ich kenne ihn, es wird ihn nicht stören, wenn Sie da sind.«

Yui nickte, beeindruckt von der beiläufigen Vertraulichkeit, mit der der Mann sprach. Vielleicht würde er eines Tages ja auch über sie so sprechen.

Ihr Blick folgte den beiden Männern, wie sie über die Schwelle des Hauses traten. Sanft erhob sich das Haus hinter dem Garten. Es war weiß und mit einer Art schwarzem Fachwerk bedeckt. Sie erinnerte sich, ein ähnliches

Gebäude in einem Bildband über Deutschland gesehen zu haben.

Tausende von Menschen kamen Jahr für Jahr nach Bell Gardia, um in jenen Hörer zu sprechen.

Viele wie sie, Überlebende des 11. März 2011, Menschen, die in erster Linie aus der Gegend von Ōtsuchi kamen. Doch auch Leute, die aufgrund einer Krankheit einen Menschen verloren hatten, bei einem Autounfall, oder alte Menschen, die hierherkamen, um mit ihren Eltern zu sprechen, die während des Zweiten Weltkrieges ihr Leben gelassen hatten, oder Eltern von Kindern, die ohne jede Spur verschwunden waren.

»Ein Mann hat mir einmal gesagt, der Tod sei eine ganz persönliche Sache«, sagte Suzuki-san. »In gewisser Weise streben wir alle danach, unser Leben so ähnlich zu gestalten wie das anderer Menschen. Beim Tod jedoch ist das nicht so. Auf den reagiert jeder auf seine Weise ...«

Während sie langsam durch den Garten spazierte und sich bemühte, auf keine der Pflanzen zu treten, fragte sich Yui, ob der Mann, den der Hüter erwähnt hatte, nicht der gleiche war, der beim Radio angerufen hatte.

Staunend bemerkte sie, dass sich der Wind in Bell Gardia nicht einen Moment legte, sondern immer wieder von Neuem Anlauf nahm, um Unordnung in die gepflegte Gartenlandschaft zu bringen.

Es ging Yui durch den Kopf, dass der Telefonhörer ja möglicherweise gar nicht dazu da war, die Stimmen zu kanalisieren und in ein einziges Ohr zu lenken, sondern im Gegenteil die Aufgabe hatte, sie überall in der Luft zu verteilen. Sie fragte sich, ob jene Toten, die dort im Jenseits aus dem Diesseits angerufen wurden, sich nicht an den Händen hielten, am Ende womöglich Bekanntschaft miteinander schlossen und Beziehungen eingingen, von denen die Lebenden nichts ahnten.

Wie sonst ließe sich diese Leichtigkeit erklären? Denn hier, an diesem Ort, erschien der Tod auf einmal wie etwas Wunderschönes.

Während sie im Garten umherschlenderte, stellte sich Yui vor, wie die Seelen jener zum Appell gerufenen Menschen noch einmal die Schulbank drücken mussten, wie sie sich im Unterricht zu Wort meldeten und mit ihren Klassenkameraden anfreundeten. Vielleicht würde ja ihre Tochter mit der Tochter von Fujita-san spielen, mit ihr singen und eine Welt erschaffen, in der sich nicht nur die Überlebenden umeinander kümmerten, sondern auch die Verstorbenen sich liebten und weiterentwickelten, Jahr um Jahr, um irgendwann erneut zu sterben. Vielleicht gab es ja eine Art Ablaufdatum der Seele, so wie es sie beim Körper gab.

Der Gedanke verstörte Yui und wühlte sie auf, als wäre etwas Fundamentales geschehen, während sie gerade nicht aufgepasst hatte.

Yui setzte sich auf einen Baumstamm, legte zuerst die rechte und dann die linke Hand mit gespreizten Fingern auf ihre Knie und sah sie abwechselnd an. Was, wenn ihr kleines Mädchen doch noch irgendwo herumliefe, gestützt durch die Hand eines anderen Menschen?

Etwa eine halbe Stunde war vergangen, als Yui den Blick hob und einen jungen Mann in einer zu engen Schuluniform sah. Er durchquerte sicheren Schritts den Garten und wandte sich in Richtung Telefonzelle. Der Anblick seines schwungvollen, schlenkernden Ganges, typisch für Jungs dieses Alters, rührte Yui. Er konnte nicht älter als sechzehn oder siebzehn Jahre sein.

Der Junge versetzte dem Torbogen am Anfang des Weges, der zur Telefonzelle führte, einen kräftigen Stoß mit der großen Tasche, die er sich quer über die Brust gehängt hatte; sie zeigte das Wappen eines Gymnasiums. Das Glöckchen läutete.

Yui sah, wie er die Tür der Telefonzelle öffnete und selbstsicher nach dem Hörer griff.

Sie drehte ihm den Rücken zu, um nicht aufdringlich zu wirken, nahm unter einem Kakibaum Platz und schaute nach oben. In der Tat hingen immer noch ein paar vereinzelte Früchte in den Zweigen, doch ansonsten waren nur noch Äste zu sehen, die sich über ihr in alle Himmelsrichtungen reckten.

Von hier sah der Himmel aus, als hätte er Sprünge.

# 12

*Lieblingsthemen für Gespräche zwischen der alten Dame*
*aus Kujirayama und ihrem Hund*

Wie romantisch ihr Mann in jungen Jahren gewesen war.

Wie sie sich damals in dem Orchideengewächshaus geliebt
hatten.

Ihre Tochter Marie, die in Kōbe lebte und einen Ingenieur
geheiratet hatte.

Die schrecklichen Krawatten, die Maries Ehemann trug.

Namiki, ihre zweieinhalbjährige Enkelin, die sich auf
Skype herzlich von ihr verabschiedete und dann vergaß,
dass der Bildschirm noch eingeschaltet war.

Wie köstlich diese Krebse aus Hakodate gewesen waren,
und wie sehnsüchtig ihr zumute war, wenn sie sie aß.

Ihr Sohn, der in Deutschland lebte und an Neujahr nach
Hause kommen sollte, um ihr seine Braut vorzustellen.

# 13

»Wir haben permanent gestritten, immer gab sie Kontra«, sagte der Junge lachend.

Als er die Telefonzelle verlassen hatte und auf Yui zuging, um ihr zu bedeuten, dass er fertig war, gab der Hüter von der Schwelle des Hauses ein Zeichen und rief sie beide herein. Der Tee war fertig.

Der Junge hieß Keita und stammte aus dem übernächsten Dorf. Stets kam er zu Fuß, nicht mit dem Bus, der unglücklicherweise genau in dem Moment fuhr, wenn der Junge nach seiner *kendō*-Stunde aus der Turnhalle kam. Er ging in die letzte Klasse des Gymnasiums und hatte seine Mutter verloren. Sie war an einem Tumor gestorben, der viel zu spät entdeckt worden war.

»Meine Mutter hatte an der Uni Tokio, der Tōdai, studiert. Sie war total fixiert aufs Lernen, sowohl bei mir als auch bei Naoko.«

»Seine kleine Schwester, die vierzehn ist«, erläuterte Suzuki-san.

»Wir haben ständig mit Mama gestritten«, fuhr der Junge fort. »Mich hat sie ganz schön genervt.«

»Das geht uns allen so«, sagte Fujita-san lachend. »Ich habe es meinem Vater immer übel genommen, dass er mich

71

büffeln ließ, aber wahrscheinlich werde ich es bei meiner Tochter genauso machen.«

»Ich wünschte, ich wäre netter zu ihr gewesen«, fügte der Junge hinzu, »aber ich habe es einfach nicht geschafft. Nicht einmal am Ende konnte ich es, aber da war es anders. Ich hatte Angst, wenn ich zu sehr auf sie Rücksicht nehme, denkt sie vielleicht, ich würde nicht mehr daran glauben, dass sie wieder gesund wird.«

Suzuki-san machte sich in der Küche zu schaffen, ab und zu nickte er, als würde er die Geschichte gut kennen.

»Wäre sie hier, würden wir gleich wieder anfangen zu streiten, da könnte ich wetten.«

Der Wind rüttelte am Küchenfenster, ein rötlich gefärbtes Blatt blieb an der Scheibe hängen. Doch anscheinend ließ der Druck des Windes wieder nach, denn es fiel jenseits des Fensterbretts zu Boden.

»Mein Vater ist einer, der mir gar nichts verbietet, er sagt: *Überleg dir alles in Ruhe und entscheide dann, ich habe Vertrauen in dich*«, fügte der Junge hinzu. »Aber ich vertraue mir selbst nicht.«

»In deinem Alter ist alles schwierig«, warf Suzuki-san ein.

Die Klarheit dieses Wortwechsels beeindruckte Yui, die die ganze Zeit stumm blieb. Gymnasiasten hatte sie immer für forscher und weniger tiefgründig gehalten, und vor allem für weniger ehrlich, wenn es um die eigene Person ging. Doch vielleicht schenkt der Schmerz einem Leben mehr Tiefe, dachte sie, und bedauerte das zugleich ein wenig.

»Wenigstens unterbricht sie mich jetzt nicht mehr, wenn ich was sage«, scherzte der Junge.

»Weiß deine Familie denn, dass du hierherkommst?«, fragte Fujita-san. Er spielte mit seiner Teetasse und trommelte mit den Fingernägeln auf das gelbe Porzellan, was er öfter tat, wenn er in Gedanken war.

»Nur mein Vater weiß es, denn wenn ich hier war, komme ich meistens zu spät zum Abendessen. Meiner Schwester habe ich es nicht gesagt.«

Keita gab es nicht zu, doch er hatte seine Schwester deshalb nicht eingeweiht, weil er derjenige sein wollte, der der Mutter von der Familie erzählte; als sie noch am Leben gewesen war, hatte sie mit ihm am wenigsten geredet.

»Danke, Suzuki-san«, sagte der Junge kurz angebunden und erhob sich brüsk vom Stuhl. Er zog ein etwas zerknautschtes Päckchen aus der Tasche. »Aber die hier sind für Sie und Ihre Frau. Sie sind ein bisschen eingedellt, tut mir leid.«

Während der Hüter die Tüte mit Knabbereien entgegennahm, dankte er ihm, mahnte Keita, sich nur ja nicht zu erkälten (»Der Winter steht vor der Tür«) und erinnerte ihn daran, sich auf die bevorstehenden Zulassungsprüfungen für die Uni vorzubereiten (»Aber überanstreng dich nicht!«). Als der junge Mann, etwas unbeholfen und gerührt, versprach, so bald wie möglich wiederzukommen, und sich vor Suzuki-san und den anderen, ihm Unbekannten, verneigte, war Yui mit den Gedanken wieder weit weg.

Sie sah ihn durch die Tür gehen, die große Tasche quer

über der Brust, so dass er ein wenig krumm ging. Sah die große Zukunft, die Kinder dieses Alters vor sich hatten, und dachte dabei, dass es nicht nötig war, die Stimme dieses Jungen in Erinnerung zu behalten: Sie war längst dort, im Garten von Bell Gardia, verschlungen mit den Stimmen von so vielen anderen. Wahrscheinlich würde sie immer dort sein, um sich zärtlich an die Stimme der Mutter zu schmiegen, ihr von Prüfungen und dann von den ersten Vorlesungen an der Uni zu berichten, von dem Mädchen, das er liebte, das seine Liebe jedoch nicht erwiderte, und von dem anderen, das er wiederum zurückgewiesen hatte, ohne es zu wissen, weil es seiner anderen Liebe zu wenig ähnelte; vom ersten Job, seiner Hochzeit und wie mühselig es gewesen war, alles zu organisieren, von seinem ersten Kind, von der Freude und dem Gefühl der Unzulänglichkeit, das ihn durchströmte, wenn der Junge ihn Papa nannte.

Auch diese Stimme würde sich in den vielstimmigen Chor der anderen einreihen. Das Meer würde sie bis an den Rand der Stadt spülen, dort, wo der Hafen war.

»Und dann?«

Und dann würden die Fische sie verschlucken, so wie die Ringe der Prinzen in den Gutenachtgeschichten, die Yui ihrer Tochter jeden Abend vor dem Schlafengehen vorgelesen hatte.

»Und dann?«

Und dann, eines Tages, in den Küchen eines Königreichs, das nicht allzu weit entfernt lag, würde jemand einer Makrele oder einem Hecht den Bauch aufschlitzen, und sie würden wiederauftauchen, diese Worte, wie ein Hauch.

Yui erinnerte sich so gut an dieses »Und dann, Mama, und dann?«, das ihre Tochter wieder und wieder gefragt hatte, und wie sich die Kleine, die im Schlafanzug dick eingemummelt auf ihrem Futon lag, ihre Händchen mitfühlend auf den Bauch legte. Yui las ihr laut vor, und wenn die richtige Stelle kam, rief sie: »Der arme, arme Fisch!«

Dabei machte sie ein ernstes Gesicht voll aufrichtiger Sorge um das Tier.

Sorge um den Fisch mit dem aufgeschlitzten Bauch, in den das Schicksal das Glück einer Königin oder eines Königs gelegt hatte.


Als sie wieder allein waren, ging Yui erneut in den Garten hinaus. Sie verabschiedete sich mit wenigen Worten vom Hüter und wartete dort, umtost vom Wind des Spätherbstes, auf Fujita-san. Sie wollten essen gehen, Seeigel mit orangerotem Fleisch, Misosuppe und Reis, gewürzt mit ausgezeichnetem, hausgemachtem *furikake*, und sich gegenseitig aus ihrem Leben erzählen.

Die Wolken am Horizont schienen sich zu verflüssigen, hinweggefegt von einem Wind, der nach Tiefe schmeckte.

Es war ein heiterer Nachmittag, und der Abend war es auch. Zu ihrer eigenen Überraschung entdeckte Yui, dass sie Fujita-sans Tochter gerne kennenlernen wollte, dass sie ihr in die Augen schauen und ihr sagen wollte, sie könne stolz sein, denn nur wenige Kinder könnten auf die Gewissheit zählen, so sehr geliebt zu werden. Doch auch wenn sie ihr schließlich tatsächlich begegnete – das würde sie ihr nie sagen. Yui wusste, dass die stärkste Liebe die ist, die man für selbstverständlich hält.

Außerdem erfuhr sie, dass Fujita-san mit Vornamen Takeshi hieß, ein Name, dessen Klang ihr so sehr gefiel, dass sie ihn fortan immer so nannte.

Sie verabschiedeten sich mit einer Herzlichkeit, die keinem von beiden übertrieben schien. Vielmehr spürten beide, dass sie einander in gewisser Weise gefunden hatten, wie zwei Gegenstände, die in den Tiefen einer wohlgefüllten Tasche zufällig nebeneinanderliegen.


An jenem Abend fuhr Yui auf der leeren Autobahn zurück nach Tokio. Als sie das Kichijōji-Viertel und dann Mitaka erreichte, war es bereits tiefe Nacht, der *kombini*-Laden warf sein kleines rechteckiges Licht auf die Straße, dann kamen dicht an dicht die Kirschbäume auf der Gemeindestraße von Musashino-shi, das Altersheim, die Turnhalle. Alles schlief, wie von einer Fee verzaubert.

Zum ersten Mal seit zwei Jahren blickte Yui in den Rückspiegel, wo sie Tag für Tag glaubte, ihre Tochter immer noch in ihrem Kindersitz sitzen zu sehen, und überlegte, ob sie ihr ein Schlaflied singen sollte; und dass sie sich jeden Moment nach links wenden könnte, und da würde ihre Mutter sitzen, und sie könnte ihr von der seltsamen Magie dieses Tages erzählen, der gerade seinem Ende zuging.

Zum ersten Mal seit dem Tag des Tsunami erlaubte sie sich, an der Entschlossenheit zu zweifeln, die sie sich selbst auferlegt hatte – der Entscheidung, die Welt in zwei Teile zu teilen: die der Lebenden und die der Toten.

Mit denen zu reden, die nicht mehr da waren, dachte sie, könnte ja vielleicht nicht schaden.

Sie musste nur akzeptieren, dass die Hände nichts berühren würden, dass die Kraft der Erinnerung stark genug war, um Lücken zu füllen, und dass die Freude zu lieben sich nicht darauf konzentrierte, Liebe zu empfangen, sondern nur, sie zu geben.

In jener Nacht, eingehüllt in ihre Decken, schlug sie ein Märchenbuch auf.

Laut las sie daraus vor: vom standhaften Zinnsoldaten, von dem großen Fisch, der ihn verschluckte, von der langen Reise, die er zurücklegte, um zurück zu seiner Ballerina zu gelangen, die auf der Spitze eines Fußes ihre Pirouetten drehte, und zu dem Feuer im Kamin, in dem sie beide ihr Ende fanden: ein kleines Herz aus Zinn und eine Flitterrose, zu schwarzer Kohle verbrannt.

# 14

*Keitas Telefonat mit seiner Mutter*

Hallo, Mama! Bist du da? Ich bin's, Keita.

Entschuldige, dass ich in letzter Zeit nicht mehr so oft komme.

Ich gehe jeden Abend ins *juku,* und am Wochenende habe ich immer spezielle Kurse, damit ich die Prüfungen für die Uni schaffe. Das dauert noch ewig.

Papa sagt, selbst du warst davon überzeugt, dass Multiple-Choice-Fragen Schwachsinn sind. Es entspricht einfach nicht der Realität, dass man im Leben vier Auswahlmöglichkeiten hat und nur eine davon richtig ist.

Du, hör mal, wie geht es dir? Isst du dort auch heimlich Süßigkeiten? (*Er lacht.*)

Diese Angewohnheit hast du anscheinend an Naoko vererbt.

Wenn ich die Wäsche mache, finde ich Bonbon- und Schokoladenpapierchen in ihren Taschen, einmal hab ich sogar Brezeln und ein Churro gefunden. Wenn du mich fragst, ist das nicht normal.

Ach, Naoko hat sich verliebt. Nein, frag mich nicht in wen, ich weiß es nicht.

Aber man sieht es ihr an. Sie ist sogar weniger schlecht gelaunt als sonst.

Na ja, ich geh dann jetzt wieder. Da ist eine Dame, die im Garten herumschlendert, vielleicht will sie ja hier rein.

Also dann, tschüs, ich komm bald wieder, ich versprech's dir.«

*(Er kehrt noch einmal um.)*

»Ach, und iss ruhig das, worauf du Lust hast.«

# 15

Yui und Takeshi kehrten nach jenem allerersten Tag oft nach Bell Gardia zurück. Sie kamen einmal im Monat.

Sie verabredeten sich in Shibuya, vor der Moyai-Statue. Das war für beide gut gelegen, und Yui liebte es, dort in aller Frühe vorbeizufahren, wenn dieser Ort, wo sich tagsüber und abends alles drängelte, fast menschenleer war. Die Scramble Crossing mit ihren noch blinden Werbedisplays und den blinkenden Ampeln war dann ein verlassener Ort, wie ein vergessener Festwagen, den man mit ausgeschalteten Lichtern an einer Straßenecke abgestellt hat.

Ihre Autofahrt nach Iwate wurde zum vertrauten Ritual: die Abfahrt um vier Uhr morgens, der Zwischenstopp bei Lawson in Chiba, wo sie etwas zum Frühstücken und die Tafel Schokolade kauften, von der sich Yui rasch ein paar Stückchen in den Mund steckte, sobald das Meer in Sicht kam.

Auf diese Weise erfuhr Takeshi auch von der Übelkeit und vom Meer.

Yui wiederum entdeckte, dass sich Takeshi an diesem einen Tag im Monat weigerte, ein Handy mitzunehmen. Er sagte, die Fahrt helfe ihm *physisch,* er müsse die Distanz mit dem Körper spüren. Nach seinem Dafürhalten

gehe er mit dem Handy das Risiko ein, die Zeit zurück-
zudrehen und ständig mit dem Geschehenen konfrontiert
zu sein.

Deshalb gab Takeshi Yuis Nummer seiner Mutter, die in
der Zwischenzeit auf ihre Enkelin aufpasste. Und so kam
es, dass eine weitere Person von der Existenz des Windtelefons erfuhr und von dieser jungen Frau, die einmal im
Monat am Sonntag in Richtung Kujirayama aufbrach.

Yui und Takeshi trafen sich nur, wenn sie nach Bell Gardia fuhren. Der Ort, an dem sie sich zum allererersten Mal
begegnet waren, schien in gewisser Weise auch zu bestimmen, wie es weiterging; dennoch schrumpfte die Distanz
zwischen ihnen von Woche zu Woche.

Sie begannen, sich jeden Tag SMS zu schreiben.

An dem Abend, als Yui nach ihren Handschuhen suchte
und ein Geschenk fand, das sie für ihre Tochter gekauft
hatte, war es Takeshi, dem sie eine Nachricht schickte.
Auch nach zwei Jahren lagen in Yuis Haus immer erschre-
ckend viele Sachen, die sie irgendwann einmal für das Mädchen gekauft hatte, Sachen, von denen sie wusste, dass sie
ihr besonders gut gefallen würden, die vielleicht reduziert
gewesen waren und die sie einfach mitgenommen hatte,
auch wenn es noch zu früh war, um sie ihrer Tochter gleich
zu geben: Kleider, in die sie noch hineinwachsen musste,
Püppchen, Bilderbücher oder Röckchen, die Yui, schusse-
lig, wie sie war, einfach vergessen hatte, ihr zu geben. Es
versetzte ihr jedes Mal einen Stich, wenn sie diese herren-
losen Gegenstände vor sich hatte, denn sie gaben ihr das

schreckliche Gefühl, ihrer Tochter diese kleinen Freuden versagt zu haben.

Takeshi antwortete freundlich und verständnisvoll auf ihre Nachricht, und so tat er es auch die folgenden Male, wenn sie ihm von einem solchen Fund berichtete.

Eines Tages versprach er ihr sogar, wenn sie irgendwann dazu bereit sei, würden sie gemeinsam das Haus durchforsten, ihre Schränke und Truhen, die Kartons, die selbst zwei Jahre nach dem Umzug ungeöffnet geblieben waren und vor denen Yui schreckliche Angst hatte.

Umgekehrt schrieb Takeshi auch an Yui, wenn er wieder einmal glaubte, seine Frau in einer Patientin wiederzuerkennen, die kerzengerade am Fenster stand, oder ihr abgespanntes Profil in einer Frau sah, die ihm über den Weg lief, wenn er zur Arbeit eilte.

Es war auch sie, der er erzählte, wie besorgt die Erzieherinnen im Kindergarten waren, weil seine Tochter auch dort ihre Sprache nicht wiedergefunden hatte – ja, sie malte zwar, nahm am Unterricht und den Spielen teil, doch sie gab keinen Laut von sich. Niemand wusste mehr, wie Hanas Stimme geklungen hatte, und selbst er hatte manchmal den Eindruck, sie allmählich zu vergessen. Deshalb begann er, sich auf dem Computer kurze Videos anzusehen, die er dort gespeichert hatte: Hana, die die Erkennungsmelodien von Zeichentrickfilmen sang; Hana, die drollig Wörter verhunzte oder Kinderlieder trällerte; Hana, die aus tiefer Überzeugung Absurditäten von sich gab, wie man sie nur in diesem Alter aus Kindermund zu hören bekam.

Immer, wenn ihn der Kummer übermannte, das Bedauern darüber, was er verloren hatte, und das Gefühl, der Prüfung, die das Schicksal für ihn vorgesehen hatte, nicht gewachsen zu sein, schrieb er Yui, er sei gerade »ein bisschen traurig«, und sie verstand, was er meinte.

Ohne es zu merken, wurden Yui und Takeshi sich immer ähnlicher.

Takeshi begann, sein Zuhause mit anderen Augen zu sehen, vor allem die Orte, wo er Dinge versteckte, von denen er nicht wollte, dass Hana sie fand – gefährliche Dinge, Leckereien, Dinge, die die Kleine nicht aufgeräumt hatte und die er deshalb zur Strafe hatte verschwinden lassen. Und er hörte auf, im Voraus Kleidung oder Geschenke zu kaufen. Wenn er etwas fand, von dem er glaubte, es könne ihr gefallen, dann schenkte er es ihr sofort.

Er lernte von Yui, dass es dieses *morgen* im Prinzip gar nicht gab.

Yui hingegen ging wieder zum Arzt. Nach zwei Jahren, in denen sie unbewusst gehofft hatte, jede Erkältung würde sich verschlimmern und sich schließlich zu einer Lungenentzündung auswachsen, und Halsschmerzen, die sie vernachlässigte, würden so schlimm werden, dass sie jeden anderen Schmerz verdrängten, begann sie, sich erneut um ihre Gesundheit zu kümmern, und fing auf etwas unbeholfene Weise wieder an, für sich selbst zu sorgen.

Wenn sie dann eine Szene sah, die sie amüsierte oder mit Zärtlichkeit erfüllte – ein Hund im Park zum Beispiel, der ganz allein herumtollte, während sein Herr ein Nickerchen machte, oder ein Bollerwagen voller Kitakinder, die einen vorbeifahrenden Zug anschrien – merkte sie sich das Gesehene bewusst, um es später Revue passieren zu lassen, wie ein visuelles Haiku-Gedicht, das sie wieder vor sich sah, wenn sie in die Arbeit ging, oder vor dem Einschlafen, in einem beliebigen Augenblick des Tages, der ansonsten für sie schwer zu ertragen gewesen wäre. So machte sie auch von Takeshi insgeheim eine Reihe von Momentaufnahmen, die ihr guttaten und dunkle Stunden aufhellten.

Dann kam der Samstagabend, und es folgte der Sonntagmorgen, an dem sie gemeinsam nach Bell Gardia fuhren, an dem pünktlich zur vereinbarten Stunde Yui auf die Hupe drückte, um Takeshi mitzuteilen, dass sie da war, genauso wie sie als junges Mädchen ihrer Mutter zugerufen hatte, dass sie aus dem Haus musste. Und da war auch wieder der Moment, in dem sich Takeshi vom Sockel der Moyai-Statue erhob, um dieser Frau entgegenzugehen, über die er mehr erfahren wollte, immer noch mehr, und es machte ihn glücklich und zutiefst zufrieden, wenn er dann Yuis lächelndes Gesicht erblickte, ihre leuchtenden Augen, den kleinen, fleischigen Mund, das spitze Näschen und diese zweifarbigen Haare, die ihr bis über die Schultern reichten.

Ja, der Moment, in dem sie sich trafen, erschien beiden allmählich nicht mehr wie einfach nur die Zusammenkunft zweier Unbekannter, die sich an einem Punkt der Welt treffen, um an einen anderen Punkt der Welt zu gelangen, sondern wie eine Rückkehr. Er kehrte zu ihr zurück. Und sie zu ihm.

# 16

*(Nie benutzte) Dinge, die Yui für ihre Tochter gekauft*
*hatte, und die sie im Haus wiederfand*

Ein Schnuller mit Schnurrbart.

Eine rosa Hose mit spitzenbesetzten Taschen.

Eine Hupe mit dem Konterfei von Anpanman.

Eine Minnie-Maus-Tasse mit Schleife am Henkel.

Eine CD mit Weihnachtsliedern.

Ein dünnes rosa Handtuch von der Art, wie man es für das
Baden von Neugeborenen benutzt.

Ein Strampler (der Größe 0-3 Monate).

Ein Paar Handschuhe mit Blumenmuster.

# 17

Im Auto auf dem Weg nach Bell Gardia hörten sie selten Radio, und nie Yuis Sender. Die Sendungen, die sie moderierte, versuchte sich Takeshi live anzuhören, oder er nahm sie auf, wenn er im OP-Saal oder zu einem Noteinsatz unterwegs war. Zur Sicherheit begann er, die Folgen sogar alle aufzunehmen, und legte sich eine Datenbank mit Yuis Stimme an.

Ihm gefiel die Bestimmtheit, mit der sie die Beiträge von Gelehrten, Journalisten oder Wissenschaftlern orchestrierte, ebenso wie den behutsamen und beruhigenden Ton, den sie anschlug, wenn sie es mit Zuhörern aus den entlegensten Orten ganz Japans zu tun hatte, die sich in der Sendung zu Wort meldeten. Vor allem liebte er die Art und Weise, wie Yui es schaffte, dass selbst Menschen, die sich selbst nicht gerne reden hörten, wohlfühlten.

Wenn sie unterwegs waren, das Meer an ihrer Seite und die Berge vor ihnen, hörten sie immer öfter Musik. Yui liebte den Bossanova, jene nostalgische Musik aus einer Zeit, in der sie nicht gelebt, und aus einem Land, das sie nie besucht hatte, deren Klänge sie jedoch oft zu Tränen rührten, so schön waren sie. Sie war davon überzeugt, dass Nostalgie nichts mit Erinnerung zu tun hatte, dass man sie im Gegenteil sogar ganz besonders für Dinge empfinden konnte, mit denen man gar keine direkte Erfahrung hatte.

Takeshi war hingegen mit japanischem Rock aufgewachsen; er hörte gern *X Japan*, *Luna Sea* oder *Glay* und versuchte, Yui einige der melodischeren Stücke wie »Forever Love« oder »Yūwaku« schmackhaft zu machen. Sie lachte dann und versuchte, die Ruhe in Takeshis Stimme mit dieser Musik in Einklang zu bringen, bei der oft aus vollem Halse geschrien wurde.


Die Autofahrten von Tokio nach Ōtsuchi waren lang. Und doch waren sie gerade lang genug, damit sich ihre Herzen jedes Mal auf die Begegnung mit jenem Garten auf dem Bauch des Walberges vorbereiten konnten. Die endlosen Stunden am Steuer, bei denen sie sich abwechselten, wenn Yui müde wurde, die leise Musik im Hintergrund, das Plaudern und das Schweigen, die sich im Wagen ausbreiteten wie Dunstwolken, der ruhige Atem, wenn der eine oder die andere einnickte – das alles schien ihre Nerven zu kräftigen und die Muskeln ihres Herzens zu stärken.

Es machte sie widerstandsfähiger gegen den Ansturm des Windes von Bell Gardia, der sie bei jeder Ankunft erwartete. Kilometer um Kilometer näherten sie sich dem Telefon des Windes, dem Anblick des Gartens, den Booten, dem glitzernden Meer.

Ja, hätte Yui es mit einem konkreten Bild erklären sollen, so würde sie es mit den schmerzhaften Presswehen direkt vor einer Niederkunft vergleichen, dem wundersamen Prozess, den Yui durchlebt hatte, als ihre Tochter auf die Welt kam: schließen und öffnen, anspannen und entspannen, verkrampfen und entkrampfen, um dann zu pressen und loszulassen.

Ein totales Paradox, wie etwas, von dem es heißt, es träfe nur ein, wenn man gar nicht mehr damit rechnet. So wie die Liebe, die wahre Liebe, so wie ein Kind, das nicht kommen will.

Würde es ihnen denn an diesem Tag gelingen, mit ihren Lieben zu sprechen?

Würde Yui in jenem Monat weniger leiden, wenn sie morgens aufwachte und feststellte, dass sie allein im Haus war? Würde Takeshi aufhören, die leere Seite des Bettes anzustarren und dann vor der Badezimmertür zu zögern und sich zu fragen, wie lange seine Frau wohl noch brauchen würde, nur um ihr dann leise zuzuflüstern: »Lass dir Zeit«?

# 18

*Yuis Lieblingsstücke brasilianischer Musik früher*
*und heute*

»Águas de Março« von Elis Regina in der Originalversion
aus dem Album *Elis* aus dem Jahre 1972.
»Desandou« vom Caio Chagas Quintet aus dem Album
*Comprei um Sofá* aus dem Jahre 2017.

# 19

Wenn er mir doch nur ein Mal, ein einziges Mal ein Zeichen gäbe, dass er da ist und mir zuhört, das würde mir schon genügen. Und dass er nicht böse auf uns ist.«

Ein flehentlich und traurig geäußerter Satz, dem eine Litanei von Beschimpfungen folgte. Der Mann verschluckte sich, holte tief Luft, unterdrückte ein Schluchzen und machte dann mit den Vorwürfen und Anschuldigungen weiter.

Sie hatten ihn morgens getroffen, während sie den Anstieg zu Bell Gardia in Angriff nahmen, im Gepäck das übliche *omyage* für Suzuki-san und seine Frau und diesen ganz besonderen Appetit auf die Seeigel und die Miso-Suppe, die sie später in dem kleinen Lokal erwarteten, welches sie jedes Mal besuchten. Takeshi hatte auch die beiden Eclairs mit Sahne- und Bananenfüllung dabei, die seine Frau so sehr geliebt hatte, und für Yui lag ein Stück Schokolade auf dem Armaturenbrett.

Kurz, alles wie gehabt. Eine Wiederkehr des bereits Vertrauten.

★ ★ ★

»Von Beruf bin ich Journalist, ich schreibe. Und wenn ich jemals über diese Geschichte hier schreibe, vorausgesetzt, meine Frau erlaubt es mir, werde ich der Story den Titel *Das Alter, in dem man nicht stirbt* geben.«

Sie saßen in dem kleinen Vorzimmer der Bibliothek; hier hatte Suzuki-san einen gemütlichen Raum geschaffen, wo man reden und einen Tee trinken konnte, in Erwartung des Cafés, das er später in jenem Jahr eröffnen wollte.

»Ein starker Titel«, kommentierte mit sanfter Stimme der Hüter aus der kleinen Küche, die sich seitlich an den Salon anschloss.

»Wenn Sie mich fragen, der einzig richtige. In dem Buch werde ich über das Fehlen von Angst bei jungen Leuten sprechen, und dass sie sich in einem gewissen Alter überhaupt nicht dessen bewusst sind, dass auch sie nicht unfehlbar sind, und dass man es früher oder später mit dem Leben bezahlt, wenn man Mist baut.«

Er war ein korpulenter Mann mit weit vorstehendem Bauch und einer großen, viereckigen Brille. Die Worte sprudelten nur so aus ihm heraus, und vor lauter Mitteilsamkeit schaffte er es oft nicht, rechtzeitig Luft zu holen, so dass er am Ende eines Satzes manchmal in Atemnot geriet. Dann schnaufte er tief durch, und weiter ging die Litanei.

»Erinnert ihr euch noch an das Video von diesen Idioten, die sich während des Taifuns letztes Jahr in Hiroshima in den Fluss gestürzt haben ... setzen sich diese drei Hornochsen doch in Unterhosen auf eine dieser Luftmatratzen – ihr wisst schon, die Dinger für kleine Kinder, die dann prompt Pipi drauf machen?«

Yui und Takeshi schauten sich ratlos an. Sie hatten den Faden längst verloren.

»Na ja, klar, warum solltet ihr das auch kennen? Das war ein unwürdiges Spektakel, man wird ja schon wütend, wenn man es sich nur vorstellt, geschweige denn, wenn man sich das Filmchen von vorne bis hinten anschaut. Jedenfalls, einer von diesen Volltrotteln war Kengō, mein Sohn.«

Gleich am nächsten Tag würden Yui und Takeshi, ein jeder auf seinem eigenen Handy, nach dem Film suchen, in dem zwei Jungs, der eine mit gebleichtem Haar, der andere mit rabenschwarzem Schopf, in Unterhose auf einer Luftmatratze dahindümpelten und einem Freund zugrinsten, der sie von oben (Von der Flußböschung aus? Von einer Brücke?) filmte. Das Video dauerte nur wenige Sekunden, denn kurz darauf wurden die beiden Jungs von der Flut mitgerissen und gerieten außer Sicht, dann brach die Aufnahme ab. Das Fernsehen zeigte das Handyvideo mehrere Male in den Nachrichten und schnitt Panoramaaufnahmen des Flusses und der Schäden dazwischen, die der Taifun in den Wohnsiedlungen der Gegend angerichtet hatte. Schließlich schilderte die Stimme des Journalisten, von eingeblendeten Untertiteln unterstützt, die Einzelheiten ihres Endes: Wie man nach vierstündigem Durchkämmen des Flusses (das sich durch die schwierigen Witterungsbedingungen hinauszögerte) eine Unterwasserkamera in den Fluss hinabgelassen und die beiden schließlich entdeckt habe.

»Sie hingen schlapp wie Lumpen im Wasser«, hatte der Mann lapidar kommentiert. »Und die Fische knabberten an ihnen. Kengō hatte sogar einen Krebs in den Haaren.«

Takeshi und Yui, die einander bis zu jenem Tag nur Sprachnachrichten geschickt hatten, beschlossen, zum ersten Mal zu telefonieren. Sie waren beide sehr verstört, weil sie daran dachten, wie oft (Zigmal? Hunderte von Malen?) der Vater sich wohl diesen Film angeschaut und was er dabei empfunden hatte – abwechselnd Verzweiflung oder Erschütterung, vielleicht auch Wut –, und welch immense Kraftanstrengung es ihn gekostet haben musste, sich mit dem Gedanken zu trösten, dass der Junge am Ende wenigstens auch ein bisschen Spaß gehabt hatte.

»Ein Vollidiot, wirklich ein Vollidiot. Glaubte er wirklich, dass er mit heiler Haut davonkommen würde?«, nahm jetzt der Mann seine Tirade wieder auf. Was ihnen dabei geholfen habe, den Tod des Jungen zu akzeptieren, fügte er hinzu, war, dass auch sein Freund dabei ertrunken sei und der Dritte im Bunde sich das Leben genommen habe. Nicht etwa, weil sie den anderen jemals etwas Böses gewünscht hätten, das nicht, sondern weil jede Familie damit die Möglichkeit gefunden habe, sich nicht die Schuld an einer falschen Erziehung geben zu müssen.

Sie selbst seien sehr streng mit Kengō gewesen und hätten ihm vieles untersagt. Die Eltern von Kōta hingegen – des Jungen, der mit ihm ertrunken war – seien sehr nachsichtig gewesen, überzeugt davon, dass der Junge durch diese lockere Erziehung von selbst herausfinden würde, was er wollte, ohne eine Konfrontationshaltung einnehmen zu müssen. Der dritte, Katsuhiro wiederum, ein völlig anderer Charakter als Kengō und Kōta, hatte die Schande, am Leben geblieben zu sein, nicht ertragen – er, der die anderen nicht nur angefeuert, sondern sie sogar noch gefilmt hatte.

»Die Tatsache, dass sie alle drei gestorben sind, wenngleich zu unterschiedlichen Zeitpunkten, hat uns davon überzeugt, dass es wohl in jedem Fall so gekommen wäre, auch wenn wir uns anders verhalten hätten. Und dass man manchmal einfach nur ein Pechvogel sein muss, um im Jenseits zu landen.«

Diesen Satz hatte der Mann mehrfach wiederholt, verächtlich: »Es genügt, ein einziges Mal im Leben eine Dummheit zu machen, so wie wir es alle in der Jugend einmal tun …«

Man müsse also einfach nur Pech haben, eine gehörige Portion Pech. Auch er sei als Junge ein Dummkopf gewesen. Und die beiden? Sicher hätten doch auch Yui und Takeshi in ihrer Jugend einmal eine Dummheit begangen, oder? Und sie waren glimpflich davongekommen, stimmt's? Ja, und genau das sei einfach Glück, nur Glück.

»Mir war es lange Zeit peinlich, die Wahrheit zu sagen. Hierher nach Bell Gardia kommen Leute, die um Menschen weinen, die ohne eigene Schuld gestorben sind, und jeder von ihnen hätte alles getan, um eine gefährliche Situation zu vermeiden. Doch so ist das Schicksal, und das Leben eine Aneinanderreihung von Zufällen.«

Hier wäre Raum für Trost und Zuspruch gewesen, doch der Mann hielt die Stille nicht aus, und weder Suzuki-san

99

noch Yui oder Takeshi waren schnell genug, um diesen Trost in Worte zu fassen.

»Diesem Telefonhörer da drüben vertraue ich alles an, was mir durch den Kopf geht, ja, sogar noch viel mehr«, nahm der Mann sogleich den Faden wieder auf. »Und ich lasse meinen Gedanken freien Lauf, sage, was ich denke. Ich sage ihm, dass er ein Idiot gewesen ist. Ich rede und rede, doch es kommt rein gar nichts zurück, nur Stille. Aber nachts, und ich weiß, dass das absurd ist, da träume ich von ihm, und er antwortet mir, erzählt mir dies und das. Mir kommt es vor wie das Drehbuch eines Films, bei dem die Hälfte fehlt.«

Yui glaubte dem Mann; sie erinnerte sich an den Traum, in dem sie ihre Tochter noch einmal empfangen hatte, und der sie ein ganzes Jahr lang verfolgt hatte. Takeshi wiederum dachte an die Unterweisungen, die er Hana im Traum gab, und auch ihm fiel es nicht schwer, das nachzuvollziehen.

»Es ist unlogisch, ich weiß, denn eigentlich habe ich mich mein ganzes Leben lang nie an Träume erinnern können, aber jetzt führe ich auf diese Weise einen Dialog mit meinem Sohn, ausgerechnet im Traum; nein, Dialog ist nicht das richtige Wort. Jeder sagt, was er sagen will, ohne den anderen zu unterbrechen, und deshalb streiten wir auch nicht und haben die Zeit, darüber nachzudenken, was wir dem anderen beim nächsten Mal mitteilen wollen.«

Suzuki-san trocknete sich hinter dem Tresen die Hände ab. Er stellte den Kocher mit heißem Wasser auf den Tisch und sagte, ein Dialog sei immer eine gute Sache, ganz gleich, in welcher Form er stattfinde.

»Heute habe ich ihm übrigens gesagt, seine Mutter habe ein Malbuch von ihm gefunden, aus der Zeit, als er noch in die Grundschule ging.« Der Mann zog sein Handy aus der Tasche und suchte nach dem Foto.

In der Mitte der Kinderzeichnung stand der kleine Kengō; er hatte die Arme ausgebreitet, die bis zum Rand der Zeichnung reichten. Und in dieser so außergewöhnlichen Umarmung finde alles Platz, sagte der Mann, sogar das Haus und die ganze Welt – diese hatte er allerdings kleiner gezeichnet als sein eigenes Gesicht. Sie war blau.

Seine Frau habe das Bild in der Küche aufgehängt, sagte er, an einer Stelle, wo sie es anschauen konnte, wenn sie das Abendessen zubereitete. Auch ihn selbst erfülle es mit einem Gefühl der Zärtlichkeit, wann immer er daran vorbeiging. Wenn er es betrachte, so sagte er, fühle er sich wieder wie ein Vater.

»Wir bleiben doch immer Eltern, auch wenn die Kinder nicht mehr da sind.«

# 20

*Zwei Dinge, die Yui am darauffolgenden Tag
herausfindet, als sie das Wort »Umarmung« googelt*

Während einer vom International Advanced Telecommunications Research Institute (ATR) in Kyoto veranstalteten Studie wurde eine nicht genauer genannte Anzahl von Personen gebeten, kurze Gespräche von etwa fünfzehn Minuten mit ihrem Partner zu führen; am Ende dieser Begegnungen umarmten sich einige der Probanden, andere hingegen nicht. Dabei zeigte sich, dass eine deutliche Senkung des Kortisolwerts (mit dem Stress gemessen wird) bei denjenigen festgestellt werden konnte, die sich umarmten.

Ein berühmtes Zitat der amerikanischen Psychotherapeutin Virginia Satir (1916–1988) lautet: »Wir brauchen vier Umarmungen pro Tag, um zu überleben. Acht benötigen wir, damit es uns gut geht. Und zwölf Umarmungen pro Tag brauchen wir, um zu wachsen.«

# 21

An jenem Tag war Takeshi auf der Heimfahrt gesprächiger als sonst. Die Geschichte des Mannes hatte ihn sehr betroffen gemacht. Er hatte bemerkt, dass der Mann eine schwere Form von Schuppenflechte an den Ellbogen, an allen Fingern, hinter den Ohren und an den Gelenken hatte, an der er permanent herumkratzte. Takeshi schloss auf eine Neurose, die vermutlich nur durch eine langwierige Behandlung gelindert werden könnte.

Yui, die am Steuer saß, schwieg.

Wenn sich die Nacht herabsenkte, wurde die Landschaft außerhalb des Autos zu einer dunklen Masse, aus der die hässliche Helligkeit der Scheinwerfer und der Straßenlaternen herausstach wie ein Fremdkörper. Es war ein Anblick, den Yui nicht mochte. Die Lichter der Autos, die auf der anderen Fahrbahnseite an ihnen vorbeischossen, bereiteten ihr ein vages Unbehagen.

Takeshi sagte, er würde es niemals schaffen, so wie Suzuki-san den Geschichten der anderen zu lauschen, und es sei etwas ganz anderes, dies einmal pro Monat zu tun als Tag für Tag.

Als sie aus dem Tunnel kamen, führte die Straße vor ihnen in ein breites Tal. Yui richtete den Blick in die Ferne, auf die Berge, die sich jetzt in rasanter Höhe rechts und links von ihnen erhoben.

»Erinnerst du dich an diese Sache mit der Umarmung? Was der Mann über die Zeichnung seines Sohnes gesagt hat…«

Yui nickte, ohne den Blick von der Straße zu nehmen.

»Hana tut so, als würde sie schlafen, damit ich sie in den Arm nehme.«

Yui drehte sich einen Moment lang zur Seite, um Takeshi anzusehen. Nur so lange, um ihm zu verstehen zu geben, dass sie ihm zuhörte.

»Das macht sie, wenn sie müde und ein bisschen traurig ist. Sie tat es schon, als sie noch ganz klein war und glaubte, wenn sie die Augen zumacht, sieht sie niemand.«

Wie viele Dinge werden doch durch eine Umarmung zurechtgerückt, ging es Yui durch den Kopf. Sie richtet dich buchstäblich wieder auf.

»Und in wachem Zustand lässt sie es nicht zu?«, fragte sie.

»Schon, aber nur widerwillig. Als wäre es ihr peinlich, dass sie das Bedürfnis danach verspürt.«

Blitzartig legten sich die Ärmchen ihrer eigenen kleinen Tochter um Yuis Beine, und sie erinnerte sich daran zurück, wie viel Spaß es der Kleinen gemacht hatte, sich vor ihrer Mutter aufzubauen und sie einfach nicht vorbeizulassen. *Schau doch nur, ich falle*, sagte sie dann zu ihr, *pass auf und halt mich fest!*

Um nicht zu weinen, durfte sie nichts sagen.

In letzter Zeit spürte sie den Schmerz anderer Menschen

nicht mehr so deutlich wie früher. Das bekümmerte sie, es gefiel ihr nicht, doch sie fand es auch nicht verwerflich. Sie wusste, dass es im Grunde ein gutes Zeichen war.

»Also warte ich eben, bis sie schläft oder so tut, als würde sie schlafen, und umarme sie dann«, sagte Takeshi, während sie an dem Schild vorbeifuhren, auf dem die Verbindungsstraße von Saitama nach Chiba angekündigt wurde. »Ich habe auch meiner Mutter gesagt, sie soll es machen, wenn sie zusammen sind. Körperliche Nähe liegt ihr nicht, das war schon so, als ich selbst noch ein Kind war, aber im Grunde glaube ich, sie hat auch Freude daran.«

»Das hast du gut gemacht, man kann sich gar nicht genug in den Arm nehmen«, sagte Yui, und ihr ging der Gedanke durch den Kopf, wie oft in der Wirklichkeit Banalitäten doch der Wahrheit entsprachen.

»Ich habe immer gedacht, die besten Umarmungen seien die, die der Umarmte gar nicht merkt, einfach, um jemanden zu berühren. Umarmungen aus Egoismus, bloß weil man es will.«

»Wie meinst du das?«

»Schau, das habe ich zum Beispiel manchmal mit meiner Frau Akiko gemacht, wenn ich diese endlos langen Nachtschichten in der Notaufnahme hatte und sie schon eine Weile schlief, wenn ich nach Hause kam. Oft war sie sauer oder traurig, und manchmal stritten wir dann morgens, weil sie sagte, jetzt sei sie verheiratet und trotzdem immer allein. Manchmal war sie so wütend, dass sie das Frühstück anbrennen ließ«, rief Takeshi lachend. »Vielleicht hoffte sie, ich würde protestieren, damit wir weiterstreiten konnten, doch ich hielt den Mund.«

»Wie – sie hat es anbrennen lassen?«

»Ja, ja, richtig verbrannt. Der Fisch war immer schwarz auf einer Seite, und der Toast war regelrecht verkohlt«, fuhr er fort. »Und doch, so seltsam es klingt, in den Nächten, in denen ich sie umarmt hatte, wohlgemerkt, ohne dass sie davon aufwachte, wenn ich sie umarmte, einfach nur, weil ich Lust darauf hatte, begrüßten wir uns am Morgen danach, und sie schien guter Dinge zu sein. Sie wirkte irgendwie unbeschwert, und wir stritten nicht.«

»Und der Toast?«

»Eindeutig weniger verbrannt!«

Als sie in Tokio ankamen, dämmerte der Morgen, und Takeshi und Yui waren sich einig, dass das, was einem an den Menschen fehlt, wenn sie nicht mehr da sind, ihre Makel und Marotten sind, lächerliches Zeug oder Sachen, die einem lästig waren.

»Wer weiß«, sagte Takeshi, »vielleicht liegt das daran, dass man sich am Anfang an diese Dinge so schwer gewöhnen konnte und sie deshalb nicht so leicht vergessen kann. Als müsste man jedes Mal, wenn einem jemand auf die Nerven geht, versuchen, zum Ausgleich etwas Positives zu finden, das dieser Mensch an sich hat. Als würde man sich vorsagen: *Ich liebe diesen Menschen, weil …*«

## 22

*(1) Akikos kleine Racheakte, wenn Takeshi mal wieder zu spät nach Hause kam und (2) Akikos Techniken, sich mit Takeshi wieder zu vertragen:*

1. seinen Frühstückstoast verbrennen, seine Hausschlüssel verstecken, sich besonders hübsch machen und, wenn sie aus dem Haus ging, weigern, ihn an der Tür zu küssen.

2. ihm immer wieder im Haus über den Weg laufen, so tun, als würde sie schlafen und sich im Schlaf umarmen lassen, ihm den Toast verbrennen und dann lachend ausrufen: »Tut mir leid, der ist ein bisschen zu dunkel geworden.«

## 23

Yui betrat die Telefonzelle in Bell Gardia niemals. Doch jedes Mal stellte sie sich vor, es zu tun. Ja, wenn sie jemand danach gefragt hätte, wäre da in ihr mit Sicherheit klar und deutlich das Bild von ihr selbst erschienen, wie sie sich den Hörer ans Ohr hielt.

In Wirklichkeit schlenderte Yui nur durch den Garten, während Takeshi (er schon!) seiner Frau erzählte, was alles passiert war und welche Pläne er und Hana für den kommenden Monat hatten.

Etwa gegen elf Uhr morgens erreichten sie Bell Gardia, parkten am Rande des Grundstücks und begrüßten Suzuki-san, der ihnen auf dem Parkweg entgegenkam. Takeshi schien es jedes Mal kaum erwarten zu können, endlich mit seiner Frau zu sprechen, als fände die lange Autofahrt erst dann ein Ende, wenn er den Hörer abnahm. Selbst Suzuki-san schien seine Unruhe zu spüren, denn nach den ersten Malen lud er die beiden nicht mehr dazu ein, zuerst einen Tee mit ihm zu trinken. »Wir sehen uns später«, sagte er. »Ich gehe dann wieder rein.« Was er auch tat.

Takeshi trat schnell auf die Telefonzelle zu und schloss die Tür hinter sich. Yui hatte es sich zur Gewohnheit gemacht, auf der Bank, nur wenige Meter entfernt, auf ihn zu warten, und schaute ihm dabei zu, wie er sich über die Telefongabel beugte, mit den Fingern die Wählscheibe mit den zehn Vertiefungen drehte und eine Nummer wählte, die nur er kannte.

Auf diese Weise prägte sich Yui jedes Detail zwischen den vielen weißen Rahmen, die seine Gestalt unterteilten, ein. Seine kerzengerade Haltung, die langen, schlanken Beine, besonders um die Knie herum; und während der warmen Jahreszeit, wenn er kurzärmelige Hemden trug, die vielen Sommersprossen auf seinen Armen. In den oberen Rahmen zeigte sich hingegen sein ergrauter, aber dichter Haarschopf, sein gutmütiger Gesichtsausdruck. Von all den vielen, von weißen Sprossen unterteilten Bildern war ihr jedoch das etwas unterhalb der Mitte das liebste, in dem man die andere Hand erblickte, die Hand, die nicht den Hörer hielt, sondern rhythmisch mit den Fingern auf die Ablagefläche trommelte, während er sprach. Wer weiß, was er gerade für eine Musik im Kopf hat, fragte sie sich oft neugierig.

Mit der Zeit entdeckte sie, dass dieser Mensch sie mit Zärtlichkeit erfüllte. Zugleich ermahnte sie sich jedes Mal, nicht mehr zu empfinden als das.


War Takeshi dann fertig, gingen sie ins Haus, und wenn Suzuki-san nichts Dringlicheres zu tun hatte, tranken sie mit ihm einen Pfefferminztee, einen *hōjicha*, gerösteten grünen Tee, oder sie aßen eines der bananenförmigen Gebäckstücke, die sie ihm jedes Mal als Geschenk aus Tokio mitbrachten. Sie informierten sich über die Veranstaltungen der Bibliothek, über die eingegangenen E-Mails und über das, was über diesen Ort und seine besondere Magie veröffentlicht wurde.

»Ein Professor in Harvard hat das Telefon des Windes in seine Vorlesungen über klinische Psychologie aufgenommen.«

»Wirklich?«

»Ja, und offenbar plant er, Bell Gardia nächsten Sommer einen Besuch abzustatten. Er möchte einen langen Artikel für eine amerikanische Zeitschrift schreiben.«

»Mein Kompliment, Suzuki-san, was für eine Ehre!«

»Herzlichen Glückwunsch!«

Irgendwann, im Laufe dieser Gespräche, wurde Yui an einem gewissen Punkt immer stiller und verließ schließlich mit einem Nicken den Raum. Sie nahm sich immer ein wenig Zeit, um allein im Garten von Bell Gardia spazieren zu gehen, und auch wenn niemand es aussprach, so hoffte doch jeder, heute sei endlich ihr großer Tag.

Yui hingegen beschränkte sich darauf, inmitten der Blumen und anderen Pflanzen umherzuschlendern und sich vom Wind streicheln oder auch ein wenig knuffen zu lassen. An manchen Tagen kam er ihr wie ein übermütiger Welpe vor, der aus purer Freude, auf der Welt zu sein, an der Leine zog und zerrte.

Dennoch fehlte Yui immer noch der Mut, die Telefonzelle zu betreten und mit ihrer Mutter und ihrer Tochter zu sprechen. Jedes Mal, wenn sie auf der Schwelle stand, versagte ihr die Kraft. Sie war immer noch am Leben, ob sie es nun wollte oder nicht, und überlebte auch ohne die beiden.

Wenn sie in Tokio in der U-Bahn unterwegs war oder umstieg, überlegte sie oft, welche Fragen sie ihrer Tochter stellen würde; oder sie verließ den Sender und stellte sich vor, ihrer Mutter vom Verlauf der Sendung zu erzählen, von dem Experten, der permanent das Wort *also* gebrauchte, oder von dem Hörer, bei dem man genau merkte, dass er während des Gesprächs auf dem Klo saß. Unterhaltsame Sachen, so wie die Geschichte von dem neuen Kollegen, der sie immer wieder bat, einmal mit ihm auszugehen, dem sie aber jedes Mal einen Korb gab. Er ist nett, Mama, sieht gut aus, aber irgendetwas fehlt mir an ihm, ich weiß auch nicht, eine gewisse Komplexität, auf Dauer würde er mich nicht verstehen.

Doch dann kam ihr wieder jenes allerletzte Mal in den Sinn, als sie ihre Mutter gesehen hatte, an dem Morgen, als sie ihr noch schnell ihre Tochter vorbeigebracht hatte, weil Yui ans andere Ende der Stadt musste, um ihren Führerschein verlängern zu lassen; die Kleine hatte leichtes Fieber und konnte deshalb nicht in den Kindergarten.

Sie erinnerte sich, wie ihre Tochter ausgesehen hatte, weil sie sie selbst angezogen hatte. Doch ihre Mutter… was hatte sie angehabt? Was hatte sie an jenem Morgen getragen?

Hätte Yui während der Wochen, die sie in jener Turnhalle der Grundschule zugebracht hatte, das Telefon des Windes zur Verfügung gehabt, hätte sie sie vermutlich gefragt: »Was hattest du an jenem Morgen an, Mama? Einen

Rock oder eine Hose? Und die Farbe? Was das für eine Rolle spielt? Ich muss es unbedingt wissen, weil ich es der Polizei sagen muss, damit sie dich erkennen, wenn sie dich finden. Wir dürfen nicht zulassen, dass zu viel Zeit vergeht; denn deinen Ausweis hast du in der Tasche, und wer weiß, wo die ist.«

Während sie Ōtsuchi hinter sich ließen und auf die steile Zufahrt in Richtung Bell Gardia abbogen, versuchte Takeshi jedes Mal, sie zu ermuntern, endlich das Telefon des Windes zu benutzen. »Gehst du zuerst?«, fragte er dann, doch Yui lächelte nur und senkte den Blick.

Stattdessen verließ sie jedes Mal das Haus und schlenderte gedankenverloren durch den Garten, vom Wind umweht.

Nach einem Jahr begann sich Yui zu fragen, ob sie es überhaupt jemals schaffen würde. Ob sie jemals den Hörer abnehmen und ihre Worte dem Wind anvertrauen würde.

# 24

*Was Yuis Tochter und ihre Mutter am Morgen
des 11. März 2011 anhatten*

*Yuis Mutter:* eine beigefarbene Jacke mit Taillengürtel, eine schwarze Hose, eine weiße Bluse und darüber einen leichten Pullover mit V-Ausschnitt und weißen und hellbraunen Querstreifen, schwarze Mokassins mit Fransen sowie eine kleine Halskette mit einem Anhänger, darauf der Name Yui.

*Yuis Tochter:* ein grünes Röckchen mit anliegenden schwarzen Leggings darunter, dazu ein weißes T-Shirt mit einem Bärchen auf der rechten Tasche, auf der Rückseite das gleiche Bärchen, das mit den Pfoten »Kuckuck!« machte. Söckchen mit der Raupe Nimmersatt, weißrosa Turnschuhe mit einem Streifen, der bei jedem Schritt glitzerte.

.

# 25

Die Monate vergingen, und sie wurden immer vertrauter mit dem Hüter von Bell Gardia, so dass Suzuki-san nicht nur ihre Geschichten kannte, sondern auch wusste, wo sie lebten und wie sie hießen. Beide wohnten in Tokio, sie arbeitete beim Radio, er war Chirurg. Er hatte eine dreijährige Tochter und eine Mutter; sie hatte niemanden mehr. Er war fünfunddreißig, sie einunddreißig. Zum ersten Mal getroffen hatten sie sich genau hier, und sie waren Freunde geworden. Zuerst kamen sie einmal im Monat, später sollten sie dreißig Jahre in Folge zweimal im Jahr nach Bell Gardia kommen, auch wenn er dann schon nicht mehr da war.

Dass sie dabei waren, sich zu verlieben, spürte Suzuki-san bereits nach einigen Monaten, aber er sprach mit niemandem darüber. Wie es so seine Art war, sagte er nur beiläufig zu seiner Frau: »Die Liebe ist wie eine Therapie. Sie funktioniert nur, wenn man daran glaubt.« »Vor allem aber«, kam prompt das Echo aus ihrem Munde, »nur, wenn du bereit bist, daran zu arbeiten.«

Yui und Takeshi versuchten, so oft es ging, an den Veranstaltungen von Bell Gardia teilzunehmen, wenn sie an den Tagen stattfanden, an denen sie sowieso planten, dorthin zu fahren. Mit kleinen Summen unterstützten sie außerdem die Veranstaltungen, zu denen aus ganz Japan Menschen anreisten; zum Beispiel wurden Ausbildungsseminare für Mediziner und Therapeuten gegeben. Bei manchen dieser Gelegenheiten trug die Trauerarbeit zum seelischen Aufbau ganzer Gemeinden bei. Yui erwähnte diese Treffen sogar im Radio. Sie war überzeugt davon, dass Bell Gardia *funktionierte,* und dass auch andere, so wie es ihr selbst passiert war, dort auf dem Hügel vor Ōtsuchi etwas Trost finden konnten.

Mit der Zeit machten Yui und Takeshi die Entdeckung, dass das Telefon des Windes wie ein Verb war, das jeder für sich anders konjugierte, und dass Trauer sich ebenso ähnelte, wie sie von Fall zu Fall unterschiedlich war.

Da gab es einen kleinen Jungen, der jeden Abend kam, um seinem Großvater aus der Zeitung vorzulesen. Viele andere kamen nur, um zu weinen. Manche trösteten einen Verstorbenen, weil er einfach verschwunden war, am Meeresgrund oder in einem der anonymen Massengräber, die im Krieg ausgehoben wurden, und folglich kein anständiges Begräbnis bekommen hatte. Da gab es eine Mutter, die drei Söhne an den Tsunami verloren hatte und sich einfach nicht mit der Stille abfinden konnte, weshalb sie redete und redete, um die verbliebene Leere zu füllen. Da war ein kleines Mädchen, das seinen Hund anrief und ihn fragte, wie es denn dort im Jenseits so sei; und es gab einen Jungen aus der Grundschule, der Kontakt zu einem Klassenkameraden aufnehmen wollte; nein, gestorben war er nicht, doch der Junge sah ihn nicht mehr, seit seine Eltern nach China zurückgekehrt waren, und es fehlte ihm so sehr, mit ihm zu spielen.

Wenn man jenen Ort öfter besuchte, erfuhr man ein bisschen mehr über die Menschen und verstand sie besser.

Dennoch wurde nicht nur um die Toten geweint und getrauert. Es gab Menschen, die die Toten hassten und sich einfach nicht damit abfinden konnten, dass es keine Strafe mehr für sie gab, seit sie im Jenseits waren. Für manche sah ihr Tod sogar aus wie eine Flucht. *Hast dich ganz raffiniert aus der Affäre gezogen und mir dieses Chaos hinterlassen*, sagten sie, *und jetzt muss ich mich mit den Fehlern herumschlagen, die du im Leben gemacht hast*. Gerade Selbstmorde konnten die Leute nur selten verzeihen. Ebensowenig wie die Ehefrauen ihren Männern, und die Männer ihren Frauen. Und am allerwütendsten, vor allem in jungen Jahren, waren die Söhne und Töchter.


Takeshi war der Überzeugung, es seien die Überlebenden und Hinterbliebenen, die dem Tod ein Gesicht gäben. Und dass ohne sie dieser Tod einfach nur ein hässliches Wort sei. Hässlich, aber im Grunde harmlos.

Yui hingegen entwickelte eine persönliche Theorie. Danach setzte das Leben manchen Menschen so zu, dass sie bereits seit ihrer Geburt in Auflösung begriffen waren und es sie allergrößte Mühe kostete, ihre Körperteile zusammenzuhalten. Yui stellte sich vor, wie die Menschen mit ihren Gliedmaßen und Organen, der Leber, den Füßen, der Milz jonglierten, und wie das alles nur notdürftig zu-

sammenhielt, so wie die einzelnen Karten auf dem Spiel-
brett von Doktor Bibber. Dann jedoch, an einem gewissen
Punkt, bekam das Leben der Menschen eine neue Richtung: Sie verliebten sich, gründeten eine Familie, fanden
eine Arbeit, die sie befriedigte, machten Karriere, festigten
sich scheinbar. In Wahrheit jedoch vertrauten sie Teile von
sich Verwandten oder Freunden an, auf die sie sich verlassen konnten, und begriffen, dass niemand ganz auf sich
allein gestellt leben sollte und es gut war, sich helfen zu lassen. Es war einfach notwendig, auf die anderen zu zählen.

Und dann? Was passierte dann? Genau hier kam laut
Yui das Glück ins Spiel. Denn wenn man jemanden verlor,
dem man ein grundlegendes Stück von sich selbst überlassen hatte, dann war man auch nicht mehr in der Lage, wieder das Gleichgewicht in seinem Leben herzustellen. Ohne
die Menschen, die man verloren hatte, war es auch mit dem
Gleichgewicht vorbei.

Yui war davon überzeugt, dass sie genau solch ein
Mensch war. Dass ihre Mutter vor ihrem Tod ihren Darm
mitgenommen hatte, und ihre Tochter ihre Lunge. Und
ganz gleich, wie viel Glück sie jetzt auch erleben dürfte –
es würde ihr immer Mühe bereiten, zu verdauen und zu at-
men.

Doch sie täuschte sich. Und hätte sie das alles laut ausgesprochen – Takeshi hätte es ihr erklärt.

Dass die Liebe ein wahres Wunder ist. Auch die zweite
Liebe eines Lebens, auch eine Liebe, die der Zufall mit sich
bringt.

# 26

*Körperteile, die Yui im Laufe der Jahre jemandem*
*anvertraut hatte*

Ihrer Banknachbarin aus der Grundschule den kleinen Finger der rechten Hand
> *(sechs Jahre später bekam sie ihn unversehrt zurück).*

Ihrer besten Freundin aus der Mittelschule den linken Fuß,
zu dem beim Übergang von der Mittelschule auf das
Gymnasium auch noch der rechte Fuß sowie beide Beine
kamen
*(alles beim Umzug der Freundin in die USA zurückgegeben).*

Dem Vater ihrer Tochter die rechte Brust, die Blase und die
Innenseite der Wangen
*(wo sie lange Zeit darbten, bis sie sie so sehr vermisste, dass sie sie*
*sich zurückholte).*

Der Redaktion des Radiosenders, bei dem sie arbeitete, das
Rückgrat
> *(es war nach wie vor dort).*

Ihrem Vater das Herz

    *(beschädigt zurückgegeben, als dieser noch einmal heiratete,*
*wovon es sich nur schwer erholt hatte – ihm hatte sie danach*
*nichts mehr anvertraut).*

## 27

Als Shio begann, die Bibel seines Vaters zu lesen, fand er darin nur Namen. Eine endlos lange Reihe von Namen, die, laut vorgelesen, in seinen Ohren nichts anderes waren als Klänge. Die Liste aller menschlichen Wesen auf der ganzen Erde, sagte er sich – die, die da waren, und diejenigen, die erst noch kommen würden. Und niemals hätte er geglaubt, dass es eine so gewaltige Anzahl von ihnen geben und ihre Macht einmal so groß sein würde.

Es mochte viele geben, die das für die langweiligste Sache der Welt hielten. Doch Shio war berauscht von der Poesie dieser Worte. Er flüsterte sie vor sich hin, wenn er im Bad war, dem Ort, den er aufsuchte, um Ruhe zu finden und nachzudenken. Durch die Wiederholung der Worte wurden sie zu Zauberformeln.

Sie erinnerten ihn an einen breiten Streifen aus Seetang, so dick, dass man kaum hindurchkam. Oft klinkte er sich aus Gesprächen aus, ging ins Bad, sagte, dort auf dem Klo, eine halbe Seite vor sich hin und stellte sich dabei vor, wie seine Füße in dem ekligsten Schleim steckten, den er sich vorstellen konnte. Genau so hatte es sich für ihn immer angefühlt, Seetang zu berühren.

Nie hätte er ein Fischer sein können wie sein Vater. Und

er war sich sicher, dass dieser Umstand, der sich bereits in seiner Kindheit herauskristallisiert hatte, vermutlich die erste große Enttäuschung war, die er seinem Vater bereitet hatte.

Die Bibel erzählte von Hirten und Fischern, von Tieren, die mit Hilfe eines Hundes und eines Stocks durch die Täler getrieben wurden, und von dem Wunder, das man erlebt, wenn man ein Netz einholt und sieht, dass Fische darin sind. Shio fragte sich, ob das nicht auch der Grund war, warum sein Vater die Bibel so sehr liebte – weil er sich in gewisser Weise darin wiederfand. Zweifelsohne ging es darin auch um ihn: einen Fischer, der allerdings keine Fische fing, sondern Seetang.

Seit seiner Kindheit musste Shio die Zähne zusammenbeißen, um dieses glitschige Zeug anfassen zu können. Ihn überkam ein abgrundtiefer Widerwillen, wenn er ins Meer springen musste, um dem Boot seines Vaters entgegenzuschwimmen, und sich die ekligen Tentakel des Seetangs um seine Waden schlangen, oder wenn seine Freunde und er am Strand um die Wette schwammen und dafür den Uferbereich des Wassers durchqueren mussten. Da stürzte er sich lieber mit einem großen Satz von den Klippen in die Fluten und ging das Risiko ein zu zerschellen, nur um nicht in Berührung mit jener ekligen Masse zu kommen. Wieder und wieder musste er sich Mut zusprechen; es fehlte nicht viel, dachte er, und er wäre draußen auf dem offenen Meer, oder, bei seiner Rückkehr, wieder am Ufer.

Er hasste diesen Seetang, der nach Fisch stank, aber keiner war, seine Farbe, die wie verwest und ungesund aussah, seine schleimige Beschaffenheit, wie *Rotz,* pflegte er als

Kind zu sagen. Auch sein Geschmack war ekelhaft. Wenn sein kleiner Bruder sich für irgendeine Kleinigkeit, die er ihm angeblich angetan hatte, rächen wollte, bewarf er ihn damit, denn er wusste genau, dass Seetang Shios schwacher Punkt war.

Für seinen Vater hingegen waren die Algen sein Ein und Alles. Jeden Tag fuhr er mit seinem Boot hinaus und sammelte sie ein, brachte sie an Land und hängte den Seetang wie Wäsche über die Pfähle, die er in den Sandboden gerammt hatte, damit er abtropfte. Shios Mutter und seine Schwestern erledigten den Rest: Die Algen wurden getrocknet, sorgfältig verpackt und dann in ganz Japan verschickt, um in Läden und auf Märkten verkauft zu werden.

Als er seinen Vater verlor, hatte Shio sich bemüht, Seetang zu mögen, doch es war ihm nicht gelungen. Er hatte es mit allen Mitteln versucht, hatte sogar angeboten, den Platz seines Vaters auf dem Boot zu übernehmen, für ihn fischen zu gehen. Der Mensch kann sich an alles gewöhnen, hatte er sich gesagt, und Gewohnheit kann heilsam sein.

Eine Woche hatte genügt, um ihm begreiflich zu machen, dass dies vielleicht stimmte und dass man sich tatsächlich an alles gewöhnen konnte, aber dass es einem auch das Leben verdarb, wenn man aus nächster Nähe mit etwas zu tun hatte, das man so sehr hasste. Es fraß einen auf, und das war es nicht wert.

Und so hatte Shio den Entschluss gefasst, sich, sozusagen als Hommage an seinen Vater, anderen Dingen zuzuwenden. Statt Fischer zu werden, begann er Medizin zu studieren, schwor aber, auf jeden Fall das mysteriöse Buch auswendig zu lernen, das immer noch auf dem Nachtkästchen seines Erzeugers lag, und in dem dieser jahrelang tagaus, tagein gelesen hatte: die Heilige Schrift.

Shio war kein gläubiger Mensch und würde es nie sein. Und vielleicht war es auch sein Vater nicht gewesen. Vielmehr gelangte Shio mehr und mehr zu der Überzeugung, für seinen Vater sei dieses Buch wie eine Art Handbuch gewesen – Lektionen des Lebens, die ihm von einer fernen Kultur erteilt wurden, so fern vielleicht, dass er sie womöglich niemals zur Gänze verstehen würde. Doch schön war sie, diese Kultur, atemberaubend schön.

Oft blätterte Shio in den abgegriffenen Seiten, legte manchmal wahllos den Finger auf eine Stelle und begann, sie aufzusagen, diese endlose Liste von Namen, Ziffern und Geschichten. Und jedes Mal dachte er an seinen Vater zurück, an die absurde Art und Weise, wie er gestorben war.


Am Tag des großen Erdbebens im März 2011 war in der Gegend von Ōtsuchi die Welt untergegangen. Wie ein Teppich, der an eine Wand geschoben wird, hatte sich das Meer zu schwindelerregenden Wassermassen aufgetürmt und das Boot von Shios Vater mit voller Wucht ans Ufer geschleudert. Nur dass da kein Ufer mehr war.

Diese furchterregende Wassermasse hatte ihn bis in den Ort hineingetragen, über Straßen hinweg, auf denen er noch am selben Morgen mit dem Fahrrad gefahren war, über Häuser, die er in all den Jahren betreten, und Gebäude, in denen Menschen, die er kannte, gelebt oder gearbeitet hatten; an der Praxis des alten Zahnarztes vorbei, der ihn seit seiner Kindheit behandelt hatte, und dem Friseur, der ihn jedes Mal, wenn er ihm die Haare gewaschen hatte, mit einer sanften Kopfmassage verwöhnte.

Das Boot hatte alle erdenklichen Grenzen des Ortes hinter sich gelassen und war schließlich auf dem Dach eines Mietshauses gelandet, das vom Unrat und den Wassermassen ausgeweidet worden war wie ein Schlachttier. Und dort blieb es liegen.

Wie durch ein Wunder war das Boot heil geblieben. Doch so stabil und unversehrt es auch aussah – Shios Vater war bei jener wahnwitzigen Reise vom Meer an Land in zwei Hälften geteilt worden.


Yui und Takeshi lernten Shio im Sommer des zweiten Jahres kennen, in dem sie regelmäßig nach Bell Gardia fuhren.

Shio war ein schmalgliedriger junger Mann, aus dessen Miene eine Mischung aus Konzentration und Intelligenz sprach. Weil es praktisch war, hatte er sich den Kopf rasiert, und er trug stets einen Mundschutz, der an den kleinen Ohrmuscheln befestigt war. Den Mund sah man nur, wenn er eine Teetasse an die Lippen führte, und dann bemerkte man auch den abgebrochenen Schneidezahn und den oft ein wenig bekümmerten Zug um seinen Mund. Stets hatte er eine Tasche dabei, die er sich quer vor die Brust hängte und von der er sich unter gar keinen Umständen trennte; bald sollten sie herausfinden, dass sich darin die alte Bibel seines Vaters befand.

Seit dreieinhalb Jahren besuchte Shio die Telefonzelle von Bell Gardia, um mit seinem Vater zu sprechen. Er kam alle zwei bis drei Wochen, und oft fiel dieser Tag auf den, an dem sich Yui und Takeshi von Tokio aus dorthin auf den Weg machten.

Am Nachmittag und Abend war Shio immer im Krankenhaus, wo er ein Praktikum absolvierte, doch am Sonntagvormittag hielt er sich zwei Stunden frei, um zum Telefon des Windes zu gehen und sich jedes Mal mehr dessen bewusst zu werden, was ihm widerfahren war. Es machte ihn immer wütender.

Suzuki-san kannte Shios Rituale längst auswendig, und sein Blick folgte ihm aus der Ferne, wie er im Garten auf und ab ging und sich im Anblick des Meeres verlor, während um ihn herum im Sommer die Glockenblumen und zu Beginn des Herbstes die *higan-bana,* die rosaroten Spinnenlilien, blühten.

Wie Yui liebte auch Shio es, den Flug der Libellen zu studieren, die an heißen August- und Septembertagen vom Wind über den Garten von Bell Gardia getragen wurden, er genoss es, die salzige Luft tief und bewusst einzuatmen und dabei die Blumen zu zählen.

Diese kleinen Spaziergänge erinnerten ihn an die Herbarien, die er zusammen mit seiner Mutter angelegt hatte, hauchzarte Blüten und Stengel, die sie beim Spazierengehen zwischen die Seiten eines der Bücher legte, die sie immer in ihrer Tasche hatte; bis heute brauchte man nur wahllos in einem der Bände ihrer häuslichen Bibliothek zu blättern, und schon fielen einem ein plattgedrücktes Veilchen oder ein *momiji,* das fünffingrige rötliche Blatt des Ahorns, entgegen.

Ganz besonders liebte Shio es, von dieser erhöhten Warte aus die Boote zu beobachten, die im Hafen vor Anker lagen. An den Tagen, an denen das Meer besonders unruhig war, verfolgte er gebannt, wie sich der Bug der Boote hob und wieder sank. Es sah aus wie ein ewiges Nicken, wie das Nicken der Krankenschwestern im Spital, wenn sie versuchten, die älteren Patienten zu beruhigen, ohne ihnen jemals wirklich zuzuhören. *Ja, ja, Sie haben recht. Ja, ja. Aber wir machen es jetzt so, ich erkläre es Ihnen gleich. Ja, ja, verstehe, natürlich. Jetzt richten Sie sich mal auf, gut so, geben Sie mir den Arm, und jetzt öffnen Sie den Mund, ja, genau so.* Diese Art, mit den Menschen umzugehen, weckte in Shio eine tiefe Traurigkeit, als würde das Alter und nicht etwa die individuelle Persönlichkeit das Zusammenleben der Menschen bestimmen.

Da waren sie ja schon wieder, die Nummern. Im Krankenhaus wurden alle auf Namen und Ziffern reduziert, so wie in den Stammbäumen der Bibel. In jenen Momenten bezweifelte er sogar, überhaupt dafür geeignet zu sein, sein ganzes Leben lang an diesem Ort zu arbeiten.

Als sie eines Morgens zufällig alle gleichzeitig in Bell Gardia versammelt waren und Shio dieser Sorge Ausdruck verlieh, nickte Takeshi. Das komme auch in Tokio vor, sagte er, und hänge nicht unbedingt mit der Provinz zusammen. Wahrscheinlich könne Shio sich in dem Krankenhaus, in dem er arbeitete, sogar besser um die Patienten kümmern als in der Großstadt, einfach, weil er sie kannte. Umso beschäftigter man sei, desto weniger könne man auf die Menschen eingehen. Banalerweise liege das daran, dass es die reibungslosen Abläufe störte, wenn man sich jedem Patienten eingehend widmete, und auf Dauer sei eine so intensive Tätigkeit ohne eine gewisse Routine aufreibend.

Yui hielt Shio für brillant und mit einer Feinfühligkeit gesegnet, die es nur selten gab. Takeshi sah in ihm sich selbst in seinen Anfängen in der Notaufnahme, als dieses Hetzen von einem Patienten zum nächsten, gefolgt von zwei Stunden Schlaf auf einer Pritsche und anschließendem nächtlichen Nachhausekommen mit schmerzendem Rücken, ihm wie sein Beitrag zur Rettung der Menschheit erschienen war.

Sie wurden Freunde. Takeshi versuchte, sich immer mindestens eine Stunde für ihn Zeit zu nehmen, ihm zuzuhören und seine Fragen zu beantworten. Oft gingen sie anschließend gemeinsam ins Restaurant, und während Yui ihre Seeigel genoss und bekräftigte, sie sollten sie nicht weiter beachten, breiteten Takeshi und Shio dicke medizinische Wälzer auf dem Tisch aus, die der junge Mann mit unendlich vielen Post-it-Zetteln gespickt hatte, und diskutierten.

Takeshi, der wusste, dass Shio keinen Vater mehr hatte, fühlte sich in seiner Rolle als Mentor für ihn verantwortlich. Er wollte ihm helfen, aber wie? Als Shio ein Stipendium erwähnte, das es ihm ermöglichen würde, im darauffolgenden Jahr sein Studium in Tokio fortzusetzen, wusste Takeshi endlich, was er tun könnte. Er holte Informationen über verschiedene Universitäten ein, die für Shio infrage kamen. *Und die, wie findest du die? Oder die da?* Er brachte ihm Prospekte mit, die er selbst in der Hauptstadt besorgt hatte, und las sie gemeinsam mit ihm durch. Auf welches Fachgebiet wollte er sich spezialisieren? Hatte er darüber schon nachgedacht? Denn das war eine wichtige Entscheidung: Sie würde seinen gesamten weiteren Werdegang beeinflussen. Und was für ein Mediziner wollte er werden? Einer, der praktizierte, oder einer, der wissenschaftliche Artikel in Zeitschriften veröffentlichte? Und konnte er Englisch? Die Kenntnis dieser Sprache war essenziell und unverzichtbar.

Von seiner Familie sprach Shio nie. Er erzählte nur, wie viel er studiere und lerne, sprach über Dinge, die er im Alltag erlebte. Im Krankenhaus, auf der Straße, in der Mensa. Und alles, was Takeshi ihm vorschlug, nahm Shio mit Begeisterung auf. Er wollte sein Leben verändern, wollte endlich von dort weg!

Es sollte ein weiteres Jahr vergehen, ehe Yui und Takeshi erfuhren, was wirklich mit Shios Vater passiert war.

# 28

*Drei Beispiele dafür, was man zwischen den Seiten*
*der Bücher von Shios Mutter entdecken konnte*

1. Auf Seite 56 des Buches von Kamiya Mieko, *Ikigai ni tsuite* (Tokio, Misuzu Shobō 1966), ein Ahornblatt.

2. Auf Seite 20 von *Otogibanashi no wasuremono,* Text von Ogawa Yōko und Illustrationen von Higami Kumiko (Tokio Shūeisha 2006), zwei Kiefernnadeln.

3. Auf Seite 5, 33 und 50 des Katalogs von Tetsuya Ishida, *Tetsuya Ishida – Complete* (Tokio Kyūryūdō 2010) jeweils zwei Veilchen, eine Blüte der roten Spinnenlilie und der Flügel einer Grille.[2]

---

2  Anmerkung: Shio hieß eigentlich Shiori. Eines Tages jedoch gab er statt Zucker Salz in die Tasse heiße Schokolade, die ihm seine Mutter zubereitet hatte, und seither hieß er für alle »Shio«, 塩, Salz.

# 29

Shio nahm den Hörer ab und sagte: »Papa«. Zuerst fragte er ihn, wie es ihm gehe, was er mache, und dann, warum er eigentlich *dort drüben* geblieben sei. Sein Bruder verlasse immer weniger das Haus, sagte er, sein Zimmer sei ein Saustall, und die beiden Tanten seien wirklich nervig (ständig fragten sie, was sie denn noch tun könnten, damit es ihm besser ginge, aber wie sollte er das schon wissen?). Es sei höchste Zeit, dass der Vater wieder zurückkomme. Shio müsse sich um alles kümmern, aber allein würde er das nicht schaffen.

*Otōsan,* Vater, Papa: Er rief ihn an, er flehte ihn an, stets mit der gleichen Formel, die ihm jedoch, je öfter er sie wiederholte, immer hohler vorkam. Manchmal beschimpfte er ihn sogar.

»Er beschimpft ihn? Woher wissen Sie das?«

»Er hat es mir gesagt«, antwortete Suzuki-san an dem Tag, als Takeshi ihm von den Unterlagen erzählte, die man für die Bewerbung um das Stipendium benötigte.

»Und was für ein Stipendium? Wo?«

Sie hatten sich schließlich für die medizinische Fakultät in Tokio entschieden, wo Shio vorhatte, sich zu spezialisieren. Das Stipendium schloss sowohl die Kosten für die

Einschreibung als auch den Unterhalt und die Miete für ein Zimmer im Wohnheim ein.

»Was – wirklich? Shio? In Tokio?« Suzuki-san fiel aus allen Wolken.

Ja, ja, bestätigten alle beide. Takeshi bekräftigte, diese Bewerbung sei ohne ganz ohne Zweifel einen Versuch wert. Shio hatte gute Noten, und, so traurig es war, sein Status als Waise würde ihm auch dazu dienlich sein, das Stipendium zu bekommen.

»Shio ist noch nicht bereit, von hier wegzugehen«, erwiderte Suzuki-san.

»Aber es sind doch schon drei Jahre vergangen«, warf Yui zögerlich ein, die sich wie meistens hütete, ein Urteil abzugeben.

»Nein, ich meine nicht den Tod seiner Mutter, davon hat er sich ein wenig erholt. Es geht vor allem um den Vater. Der Mann braucht ihn immer noch, und Shio kann ihn nicht einfach zurücklassen.«

Zurücklassen? In welcher Hinsicht? Takeshi stutzte. Er verstand nicht.

Es komme nur selten vor, sagte Suzuki-san, aber ab und zu suche jemand Bell Gardia auf, nicht um mit den Toten zu sprechen, sondern mit den Lebenden.

Yui und Takeshi sahen sich bestürzt an. Nein, Shios Vater sei nicht tot, sagte Suzuki-san, das hatten sie richtig verstanden. Er selbst habe Gelegenheit gehabt, ihn kennenzulernen, als der Junge ihn einmal hierher mitgebracht hatte, in dem verzweifelten Versuch, den Mann dazu zu bringen, sich selbst wiederzufinden.

An jenem 11. März 2011 hatte Shios Vater sein Boot statt in Richtung Ufer aufs offene Meer hinaus gelenkt, um auf der Welle mitzuschwimmen und so dem Aufprall an Land zu entgehen. Allerdings war die Welle so riesengroß gewesen, dass das Boot schließlich doch auf jene bekannt groteske Weise in der Stadt gestrandet war, indem es, wie eine Trophäe, auf dem Dach eines Hauses landete. Aus der Distanz der Jahre wurde es damit sogar zu einem der ikonenhaften Bilder der Katastrophe.

Es waren gewaltige Brecher, und das Boot war immer wieder gen Himmel geschleudert worden, um dann erneut in die Tiefe zu stürzen. Stunden später schon würde ihm jemand von dem nackten Entsetzen und der Angst erzählen, die dem Mann ins Gesicht geschrieben standen, denn damals war er nicht allein auf dem Boot. Bei ihm war eine Frau.

Doch es war nicht das ursprüngliche Wüten des Tsunamis, das Shios Vater bis ins tiefste Innere erschütterte, sondern der gewaltige und unablässige Sog des Meeres, der noch Stunden, nachdem das Boot an Land gespült worden war, anhielt, und die gespenstische Stille, die sich über die Bucht gesenkt hatte. Unter all dem angespülten Unrat, der sich in der Landschaft verteilte, sah Shios Vater Dutzende von Leichen, von Holzpfählen durchbohrte oder grotesk verrenkte Leiber, wie man es von alten Gemälden kennt. Augen, die ins Leere starrten, wie von Soldaten, die in der Schlacht gefallen sind.

Die Frau, die zusammengekauert in der Kabine seines Bootes hockte, flehte ihn an, das Boot zu verlassen, weil er all das, was er da draußen sah, bestimmt nie wieder vergessen könne. Doch er weigerte sich; da draußen stürben Menschen, viele ertranken wie die Ameisen, und wenn es auch nur einen einzigen Überlebenden gebe, dann müsse er ihn auf sein Boot ziehen.

Vergeblich hatte er versucht, einen Jungen, der mit einer deutlich sichtbaren Kopfverletzung im Wasser trieb, mit Hilfe einer Angel und einem Netz zu fassen zu bekommen; der Junge trug die Schuluniform des Gymnasiums, das auch sein Sohn besuchte. Shios Vater hatte die Hände vors Gesicht geschlagen und geweint, als er in einem der Autos, die zu Dutzenden, ja Hunderten im Wasser dümpelten – grausige Fallen, in denen viele, viele Menschen ertrunken waren –, ein totes Neugeborenes in den Armen seiner Mutter erblickt hatte. Sie sahen aus wie die Goldfische, die man auf Volksfesten gewinnt und die schon in ihrer Plastiktüte tot auf dem Rücken schwimmen, bevor man nach Hause kommt.

Während die Stunden ins Land gingen, wurden die Menschen in den Augen von Shios Vater zu Geschöpfen des Meeres: alte Männer mit dürren Gliedmaßen verwandelten sich in Krebse, Menschen, vom Sog mitgerissen, wurden zu Karpfen mit ihren gierig nach Luft schnappenden Mündern. Und Häuser und Geschäfte waren auf einmal Klippen, Floße, an die man sich klammern konnte, um nicht zu ertrinken.

Doch das Allerschlimmste war, dass er niemanden gerettet hatte, nicht einmal den Mann, den es gegen die Wand seines Bootes geschleudert hatte und der bis zum allerletzten Moment versucht hatte, sich an Bord zu hieven.

In dem Augenblick, als er den Mann sah, hatte Shios Vater bemerkt, dass ihm etwas an ihm bekannt vorkam. Er musste um die fünfzig sein und war vollkommen durchnässt bis auf eine kleine Stelle auf seinem Kopf, wo die Haare noch trocken waren, Zeichen seines Kampfes gegen die Fluten.

»Na los, du schaffst es!«, hatte er ihm wieder und wieder zugerufen. Doch der Mann machte keinen Mucks. Er hatte weder ein Wort gesagt, als sich ihre Finger einen kurzen Moment lang ineinander verschränkt hatten, noch als Shios Vater losließ, weil er auf einmal Angst hatte, selbst hinabzustürzen. Und während der Mann vom Sog der Wassermassen mitgerissen wurde und hinter einem Haus verschwand, das nur noch eine leere Hülse war und langsam einstürzte, fiel Shios Vater ein, wer das gewesen war: der Inhaber der Bäckerei, an der er oft am Samstagnachmittag vorbeikam, bevor er nach der Arbeit nach Hause ging. Der Mann, der sich stolz brüstete, das beste *melon pan* von ganz Japan herzustellen.


Ein Gerücht lautete, dass Shios Vater eine der Leichen für die seiner Frau gehalten hatte. Ein anderes, dass er sie tatsächlich gesehen hatte und ihr Anblick ihn endgültig gebrochen hatte.

In Wahrheit war es seine Ohnmacht, die ihn zerstört hatte. Und die Frau hatte recht gehabt – gewisse Dinge vergisst man nie.

★　★　★

Seit jenem Tag befand sich Shios Vater in einer Art Trancezustand. Er hatte sich in eine Alge verwandelt, eines dieser Lebewesen, die er früher einmal über einer Stange aufgehängt hatte, die eine Hälfte auf der einen Seite und die andere auf der anderen, damit der Wind sie trocknete. Sein Körper war in Ordnung, doch der Kopf war nicht mehr da.

Und so ging Shio zum Telefon des Windes, um mit seinem Vater zu sprechen, der am Leben war und unter demselben Dach mit ihm lebte, nicht jedoch mit der Mutter, die als vermisst galt. Ja, mit ihr weigerte er sich zu sprechen, denn irgendwo, so sagte er sich, müsse sie ja stecken. Insgeheim vertraute Shio darauf, dass sie eines Tages zurückkehren würde, um die beiden Teile des Vaters wieder zusammenzufügen; er hatte sogar den Verdacht, dass es sich um Rache ihrerseits handeln könnte, dafür, dass sie betrogen worden war. Ein Stück – das beste – hatte sie einfach mitgenommen.

In den Augen des Sohnes war der Vater, damals vor fünf Jahren, zu Noah geworden.


»Was für eine furchtbare Geschichte«, flüsterte Yui. »Gibt es denn wirklich keine Möglichkeit, ihn ...«

Fast hätte sie gesagt *zu reparieren*, doch sie hielt inne.

Seit Yui nach Tokio gezogen war, sah sie tagtäglich umherirrende Menschen, die sie an zerbrochenes Spielzeug erinnerten: Menschen, die sich immer am Rande der Menge bewegten, abgesondert vom Leben der Millionen anderer Menschen, die sich jeden Tag zur selben Zeit den Wecker stellten, sich gehorsam und in gebührendem Abstand auf den Parkbänken niederließen, synchron die U-Bahnen bestiegen oder verließen, Dutzende Male am Tag *ohayō-gozaimasu*, also »Guten Morgen«, oder *otsukaresama-deshita*, also »Danke für deine harte Arbeit!« sagten, die auf engstem Raum mit anderen zusammenstanden oder im Bus in sich zusammensanken, an der Endhaltestelle ausstiegen, weiterfuhren.

Sie dachte auch an den Mann zurück, der in der Sporthalle jenen Rahmen in der Hand gehalten hatte. Die Erinnerung erfüllte sie mit Zärtlichkeit, auch wenn ihr bewusst war, dass es sich um zwei völlig unterschiedliche Geschichten handelte.

Auch Takeshi wartete, bevor er etwas erwiderte.

»Aber würde es ihm nicht gut tun, wenn er räumlich Abstand nähme von zu Hause?«

Er glaubte schon immer an die Heilkraft der Distanz.

»Manchmal tut ein Tapetenwechsel gut, und sei es nur, um sich bewusst zu machen, wie viel geschehen ist«, fügte er hinzu.

»Sie haben es ja versucht, aber Shio hat sich jedes Mal geweigert. Zuerst sagt er Ja, aber am Ende will er dann doch nicht. Er ist davon überzeugt, dass sein Vater eines Tages aufwachen wird.«

»Aber wäre das denn überhaupt möglich?«, fragt Yui, an Takeshi gewandt.

»Mit der richtigen Therapie ist es nicht unmöglich, aber es würde sehr lange dauern …«

Als sie an jenem Abend mit dem Auto in Richtung Tokio fuhren, sprachen Yui und Takeshi nur wenig.

Seit sie regelmäßig nach Bell Gardia fuhren, sahen sie die Menschen mit anderen Augen. So viele Lebenswege hatten sich mit dem ihren gekreuzt, ob es nun eine kurze Begegnung im Café von Suzuki-san war oder irgendwo draußen, auf den Straßen von Ōtsuchi und Kujirayama. Und es gab sogar Menschen, mit denen sie ein Stück Lebensweg gemeinsam gingen wie mit Shio.

Warum hatte der Junge nichts von seinem Vater erzählt? Warum hatte er immer behauptet, der Mann sei tot?

Wahrscheinlich, weil sein Vater für ihn toter war als seine Mutter. Weil Shio sich, so banal das auch klingen mochte, schämte, nicht nur für den Vater, sondern auch dafür, wie er selbst mit der Sache umging. Vielleicht meinte er ja, mit einer Tragödie, die als solche klar und deutlich auf der Hand lag, bei ihnen einen besseren Eindruck zu hinterlassen.

»Wenn er so weit ist, wird er von selbst mit uns darüber reden«, durchbrach Takeshi die Stille, während sie nach Tokio hineinfuhren.

»Ja, da bin ich mir sicher«, antwortete Yui prompt.

Irgendwie hatte es den Anschein, als wären sie sich immer öfter einig, ohne viele Worte zu verlieren.

# 30

*Shios Lieblingsstelle aus der Bibel*

*Nach vierzig Tagen tat Noah an der Arche das Fenster auf, das er gemacht hatte, und ließ einen Raben ausfliegen; der flog immer hin und her, bis die Wasser vertrockneten auf Erden. Danach ließ er eine Taube ausfliegen, um zu erfahren, ob die Wasser sich verlaufen hätten auf Erden. Da aber die Taube nichts fand, wo ihr Fuß ruhen konnte, kam sie wieder zu ihm in die Arche; denn noch war Wasser auf dem ganzen Erdboden. Da tat er die Hand heraus und nahm sie zu sich in die Arche. Da harrte er noch weitere sieben Tage und ließ abermals die Taube fliegen aus der Arche. Sie kam zu ihm um die Abendzeit, und siehe, sie hatte ein frisches Ölblatt in ihrem Schnabel. Da merkte Noah, dass die Wasser sich verlaufen hatten auf Erden. Aber er harrte noch weitere sieben Tage und ließ die Taube ausfliegen; sie kam nicht wieder zu ihm.*

(1. Mosc 8, 9-12)

# 31

Als ihre Tochter auf die Welt kam, war Yui fassungs-
los. Selbst ein so winziges Wesen brauchte alles: Es
brauchte Teller und Besteck, es brauchte Schreie und einen
vollen Kühlschrank, es brauchte Wiegenlieder und Impfungen. Sie hatte es schnell geschafft, sich daran zu gewöhnen, aber mit dem praktischen Aspekt der Dinge hatte sie
sich nie recht anfreunden können.

Mit großer Sorgfalt hatte sie das *boshi techō* ausgefüllt, das
kleine Mutter-Kind-Heft, das man ihr auf dem Gemeinde-
amt gegeben hatte, noch bevor ihre Tochter auf die Welt
gekommen war. Jede Woche der Schwangerschaft schrieb
sie ihr Gewicht und den Blutdruck auf. Als ihre Tochter
dann geboren wurde, notierte Yui akribisch: 2.739 Gramm,
47 Zentimeter groß. Und zwischen die Zeilen schrieb sie:
*zweimal fünf Finger, ein Berg kastanienbrauner Haare, schreit wie
eine Wahnsinnige.*

Wer eine große Trauer durchlebt, fragt sich an einem gewissen Punkt, was schwieriger ist: das Erlernen oder das
Verlernen. Es gab eine Zeit, in der Yui es nicht sagen konnte,
doch mittlerweile würde sie antworten, es sei das Letztere,
denn gegen das Verlernen sei der Widerstand größer.

Als ihre Tochter starb, zog sie in dem Heft mit einem

Lineal und einem Filzstift eine diagonale Linie von links unten nach rechts oben und kennzeichnete damit alle leeren Seiten. Als ihre Tochter noch am Leben war, hatte sie eine Art physische Routine entwickelt, um sie versorgen zu können, auch wenn sie einmal etwas vergessen sollte, doch diese Automatismen wurden auf einmal nicht mehr benötigt. Trotzdem passierte es ihr manchmal, dass sie mit den Fingern die Monate abzählte, bis die nächste Impfung fällig war, oder dass ihr durch den Kopf ging, was sie dem Mädchen kaufen sollte, und ihr wurde bewusst, dass der Kopf, wenn er sich einmal etwas gemerkt hat, nicht leicht auf das verzichtet, was er verinnerlicht hat.

Bei der Sache mit der Nabelschnur war sie allerdings im Zweifel. Dem Volksglauben nach schützten ihre Überreste vor jeglicher Bedrohung, und im Krankheitsfall, so hieß es, könnten sie sogar dem Sensenmann Einhalt gebieten. Dazu musste man sie nur trocknen, zu einem feinen Pulver zermahlen und dieses dem Kranken verabreichen.

Die Schachtel, in der man die Nabelschnur aufbewahrte, hatte man ihr am Tag nach der Niederkunft überreicht, mit offenem Deckel, damit das kleine Gewebestück trocknen konnte und nicht verschimmelte.

Obwohl sie von Natur aus eher ein unordentlicher Mensch war, hatte Yui diese Schachtel gehütet wie ihren Augapfel. Einst würde sie sie ihrer Tochter am Tag ihrer Hochzeit übergeben, so wie es die Tradition verlangte.

Nach dem Tsunami hatte sie das schwärzlich verfärbte Stückchen Gewebe im Ganzen in die Urne fallen lassen, die die Asche ihrer Mutter und Tochter enthielt, weil sie es nicht über sich brachte, es anzufassen und zu zerbröseln. Danach hatte sie die Asche und Knochenreste von beiden mit nach Hause genommen und vermischt, damit sie auch im Tod beieinander waren, so, wie man sie gefunden hatte. Denn als man sie fand, hielten sie sich in den Armen.

»In den Armen?«, fragte Takeshi eines Abends, gerührt und vorsichtig.

Yui nickte. Sie hatte die Hände am Steuer und lenkte auf der Rückkehr aus Bell Gardia den Wagen in Richtung Tokio.

Es war ein schöner Tag gewesen. Zusammen mit Leuten aus der Gegend hatten sie gegrillt, auch etwa dreißig Menschen aus Ōtsuchi waren gekommen, unter ihnen sieben Kinder. Sogar die alte Dame mit dem Hund tauchte auf, brachte mit *azuki*-Bohnenpaste gefüllte Krapfen mit und erzählte, ihre deutsche Schwiegertochter erwarte ein Kind. Die Frau von Suzuki-san hatte ein köstliches *chirashi-zushi*, eine Platte mit vielen bunten Häppchen, zubereitet. In der allgemeinen Feierlaune hatte Keita verkündet, er habe die Zugangsprüfungen für die Uni geschafft; nun würde auch er, wie seine Mutter, die Universität von Tokio, die Tōdai, besuchen.

Vielleicht lag es an der Freude, die sie an diesem Tag empfunden hatten, oder an der Tatsache, dass er zufällig mit dem zweiten Jahrestag ihres ersten Besuchs in Bell Gardia zusammenfiel (»Heute vor zwei Jahren seid ihr zum ersten Mal hierhergekommen«, hatte Suzuki-san gesagt und ihnen das Heftchen gezeigt, in das er alle Besucher des Windtelefons eintrug) – jedenfalls fühlte sich Yui stark genug, um darüber zu sprechen.

»Ja, sie hielten sich in den Armen.«

Sie erzählte ihm, als das Informationszentrum ihr mitgeteilt hatte, ihre Mutter und Tochter seien wahrscheinlich gefunden worden und je nach Zustand der Leichen müssten diese nun entweder persönlich oder durch eine DNA-Analyse identifiziert werden, habe die Vorstellung, die beiden noch einmal zu sehen, Yui in Angst und Schrecken versetzt. Und wenn das zukünftig das einzige Bild sein würde, das ihr von ihnen in Erinnerung bliebe?

Doch am Ende war es ihr größter Trost, die beiden tatsächlich zu sehen und ihre eigene Hoffnung bestätigt zu sehen – nämlich, dass die beiden nicht allein gestorben waren, sondern zusammen.

»Man sagte mir, es gebe ein Foto, das sie mir zeigen könnten, immer vorausgesetzt, dass ich es sehen wolle, das liege ganz bei mir. Also bat ich sie, mir das Foto erst mal zu beschreiben. Man habe die beiden umarmt vorgefunden, sagten sie; sie sähen aus wie lebendig, und so tragisch und traurig der Anblick auch war, hätte er sie alle zutiefst berührt.«

Ja, sie seien eng umschlungen gewesen, wie eine verschlossene Muschel.

»Die Umarmung war erstaunlich, anders kann ich es nicht sagen, denn offenbar hatte meine Mutter die Hände fest um den Körper meiner Tochter gelegt. Es sah so aus, als wären sie zusammen eingeschlafen.«

Als die Mitglieder des freiwilligen Suchtrupps die beiden gefunden hatten, wollten sie schon aus reiner Gewohnheit die Finger vom Hals der Verstorbenen lösen, unterhalb der Nasenlöcher, die noch voller Rauch waren, waren dann jedoch so weitblickend, sich vorzustellen, es könnte Angehörige geben (einen Sohn vielleicht? Oder eine Tochter?). Und wenn diese Person noch am Leben war, so dachten sie, sollte sie das unbedingt sehen.

Deshalb hätten sie ein Foto gemacht. Erst dann lösten sie die beiden Leichname voneinander.

»Das war sehr klug von ihnen«, flüsterte Takeshi und schaute aus dem Autofenster. Nach einer langen Strecke durchs Bergland sah man endlich wieder das Meer auf der linken Seite. Nach Tokio war es nicht mehr weit.

Als auch Yui es sah, wie es so gewaltig vor ihnen lag, wurde sie langsamer.

*Immer noch?* hatte sie noch Zeit, sich zu fragen, und streckte die Hand nach der Schokolade aus. Doch diesmal war die Übelkeit stärker.

»Fahr links ran«, befahl ihr Takeshi rasch und wies mit nach oben geöffneter Hand auf einen kleinen Halteplatz, der vor ihnen lag. Es sah so aus, als präsentierte er ihn ihr wie ein Geschenk.

Yui stieg rasch aus, der Autoschlüssel baumelte im Schloss.

Sie stellte sich hin, schaute dem Meer ins Gesicht.

Da war es, wieder einmal. Sie schaute das Meer an, und alles war wieder da.

Da war das Wasser, das vorrückte, da war der angespülte Unrat, der am Straßenrand lag, wie Schnee in der Gosse.

Da waren ihre zwei auf drei Meter in der Turnhalle. Da war der Verrückte, der sie von der anderen Seite des Rahmens aus beobachtete und dann über sie sprach. Laut und deutlich sagte er: »Die isst nicht. Die schaut aufs Meer, als wäre es ein Fernseher.«

Da waren die Leichen, die sie im Vorübergehen in der Leichenhalle aufgebahrt sah, sterbliche Überreste, denen man vergeblich einen Namen zu geben versuchte. Und die Zähne, die man einzig und allein aus dem Grund zog, um aus ihnen auf die Identität zu schließen.

Und da war das Meer, dieses gewaltige Meer, das Yui sich damals jeden Tag anschaute. An diesen Baum geklammert und zugleich an das Stärkste und Mächtigste, was es auf der Welt noch gab: das Leben, das immer noch in ihr war, auch wenn Yui es nicht wollte.

Da kamen sie wieder in ihr hoch, die Bilder, eins nach dem anderen. Wie ein Druck auf ihre Eingeweide drängten sie mit Macht nach draußen.

Zum allerersten Mal, seit diese Übelkeit sie überkam, kämpfte Yui nicht gegen den Schwall an und ließ alles hinaus.

Ein Würgereiz kam nach dem anderen, und mit ihnen befreite sie sich von all den Litern Salzwasser und Unrat, von diesem ekelhaften Gemisch, das sie all die Jahre mit allen Mitteln versucht hatte, bei sich zu behalten, weil sie befürchtete, zusammen mit dieser ganzen Brühe würde auch die Erinnerung verschwinden. Zum Beispiel die Freude, die sie an dem Tag empfunden hatte, als ihre Tochter auf die Welt kam, oder der Augenblick, als ihr bewusst wurde, dass sie bei der Erziehung mit mehr Ja als Nein auskam. Oder dieses überbordende Glücksgefühl, das sie jedes Mal überkam, wenn sie die Kleine morgens mit vielen Küsschen überhäufte, um sie zu wecken. Und die Erinnerung an die Hand ihrer Mutter, die sie ihr immer kurz auf den Rücken legte, wenn Yui das Haus verließ und sie zu ihr *Itterasshai,* bis später, sagte, und jenen Satz, den sie ihr so oft zugeflüstert hatte, dass Yui seiner fast überdrüssig wurde: »Yui-chan, du bist wirklich eine großartige Tochter.«

Takeshi stützte ihr den Kopf, ohne ein Wort zu sagen. In der anderen Hand hielt er Yuis immer länger und schwärzer werdendes Haar; blond war nur noch ein schmaler Streifen ganz unten.

Als nichts mehr in ihr war, kauerte sich Yui auf den Boden und schlang die Arme um sich selbst. Sie verspürte das Bedürfnis, sich selbst zu umarmen.

Sie weinte nicht, wandte aber auch nicht den Blick vom Meer, denn sie war überzeugt davon, dass diese Übelkeit nun vorbei wäre, ein für alle Mal, obwohl sie sich schon damit abgefunden hatte, sie nie mehr loszuwerden.

Da hatte sie sich getäuscht. Denn es sind nicht nur die besten Dinge, die irgendwann ein Ende haben, sondern auch die schlimmsten.

Takeshi blieb hinter ihr stehen, um ihr diesen Blick aufs Meer nicht zu verstellen. Er streichelte ihr den Rücken, zuerst von unten nach oben, während sie sich erbrach, um jener rätselhaften Materie den Weg zu ebnen, und dann in der Gegenrichtung, damit sie besser den Wind einatmen konnte, der immer noch blies.

»Ich habe Glück gehabt«, murmelte sie, als sie sich erholt hatte, und war sich im Grunde bewusst, dass das der Wahrheit entsprach. »Wenigstens habe ich sie noch ein letztes Mal gesehen.«

Es gab Menschen, die noch jahrelang nach den sterblichen Überresten ihrer Angehörigen suchten, Menschen, die sich irgendwann damit abfinden mussten, dass man ihre Liebsten niemals finden würde. Und bei manchen Dingen war es eben so, dass sie nie ein Ende fanden, wenn man sie nicht sah.

Vielleicht lag es an der dichten Finsternis, die auf jenem Straßenzug herrschte, doch bevor sie wieder in den Wagen stiegen und ihre Fahrt nach Tokio fortsetzten, richtete Yui ihre Augen noch einmal auf die übelriechende Pfütze, die langsam über die Kante des felsigen Abgrunds tropfte.

Für sie sah sie schwarz und glänzend aus, wie ein Dämon aus dem Märchen.

»Pechschwarz.«

»An die Farbe erinnere ich mich nicht, Yui, aber …«

»Das war wie in einem Horrorfilm, stimmt's? Sag's ruhig.«

»Mal ganz im Ernst, ich hab noch nie einen Patienten so kotzen sehen.«

Über diesen Satz und über diesen Anblick, wie aus einem Comic, würden sie noch bis Tokio lachen, und zwar so sehr, dass sie sogar noch einmal anhalten mussten. Sie lachten und lachten, bis ihnen die Tränen kamen und sie sich den Bauch halten mussten.

Sie lachten, bis ihnen die Luft wegblieb.

## 32

*Die Tradition des* heso no *oder* へその緒,
*wie es Yui von der Hebamme erklärt wurde,
die ihr bei der Geburt beigestanden hatte*

»In Japan hat sich diese Tradition seit der Antike erhalten,
nämlich der Mutter nach der Niederkunft den Überrest
der Nabelschnur zu überreichen. Durch dieses Stückchen
Gewebe erhielt das Baby während der Schwangerschafts-
monate seine Nahrung, und wenn du es recht bedenkst,
ist es neben dem Mutterkuchen das Kostbarste, was es
gibt.

Früher glaubte man, das Hautstück würde sich in eine
Art Talisman verwandeln, der den Menschen über die gesamte Spanne seines Lebens hinweg beschützen könne. Die
Mütter gaben die Nabelschnur ihren Söhnen mit, wenn sie
in den Krieg zogen, und den Mädchen, wenn sie Bräute
wurden.

Der Überlieferung nach kann einem die Nabelschnur
im Fall einer tödlichen Krankheit, wenn man sie trocknet
und in pulverisierter Form zu sich nimmt, das Leben retten. Schön, nicht wahr?

Lass die Nabelschnur einfach eine Weile an der frischen

Luft liegen. Jetzt sieht sie noch weiß und glänzend aus, doch schon morgen wird sie trocken und bräunlich und kaum größer als eine Erdnuss sein.«

## 33

Um wieder ins Lot zu kommen, braucht man praktische Dinge.«

Das konnte ein längerer Disput werden. Takeshi erahnte es an der Art und Weise, wie die Hände seiner Mutter in der Luft schwebten.

»Siehst du, das Telefon ist zum Beispiel so ein praktisches Ding.«

Takeshi leerte die Reste des Abendessens in kleine Schälchen, legte Teller als Deckel darauf, stapelte sie und hielt das Geschirr in der Hand.

»Ich habe ein Foto vom Telefon des Windes gesehen. Das sieht genauso aus wie die Apparate, die es zu meiner Zeit gab. Zu deiner auch noch, stimmt's? Der Apparat selbst erinnert mit seinen runden Vertiefungen eher an eine Kette, einen buddhistischen Rosenkranz«, sagte sie und griff sich ans Handgelenk, als trüge sie einen solchen Armschmuck. »Eins dieser Kettchen, das Mönche tragen, weißt du, was ich meine?«

*Wie viele Vergleiche braucht ein Wort eigentlich?*

Takeshi seufzte. Er stand vom Tisch auf, während sich seine Mutter eine Mandarine schälte. Das Abendessen war vorüber. Der Duft der Zitrusschalen verteilte sich im ganzen Raum, während er das gestapelte Geschirr neben dem Spülbecken abstellte.

Seine Mutter war nie eine der Frauen gewesen, die männliche Wesen der Küche verweisen. Vielmehr hatte sie ihn nach der Devise großgezogen, dass zwischen einem Sohn und einer Tochter kein Unterschied gemacht werden sollte.

Takeshi murmelte das hundertste *sō desune, hontōda ne*, »das stimmt, klar, natürlich, genauso ist es«, und machte noch ein paar Geräusche der Zustimmung dazu. Damit gelang es ihm meistens, sie ein wenig zu beruhigen.

»Du wirst schon sehen, es wird helfen, und dann bekommt sie auch wieder Lust, nach draußen zu gehen und Spaß zu haben. In ihrem Alter muss man spielen, das gehört einfach dazu.« Das Gewicht des ganzen Satzes lag auf diesem *muss*. »Wenn sie jetzt nicht spielt, wann dann?«

»Das weiß ich, aber diese Dinge brauchen einfach Zeit, das hat auch der Kinderarzt gesagt«, entgegnete Takeshi nach längerem Schweigen.

Hatte der Arzt das wirklich gesagt? Takeshi konnte sich nicht mehr genau erinnern, sicher war er sich nicht. Allerdings wusste er, dass man seine Mutter immer bremsen konnte, wenn man die Autorität eines Dritten, besser noch eines Mannes, erwähnte.

»Aber man muss auch nicht übertreiben. Manche Dinge vergehen einfach mit der Zeit, andere hingegen schleifen sich ein … und wenn man alles belässt, wie es ist, bleiben Narben zurück«, erwiderte sie.

Seit fast zwei Jahren sagte Hana kein Wort mehr. Wenn also von Narben auf der Seele die Rede war, so war sie längst über dieses Stadium hinaus, da brauchte man sich keine Illusionen zu machen. Doch das sagte Takeshi nicht, er war davon überzeugt, wenn seine Mutter die Gewissheit hatte, eine solch simple Maßnahme genüge, um alles wieder in Ordnung zu bringen, musste er sie ihr auch lassen.

»Du wirst sehen, das kommt schon wieder, da bin ich mir sicher. Nimm sie nach Bell Gardia mit und zeig ihr, wie es funktioniert.«

Von ihrem Fenster sah es so aus, als stülpte sich der Himmel über den Berg, die Wolken schienen den Umriss des Fuji in den Schwitzkasten zu nehmen. Weiter unten fuhr die Eisenbahn, Geleise liefen zusammen und wieder auseinander. Nach dem Tod seiner Frau war Takeshi versucht gewesen, sich eine andere Wohnung zu suchen, dann aber zu dem Schluss gekommen, dass er diese Landschaft, die sich jeden Tag beim Blick aus dem Fenster ein wenig anders präsentierte, viel zu sehr liebte.

»Seit dem allerersten Mal, als du mir von diesem Telefon erzähltest, musste ich immer wieder an den *butsudan,* unseren Hausaltar, denken. Schließlich dient auch er dazu, sich an die Endlichkeit der Dinge zu gewöhnen. In gewisser Weise hat man mit ihm immer ein wenig vom Tod im Haus.«

Tatsächlich, und hier war sich Takeshi mit ihr einig, war das Beten vor dem Hausaltar eine Gewohnheit, die in vielen Häusern Japans noch gang und gäbe war. Manche nahmen Abstand davon, weil es durchaus aufwändig war, einen solchen Hausaltar zu erhalten, doch es stand außer Zweifel, dass er dazu beitrug, die Scheu vor dem Tod abzulegen und in eine andere Beziehung zu den Verstorbenen einzutreten.

»Durch diesen Hausaltar«, sagte seine Mutter, »habe ich schon von Kindesbeinen an begriffen, dass Dinge auch da sind, wenn wir sie nicht sehen, und es, wenn Menschen im Alltag nicht mehr da sind, nicht bedeutet, dass sie endgültig verschwinden, ganz im Gegenteil. So wie die Großeltern, die Eltern meiner Mutter, die starben, lange bevor ich auf die Welt kam, oder meine beiden Brüder, die meine Mutter tot geboren hat. Ja, sie waren unsichtbar geworden, aber stumm waren sie deshalb nicht. Sie zogen um, sagen wir mal so; von der Küche oder dem Schlafzimmer ins Wohnzimmer, auf den *butsudan*. Einen Tag waren die Großeltern noch hier, und am nächsten waren sie da drüben.«

Takeshi nickte und erinnerte sich daran zurück, wie seine Urgroßeltern ausgesehen hatten. Auf dem einzigen Foto, das er von ihnen kannte, waren sie in der damals üblichen steifen Haltung abgebildet: Die Frau saß, im Kimono, der Mann stand an ihrer Seite, und beide hatten eine ernste und stolze Miene aufgesetzt. Takeshis Geist schweifte ab: Seit wann lächeln wir auf Fotos eigentlich?

»Und das alles sind Dinge, die man als Kind nur mithilfe von Magie begreift, oder einer zurückhaltenden Religion, die dir so wenig Vorschriften macht wie die unsere«, fuhr die Frau fort. »Und dann sag ich dir noch was: Mit meinen verstorbenen Eltern zu sprechen war viel leichter als früher, als sie noch am Leben waren. Sie hatten mich praktisch nie ausreden lassen. ›Du bist jünger als wir, also musst du still sein‹, sagten sie immer. Aber wenn ich recht darüber nachdenke, muss ich lachen, weißt du: Schließlich würde ich immer jünger sein als sie, oder nicht?«

Takeshi sammelte die Mandarinenschalen ein, die noch auf dem Tisch lagen, warf sie in den Mülleimer und drückte die Mülltüte zusammen, die er später in die Kompost-Tonne werfen würde.

»So ein *butsudan* ist ein großer Trost, und er gibt mir das Gefühl, dein Vater wäre immer noch hier bei mir.«


Takeshi erinnerte sich an die ständigen Diskussionen seiner Eltern. Der Vater war zwanzig Jahre älter gewesen als sie und starb, als sie gerade einmal vierzig war. Vor allem waren ihm ihre endlosen Wutausbrüche im Gedächtnis geblieben, und die Gestalt jenes unerschütterlichen und gerechten Mannes, der ihr stets geduldig zuhörte, wenn sie den übervollen Eimer ihres Alltags vor ihn auf den Tisch kippte, während er im Sand ihrer Erlebnisse nach einer noch so kleinen Muschel suchte, die sie glücklich machen könnte.

Genau in diesem Moment ließ sich die Mutter vor dem Hausaltar, der auch dem Vater geweiht war, mit gerade durchgedrücktem Kreuz auf die Knie nieder, zündete ein Räucherstäbchen an, stellte kleine Küchlein und eine Schale Reis hin und beschwor ihren Mann noch einmal herauf, damit er ihr zuhörte, so wie er es getan hatte, als er noch am Leben war. Oft fand ihr Sohn sie schlafend und ein wenig derangiert im *tatami*-Zimmer vor, den Kopf auf den *zabuton,* das Meditationskissen, gelegt.

»Ja, du hast recht. Dein Vater liebte mich genau so, chaotisch und geschwätzig«, erwiderte sie fröhlich, als Takeshi sie darauf hinwies.

Und so kam es, dass das Lachen, das ihre Antwort begleitete, ein wenig die Traurigkeit verschluckte, die Takeshis Mutter jedes Mal überkam, wenn sie sich selbst zu alt oder zu dumm fühlte, um die Dinge zum Besseren zu wenden.


»Was die Idee angeht, Hana einmal nach Bell Gardia mitzunehmen, werde ich eine Freundin um Rat bitten«, nahm Takeshi den Faden von vorhin wieder auf, um das Gespräch und den Abend zum Abschluss zu bringen. »Jedenfalls könnte es einen Versuch wert sein.«

»Meinst du die Frau, mit der du immer nach Iwate fährst?«

»Ja, an sie habe ich gedacht. Yui kennt den Ort besser als ich. Sie wird mir schon sagen, ob es angebracht ist, das Mädchen dorthin zu bringen«, schloss Takeshi. »Und jetzt komm, gehen wir schlafen.«

Er knipste das Licht an der Dunstabzugshaube aus, das ein letztes Quadrat der Küche erhellte, dann waren alle Schatten verschwunden.

# 34

*Die zehn intensivsten Erinnerungen Takeshis
an seinen Vater*

Als sie zum ersten Mal zusammen auf den Tokyo Tower
gestiegen waren und sahen, wie riesengroß diese Stadt
war.

Der Tick, den er bei Tisch hatte: die Deckel der Flaschen
ständig auf- und wieder zuzuschrauben.

Wie er mit den Fingern auf allen möglichen Dingen he-
rumgetrommelt hatte.

Die unbeholfene und wirre Art, mit der er versucht hatte,
Takeshi zu erklären, wie die Babys auf die Welt kamen.

All die Male, wenn er sich zurückzog, um mit seiner jünge-
ren Schwester zu telefonieren. Und die intensiven, aber
stets im Flüsterton geführten Gespräche mit ihr.

Das Ferrari-Modellauto, das er ihm aus Italien mitgebracht hatte.

Als er ihn zum ersten und einzigen Mal weinen sah: Seine Schwester war gestorben.

Als sie zusammen einem *rakugo*-Abend in Asakusa beigewohnt hatten.

Der Tag, an dem sie ihn in seinem Sessel vorfanden, leblos, mit der heruntergefallenen Zeitung vor den Füßen. Er sah aus, als wäre er eingeschlafen, doch in Wirklichkeit hatte er einen Herzanfall erlitten.

Sein friedliches Gesicht auf der Bahre, mit all den Blumen ringsum, vor allem Lilien, zusammen mit seinen Lieblingssüßigkeiten (*manju*) und den Kreuzworträtseln.

## 35

Takeshi hatte schon bald gemerkt, dass Akiko, seine Frau, ihrer Tochter vor allem eins beibringen wollte: Vertrauen.

Natürlich hegte sie, wie alle ängstlichen Mütter, die stete Befürchtung, ihr könnte etwas Schlimmes passieren und zwar durch die Hand eines Menschen. »Vor Dingen fürchte ich mich weniger«, pflegte sie zu sagen, womit sie die gesamte Hardware der Welt meinte, Autos zum Beispiel, oder die Gefahr, auf einer abschüssigen Straße auszurutschen. Viel mehr zu denken gab ihr Hanas unbedachte Art, den Blick von Passanten zu suchen, auch den lüsternen eines alten Mannes. Und doch: Wenn sie die Wahl zwischen Angst und Vertrauen hatte, wählte Akiko immer Letzteres.

Den einzigen Streit, an den Takeshi sich erinnern konnte, hatten sie eines Tages, als seine Frau und Hana von dem Café zurückkehrten, in dem sie häufig frühstückten, und Hana sich auf der Straße einem Obdachlosen genähert und ihm stolz ein Bild gezeigt hatte, das sie gemalt hatte. »Schau doch nur, schau«, rief sie, und statt das kleine Mädchen von dem Mann wegzuziehen, hatte Akiko Hana erlaubt, sich dort auf die Bordsteinkante neben ihn zu setzen und sich mit ihm zu unterhalten.

Ein wenig Misstrauen müsse man Kindern doch auch beibringen, begreife sie das etwa nicht? Es sei Aufgabe der Eltern, das zu tun, sagte Takeshi an jenem Abend, sobald er sicher war, dass Hana schlief. Kinder kannten keine Gefahr, und ebenso wenig wüssten sie, was es mit dem Tod auf sich hatte: Wenn Hana die sterblichen Überreste eines Insekts sah, dachte sie, es schlafe, und wenn ein Erwachsener sie an einem Bahnübergang nicht an der Hand nähme, liefe sie wahrscheinlich mit offenen Armen in einen Zug.

Nein, hatte Akiko energisch widersprochen, wenn man Angst vor dem Leben und den Menschen habe, mache einen das nur schwach. Es sei ihre Aufgabe als Eltern, Hana so lange zu beschützen, bis sie selbst dazu in der Lage war. Vor allem jedoch müsse man ihr die Freude am Leben beibringen.

»Das Leben muss man lieben, Takeshi, und was die Menschen angeht, so muss man lernen, ihnen zu vertrauen. Und man darf keinen Hass zulassen, denn aus dem Hass gibt es keinen Ausweg«, schloss sie mit gesenkter Stimme.

Dann hatte sie ihren Mann fest umarmt, so wie sie es auch bei Hana tat, wann immer die Kleine sich zu einer ihrer stürmischen Launen hinreißen ließ, von denen sie selbst den Grund nicht kannte.

In jener Nacht liebten sie sich, vielleicht in dem Gedanken, es sei der genau richtige Zeitpunkt, dass Hana noch ein Geschwisterchen bekäme. Drei Monate später sollte Akiko bei der Suche nach Anzeichen für eine Schwangerschaft den Tumor entdecken.

Für jeden ist früher oder später die Kindheit vorbei. Und alle Kinder sind irgendwann keine Kinder mehr. Auch Hana, dachte ihr Vater. Deshalb galt es jetzt, Hana dabei zu helfen, ihre verlorene Kindheit wiederzufinden, und zwar möglichst schnell.

Wegen der Schwangerschaft ihre Arbeit aufzugeben, war ein schwerer Schlag für Hanas Mutter gewesen; bereits seit ihrem vierten Lebensjahr nahm sie Gesangsunterricht, um einmal Sängerin zu werden. Als Komplikationen während der Schwangerschaft sie fünf Monate lang ans Bett fesselten, konnte sie nicht mehr singen. Die Tatsache, dass niemand sie gezwungen hatte, mit der Kleinen zu Hause zu bleiben, und Takeshi immer wieder anbot, sich zusammen mit der Großmutter um das Mädchen zu kümmern, hatte ihr die Sache nicht leichter gemacht. Akiko glaubte, es tun zu müssen, auch wenn niemand sie darum gebeten hatte.

Seit Hana auf der Welt war, lebten Akiko und sie in absoluter Symbiose miteinander, und es zeigte sich, dass die Mutter ihre Tochter mehr brauchte als es umgekehrt der Fall war. Akikos Karriere war unterbrochen, und ihr fehlte der Mut, diese nach einer Pause, die sie sowieso für zu lang hielt, wiederaufzunehmen. Zweifelsohne belastete sie dies alles, doch ihre Liebe zu Hana war groß, und oft sagte sie sich, sie genieße es, mit ihrer Tochter zusammen zu sein.

Sie hätte ihre Schwiegermutter um Hilfe bitten können, die in der Nähe wohnte und nicht berufstätig war, doch seit ihrer Kindheit hatte man Akiko eingeschärft, dass die eigenen Entscheidungen zählen und genau das wollte sie herausfinden: wie ihr Leben jetzt aussehen würde. Außerdem hatte sie ihre Mühe, das pausenlose Gerede ihrer Schwiegermutter zu ertragen, weder mochte sie die Art, wie die Frau die Ärmel von Takeshis Hemden aufkrempelte, noch wie sie ihm die Hand tätschelte, wenn sie mit dem Essen fertig waren. Auch die Art und Weise, wie die ältere Frau Hana korrigierte, und ihre ungehobelten Zärtlichkeiten, die die komplizierten Frisuren zunichtemachten, die Akiko ihrer kleinen Tochter tagtäglich vor dem Spiegel flocht, machten sie ratlos. Sie war eifersüchtig auf ihre Schwiegermutter, und so kam es, dass die beiden Frauen um die Gunst des kleinen Mädchens buhlten.

Die Schwiegermutter wiederum bewunderte ihre Schwiegertochter. Dabei verstand sie nicht, warum Akiko an einem Tag traurig und am nächsten bester Laune war; sie konnte sich einfach nicht erklären, wie es bei einem Menschen solche Stimmungsschwankungen geben konnte. Dennoch überwog in der jungen Frau der Optimismus, und das allein schon erschien ihrer Schwiegermutter erstaunlich.

Takeshis Mutter hatte zwanzig Jahre gebraucht, um sich selbst von der Schuld für die zahllosen Szenen zu befreien, die sie ihrem Sohn gemacht hatte, vor allem während jener langen Zeit der Ratlosigkeit, nachdem ihr Mann verstorben war, sie auf sich allein gestellt war und sich plötzlich selbst um die praktischen Aspekte ihres Lebens kümmern musste. Verzeihen konnte sie sich diese Ausfälle dem Sohn gegenüber nur, wenn sie sich in Erinnerung rief, unter welch schwierigen Bedingungen sie selbst aufgewachsen war.

Wenn sie es recht bedachte, war es ein Wunder, dass ihr Sohn tatsächlich einen Universitätsabschluss gemacht hatte und Doktor (noch dazu der Medizin!) geworden war, und wann immer Takeshis Mutter die Angst überkam, ihr eigenes Leben nicht gemeistert zu haben, sagte sie sich diesen einen Satz vor: Ein Doktor als Sohn! Ein Sohn, der anderen Menschen das Leben rettet!

Und doch ließ sie sich ihr Erstaunen über den Werdegang ihres Sohnes weder vor ihren Freundinnen noch vor Fremden anmerken. Indem sie so tat, als wäre sein Erfolg selbstverständlich, färbte sein Lebensstil auch ein wenig auf sie ab – das luxuriöse Apartment in Naka-Meguro, die stets frischen Blumen am Eingang, der Privatkindergarten für ihre Enkelin.

Auch deshalb fand sie, dass ihr für all die Mühen ihres Lebens eine gewisse Anerkennung gebühre. Eine gute Frau an der Seite ihres Sohnes und für sie eine freundliche Schwiegertochter – das war das Mindeste, was man erwarten könne.

Und dann war aus heiterem Himmel Akiko in ihr Leben geflattert, wie Mary Poppins in das der Familie Banks. Besonders gefiel ihr an dieser jungen Frau mit der wohltönenden Stimme, wie sie mit Takeshi und dem kleinen Mädchen umging. Und die Präzision, mit der sie sich um den Haushalt kümmerte, ohne jemals etwas zu vergessen, ob es nun ein Geburtstag oder die Begleichung der Stromrechnung war. Gleichzeitig war sie ein wenig verträumt, ein Mensch von natürlicher Heiterkeit, der sich nicht lange damit aufhält, wenn etwas schiefläuft.

Ja, genau das war das Schöne an Akiko: Sie wusste, wie man der Welt ihren Lauf lässt. Ganz im Gegensatz zu ihr selbst grämte sie sich nicht, wenn die Dinge einmal nicht so liefen wie gewollt. Sicher, ihre Schwiegertochter aß ein wenig zu viel (so war sie zum Beispiel geradezu besessen von diesen Eclairs mit Bananenfüllung, eine Leidenschaft, die sie selbst ehrlich gesagt nicht teilte), und küsste Takeshi und die Kleine ohne Unterlass. Außerdem war sie zweifellos übertrieben empfindlich, wie es manchmal bei Frauen vorkam, die für die Familie zurücksteckten, doch ihre Fröhlichkeit und ihr Vertrauen waren einzigartig. Da hätte sie sich noch so sehr anstrengen können – diesen Mut hätte sie selbst niemals gehabt.

Doch dann war Akiko krank geworden, und die Welt war in sich zusammengestürzt, als hätte sich die Erde aufgetan.

Als ihr einige Wochen nach dem Begräbnis bewusst geworden war, dass das Schweigen des Mädchens nicht einfach wieder vergehen würde, fürchtete Takeshis Mutter, es sei eine direkte Konsequenz der Liebe. Wenn es unsere Bestimmung ist, gewisse Dinge zu verlieren, war es dann nicht besser, von vornherein auf sie zu verzichten? Immer wenn sie sich diese Frage stellte, fand sie keine Antwort.

Um sich Mut zu machen, dachte sie zunächst, sie sei ja

auch noch da, als junge Großmutter, die sich guter Gesundheit erfreute.

Takeshi jedoch hielt sich sehr aus der Sache heraus, er behandelte Hana wie ein rohes Ei. Auch sie hatte in den vergangenen Monaten eine diffuse Angst um dieses immer stiller werdende Wesen entwickelt, von dem niemand wusste, was in seinem Kopf vorging.

Würde Hana für den Rest ihres Lebens vom Verlust dieser ganz besonderen Mutter gezeichnet sein?

Wie oft stand die Großmutter an der Tür zum Kinderzimmer und forderte sie dazu auf, einen Spaziergang zu machen oder zusammen fernzusehen, doch die Kleine schüttelte nur den Kopf und wandte sich wieder ihren Origami-Blättern zu, die sie ganz allein faltete, oder sie blätterte in einem ihrer Bilderbücher. Am allerliebsten jedoch schaute sie aus dem Fenster und sah dabei zu, wie die Züge vorbeifuhren, wie sie durch die Ortschaft ratterten und dann wieder verschwanden.

Hana hatte nicht vor, den Platz ihrer Mutter jemand anderem zu überlassen.

Wäre Akiko doch wenigstens die Zeit geblieben, ihrer Tochter diese außergewöhnliche und unerschütterliche Freude am Leben zu vermitteln, ganz gleich, was passierte.

Mit der Zeit tröstete sie sich mit dem Gedanken, dass es ja diese neue Frau namens Yui im Leben ihres Sohnes gab, von der er so oft sprach. Von ihr kannte sie nur die Handynummer und ihr Profilbild, eine in Rot gewandete Ballerina, die in die Luft sprang. Nicht, dass die beiden etwas miteinander hatten, zumindest war ihr nichts davon bekannt, aber vielleicht, so sagte sie sich oft, um sich Mut zu machen, würde es ja genau diese Frau sein, die ihre wunderschöne und doch vom Leben so gebeutelte Familie wieder in Ordnung bringen würde.

Und so begann sie, auch Yui in ihre täglichen Gebete vor dem *butsudan* einzuschließen.

# 36

*Die zehn Dinge, die Hana und Akiko am allerliebsten
miteinander machten, und eines mehr*

1. Am Bahnübergang die vorbeifahrenden *kan kan*, die
   Waggons, zu zählen und den Überblick zu verlieren,
   während der Zug vorbeiratterte.

2. Im Aufzug alle Knöpfe mit ungeraden Stockwerken zu
   drücken.

3. Zu rufen: »*Akanbe! Bero bero be!*« und sich gegenseitig
   die Zunge herauszustrecken.

4. Zum Mori-Gebäude zu gehen, um sich Tokio von oben
   anzusehen, sich gegenseitig zu fragen: »Na, und wo ist
   unser Haus?« und wahllos in eine Richtung zu zeigen.

5. Zug spielen. (Hana hängte sich an den Griff, den Akiko
   von ihrer Tasche baumeln ließ, und Akiko machte
   »*Tschtschu*. Abfahrt!«)

6. Während der Kirschblüte auf der anderen Flussseite auf und ab zu gehen und hinüber nach Naka-Meguro zu blicken, im Morgengrauen, bevor die Touristen kamen. Oder inmitten der Touristen eine erfundene Sprache zu sprechen.

7. Zu sagen: »Ich bin voll wie ein Elefant.«

8. Die Inokashira-Linie zu nehmen und in Eifuku-chō auszusteigen, um eine Pizza zu essen.

9. Den Mund weit aufzusperren, wenn es regnete, und zu rufen: »Ach, wie köstlich! Kompliment an den Küchenchef!«

10. Vor allen *tanuki*-Statuen auf der Straße, neben Restaurants und Privathäusern zu salutieren.

11. Im Café drei verschiedene Stück Kuchen zu bestellen, und sie jeweils in fünf Teile zu teilen. Und um das fünfte *jan ken* zu spielen.

# 37

Was meinst du? Sollen wir versuchen, Hana nach Bell Gardia mitzunehmen?

Das fragte Takeshi sie noch am selben Abend per SMS.

Yuis Antwort lautete, sie wisse es nicht. Jedenfalls wäre es vielleicht gut, dem Mädchen vorher zu erklären, wie das Telefon des Windes funktioniere, ihr von der Reise dorthin, von dem Garten zu erzählen, und wie es ihrem Vater dabei gehe. Einfach eine schöne Geschichte daraus zu machen. Wenn er dann den Eindruck habe, Hanas Neugier sei geweckt, könne er sie einladen, am darauffolgenden Sonntag mit ihnen mitzufahren. Allerdings ohne sie zu drängen.

Das war alles, und Takeshi gab ihr recht.

An diesem Abend, als er Hana ihre Gutenachtgeschichte vorgelesen hatte, zeigte er ihr ein Bilderbuch über das Telefon des Windes.

Er erklärte ihr, dass er auf diese Weise mit ihrer Mutter spreche und ihr erzähle, wie es Hana gehe, und wie ihm. So fühle er sich der Mutter nah und sei sich sicher, dass sie ihm zuhöre.

Und die Fahrt dorthin? Nun, die dauere lange, aber aus dem Autofenster sehe man eine herrliche Landschaft nach der anderen.

»Das Meer, Hana, wenn du wüsstest, wie viele Farben das Meer im Winter hat.«

In jener Nacht erinnerte sich Yui an einen Freitag vor fünf Jahren.

Ihre Tochter war damals zwei Jahre alt gewesen, und sie saßen im Zug. Ihre Tochter brüllte, und Yui versuchte vergeblich, sie zu beruhigen. Aus heutiger Sicht hätte sie nicht mehr sagen können, ob es Freudenschreie oder Zeichen des Unmuts waren, ob die Kleine etwas wollte, das Yui ihr nicht gab (Einen Keks? Das Handy?), oder ob sie einfach nur aufgeregt war und diesem Gefühl auf ihre Weise Ausdruck verlieh. Jedenfalls war es ein schrilles Schreien gewesen, das zweifelsohne auch jenseits der Abteilwände zu hören war, und nichts schien darauf hinzuweisen, dass es sich wieder legen könnte.

In genau diesem Moment brüllte jemand: *Urusai!* Still, sei still!

Als sie sich dort in dem Waggon umschaute, sah sie einen Mann mit dickem Bauch, einem weißen Haarschopf und einer Brille mit wuchtigem Rahmen, der eng an den Augen anlag. Augen, die weder gut noch böse waren. Einfach Augen.

Noch bevor sie sich umdrehte, hatte Yui automatisch *Sumimasen!* gerufen, denn sie war es gewohnt, sich schon von vornherein zu entschuldigen. Wenn man ein Kind hatte, lernte man schnell, den Kopf zu senken und um Entschuldigung zu bitten. Damit vergab man sich nichts.

Was jedoch wirklich erstaunlich gewesen war und was

ihr gerade in diesem Moment wieder in den Sinn kam, war die Reaktion von allen anderen, das Mädchen eingeschlossen. Ein Schweigen war zäh wie Honig über den Wagen gelaufen, und alle schienen die Luft anzuhalten. Und dann kam, von ganz hinten im Zug, aus einem Mund, von dem man nur ein Stückchen sah, eine Stimme, und sie begann zu singen.

*Zōsan zōsan* ... Elefäntchen, Elefäntchen, mit deiner langen Nase.

Zwischenzeitlich brach die Stimme ein wenig, weil der Sänger oder die Sängerin lachen musste. Doch das Erstaunlichste trat nach der zweiten Strophe ein, als ein Fahrgast nach dem anderen in den Gesang einfiel, bis Yui voller Rührung den Elefanten buchstäblich vor sich auftauchen sah, seinen kleinen Rüssel, seine Stummelbeine, seinen tongrauen Körper.

Sie und ihre Tochter waren mitten in ein wunderschönes Fest geraten. Mittlerweile schien der gesamte Eisenbahnwaggon zu singen.

Nur der Mann, der versucht hatte, das Kind zum Schweigen zu bringen, machte keinen Mucks. Indem er versuchte, auf den Ausknopf zu drücken, hatte er, ohne es zu wollen, auf einen anderen gedrückt.

Während Yui jetzt ihre Nachttischlampe ausknipste, musste sie lächeln und dachte, dass ihre Tochter eine wirklich phänomenale Macht gehabt hatte. Ja, dass Kinder im Allgemeinen – und zwar ohne Ausnahme – dazu in der Lage waren, Wunder zu bewirken.

38

*Wie der Titel des Bilderbuchs lautete,*
*aus dem Takeshi an jenem Abend Hana vorlas*

Yōko Imoto, *Kaze no denwa,* Tokio, Kin no Hoshisha 2014

llein?«

Das kleine Kinn sank bis auf den Kragen hinab. Ja, sie war überzeugt. Sie nickte.

»Aber ganz allein? Bist du dir wirklich sicher?«

Die Frage wiederholte sich wie bei einer hängen gebliebenen Schallplatte; dabei zog ihr Vater die Augenbrauen zusammen und entspannte sie wieder, unsicher, wie er sich verhalten sollte.

»Na komm, ich geh mit dir zum Eingang und heb den Hörer für dich ab.«

Hana war nicht zu erweichen. Sie duckte sich, wand sich aus dem Griff des Vaters.

Auch der Vater ging in die Knie und spürte, wie ein Zittern durch seinen Rücken ging. Und wenn ich alt werde?, fragte er sich: Ich kann doch nicht alt werden. Wenigstens nicht in den nächsten zwanzig Jahren.

Er hob die Augen und sah, wie Yui am Rande des Gartens von Bell Gardia die übliche Tüte mit den Bananeneclairs an Suzuki-san übergab. Sie sprach mit dem Mann, neigte den Kopf und lächelte ihn an, doch Takeshi war sich sicher, dass ihr Blick ihm galt und nicht dem alten Herrn.

In diesem Moment sehnte er sich danach, dass Yui mit

ihnen nach Hause käme, dass sie ihm dabei hälfe, die Tüten mit den Einkäufen in die Küche zu tragen, den Schrank des kleinen Mädchens aufzuräumen, und dass sie gemeinsam die Dekoration für Neujahr aufhängten. Es wäre so schön, dachte er, gemeinsam in den Tempel zu gehen und zur Gottheit zu beten, damit sie ihnen ein weiteres Jahr Gesundheit und Glück bescherte. Er wollte Yui immer bei sich haben, bis sie beide alt und ein bisschen taub geworden wären.

O Gott, waren sie also schon an diesem Punkt? War es denn möglich, dass seine Gefühle schon so groß waren?

Bestürzt fragte er sich, ob vielleicht auch Hana das bereits bemerkt hatte. Kinder hatten da oft einen sechsten Sinn.

Und würde er jemals in der Lage sein, die Liebe zu einer einzelnen Frau von der Liebe zu unterscheiden, die auch seine Tochter einschloss?

In diesem Moment wandte sich Yui um, offenbar durch Takeshis hartnäckigen Blick dazu aufgefordert, worauf dieser ihn, peinlich berührt, sogleich abwandte. Langsam strich er über Hanas verwuschelten Kopf.

»Na gut, dann machen wir es so«, sagte er. Sie würde allein hineingehen, und er würde draußen auf sie warten.

Das Mädchen löste sich aus der Berührung durch den Vater. Mit kleinen Schritten näherte sich Hana der Telefonzelle. Am Bogen klingelte das Glöckchen. Takeshi hielt den Atem an. Was passierte jetzt? Er fühlte sich wie ein Teenager mit Herzklopfen.

Takeshi trat in dem Moment zu Yui, als Suzuki-san wieder ins Haus ging und Hana den Hörer abnahm. Groß und still senkte sich das schwarze Teil von oben an ihr Ohr.

»Sie ist so klein.«

»Für ihr Alter nicht«, erwiderte Yui sanft. »Völlig in der Norm, scheint mir.«

»Ich meinte, dort drinnen.«

Sie standen regungslos auf der Schwelle.

»Sie wollte unbedingt alleine rein«, sagte er.

»Das habe ich gesehen, ja.«

»Um hier zu sprechen, braucht man keine Stimme, oder?«, fragte Takeshi.

»Nein, die braucht man hier nicht.«

Der Vater bewegte sich, verschob seine Perspektive, und jetzt sah er, wie seine Tochter in der Zelle den Mund aufmachte und wieder schloss, ihre Lippen, die sich bewegten, einmal, zehnmal, viele Male.

Er blieb wie versteinert stehen, noch unfähig, sich auf ein klareres Gefühl einzulassen. Bewegten sich die Lippen nur, oder kam wirklich etwas heraus? Sprach sie? Sprach Hana etwa tatsächlich?

»Sie spricht!«, rief er. Und dann: »Spricht sie?«

»Sieht so aus, als würde sie sprechen, ja«, murmelte Yui. »Aber genau kann man es nicht sagen.«

»Nein?«

»Von hier aus ist es schwer zu beurteilen. Wir sind zu weit weg.«

»Aber sie spricht?«, fragte Takeshi noch einmal.

»Anscheinend, ja.«

Auf einmal kam ein Wind auf, fegte ein paar Blätter zu Boden, irgendwo in der Nähe klapperte ein Fenster, ein Hund bellte. Diese Klangwolke war wie ein Nebel, der aufstieg, damit das kleine Mädchen ungestört war.

Obwohl sie es sich nicht anmerken ließ, war Yui nicht weniger aufgeregt als er. Sie hätte Takeshi gern umarmt, aber sie unterdrückte den Impuls.

Stattdessen betrachtete sie lange Hanas Profil, das im Rahmen der Zelle etwas mehr als die Hälfte des Platzes einnahm, den der Vater für sich beanspruchte. In jedes Rechteck passte ein Stück ihres Körpers, eine ganze Schulter, ein Teil des Armes. Noch zehn Jahre, und sie würde so groß sein wie er.

# 40

*Sätze, die der Wind von Bell Gardia*
*im Monat Juni mit sich führt*

»Damals habe ich dich nicht so sehr geliebt wie heute.«

»Immer regnet es, langsam bin ich es leid.«

»Tante, wo bist du?«

»Hallo? Opa? Wie vertreibt man sich eigentlich die Zeit, dort, wo du bist?«

»Bei einem Brand in einem Hochhaus in London sind 72 Menschen gestorben.«

»Wenn du zurückkommst, dann schwöre ich, ich schwöre ...«

»Bist es zufällig du, der mir ständig Sachen versteckt? In letzter Zeit finde ich gar nichts mehr ...«

»Ich habe dein Tagebuch gefunden. Erlaubst du mir, dass
ich es lese?«

»Mama, ich bin's, Hana. Erinnerst du dich noch an mich?«

»Papa?«

# 41

Wenn niemand mit einem Wunder rechnet, geschieht es.

Yui hatte das Mädchen an diesem Morgen zum ersten Mal gesehen. Nachdem sie über zwei Jahre lang nur von Hana gehört hatte, schaute sie ihr jetzt in die Augen, hielt ihre Hand. Hana war ein ruhiges, artiges Mädchen, ein Musterexemplar einer Sechsjährigen. Nur noch wenige Monate, und sie würde eingeschult werden.

Als Yui, statt wie sonst bloß zu hupen, angehalten hatte und ausgestiegen war, um ihnen entgegenzugehen, hatte Hana gelächelt und eine kleine Verbeugung gemacht. Sie schien sehr wohl zu wissen, wer Yui war und warum sie jetzt zu dritt in diesem Auto saßen.

Yui war besonders vorsichtig gefahren und warf immer wieder kurze Blicke in den Rückspiegel, um sich zu vergewissern, dass sich Hana in ihrem Kindersitz, den Yui extra für die Fahrt geliehen hatte, wohlfühlte.

Sie hatten den Sitz auf der Rückbank hinter dem Fahrersitz angebracht, Takeshi saß neben ihr.

In Chiba machten sie ihren üblichen Zwischenstopp bei Lawson, wo Hana sich einen Nougatpudding und ein Fläschchen Kakao gekauft hatte. Sie war verrückt nach

187

Schokolade, und als das Meer in Sicht kam, streckte Yui die Hand nach hinten aus und bot Hana ein Stückchen von ihrer Schokoladentafel an. Obwohl sie nie wieder dieser Würgereiz überkommen hatte, kaufte sie vor der Fahrt zur Sicherheit immer noch Schokolade, denn es war ein Ritual, das mittlerweile zur Routine geworden war.

»Kaum sehe ich das Meer, läuft mir das Wasser im Munde zusammen. Ich werde gefräßig«, hatte sie belustigt kommentiert. »Eine Katastrophe.«

Sie brauchte einfach Schokolade, egal aus welchem Grund.

»Wenn ich am Meer lebte, würde ich vermutlich einen Zentner wiegen.«

Hana hatte sich sofort an Yui gewöhnt, als wäre sie schon immer mit ihnen mitgefahren. Man sah, dass sie sie mochte.

Und als die Kleine nun aus der Telefonzelle gelaufen kam, zu ihrem Vater rannte und ihn mit Tränen in den Augen fest umarmte, war das ein so bewegender Moment, dass Yui zur Seite trat, um die beiden allein zu lassen. Da fasste Hana sie erst am Jackenzipfel, dann am Ärmel und schließlich an der Hand, und zog sie zu sich herunter.


Es war der richtige Moment. Das ist es immer, wenn etwas Schönes geschieht.

Noch vor seiner Tochter musste der Vater bereit sein. Takeshi war es endlich. Und das schien Hana zu begreifen.

So kam es, dass die Kleine, als Takeshi sich über sie beugte, um sie zu umarmen und sie den Kopf in die Halsbeuge ihres Vaters schmiegte, wieder zu sprechen begann. Sie sagte normale Dinge, Kinderdinge, Dinge, die zu ihrem Alter passten.

Sie habe Hunger, sagte sie, und ein bisschen Durst. Nein, der Wind störe sie nicht, auch wenn er wirklich ziemlich stark war. Und es sei wunderschön hier.

Und obwohl aus Hana niemals eine Plaudertasche werden würde, erzählte sie auf der Rückfahrt, wie gern sie Schokolade mochte, und so kauften er und Yui bei dem *kombini*, an dem sie vorbeikamen, jede Menge Süßigkeiten. Unter Takeshis amüsierten Blick begannen die beiden, nach Herzenslust zu naschen und jedes erdenkliche Produkt, das das Wort *Schoko* im Namen hatte, auszuwickeln, daran zu lutschen, zu kauen, zu knuspern, zu bröseln und zu schlecken.

Yui erzählte, als sie noch ein Kind war, habe ihre Mutter ihr immer zwei Donuts gekauft. Einen für jetzt, einen für später. Als wollte sie ihr beibringen, dass das Glück kein Ende hat.

»Wenn du jetzt den einen isst, siehst du, dass es noch einen anderen gibt«, sagte sie zu mir. Und prompt war in meinem Magen gar kein Platz mehr für einen zweiten Donut, und dieser arme, einsame Kringel wurde im Schrank alt, weil ihn niemand wollte.«

Man konnte sich einfach den Luxus leisten, mehr Hunger zu haben oder eben weniger.

»Jedenfalls hätte es immer noch einen zweiten Kringel gegeben.«

Hana sperrte staunend den Mund auf.

»Auch deine Mama hat immer viel Schmalzgebäck gekauft«, warf Takeshi ein. »Viel mehr, als sie jemals essen konnte.«

»Vielleicht rührt ja unsere Leidenschaft für Süßes genau daher«, kommentierte Yui.

Als stünden diese beiden Erinnerungen in Verbindung, dachte Yui an einen Tag im April zurück, als ihre Tochter mit vollen Backen ihren allerersten vollständigen Satz gesagt hatte: *Ich will ganz viel Torte.* Es war Yuis Geburtstag, sie hatte ihre Tochter auf den Schoß genommen, damit sie die Kerzen auspusten konnte, und da war dieses warme Gefühl des zappeligen Körpers, das gierige Fingerchen, das die Kleine tief in die Sahne tauchte, und dann genüsslich zum Mund führte.

»Ist denn noch was in der Tüte?«, fragte Yui und richtete den Blick fragend auf den Beutel aus dem *kombini*. Die Erinnerung an ihre Tochter behielt sie lieber für sich.

»Was, du willst noch was? Wie viel esst ihr denn noch?«, würde Takeshi an diesem Abend mehrmals sagen und so tun, als wäre er satt, nur um Yui und Hana dabei zu beobachten, wie sie sich wieder und wieder etwas in den Mund schoben und ausriefen: »Ach, ist das gut! Richtig gut! Findest du nicht, dass das das Beste von allen ist? Ja, wunderbar knusprig. Noch besser wäre es, wenn man es kurz in die Mikrowelle tun würde. Vielleicht noch mit einem Klecks Sahne obendrauf! Ja, genau, frische Sahne. Und ein bisschen Zimt. Und Kakao. Ja, Kakao auch, du hast recht.«

Takeshi amüsierte es, wie Yui immer neue Wörter fand, um Speisen zu benennen, so wie in der Fernsehwerbung, in der die Leute sich zu den tollsten Umschreibungen verstiegen, selbst wenn es sich nur um ein schlichtes Eclair aus gefülltem Brandteig handelte. Vor allem jedoch wurde ihm vom glockenhellen Klang der Stimme des kleinen Mädchens warm ums Herz – wie sie sich auf die Dinge richtete, ganz normale Worte bildete und sie zum Klingen brachte, gleich Fingerkuppen, die über die Tastatur eines Klaviers huschten.

## 42

*Eine Liste der Süßigkeiten,*
*die Yui und Hana bei der Rückkehr aus Bell Gardia*
*im* kombini *kauften*

Nougatpudding mit Pistaziencreme.

Süße Pfannkuchen mit Schoko- und Bananenfüllung.

*Mochi,* mit Schokocreme gefüllt.

Schokoeier mit einer ganzen Mandel drin.

Schokostäbchen, mit Mandel- und Haselnusskrokant be-
stäubt.

Ein Brötchen mit Nussnougatcreme und Matcha.

Eine süße Wecke, mit Schokostücken belegt.

Eine Tüte Pralinen aus 75-prozentigem Kakao.

Eine Schachtel Schokowürfel mit Salzkaramell.

Ein weicher Schokokeks.

Eine Packung Knusperplätzchen mit Schokoraspeln.

Zwei Päckchen Schokomilch.

# 43

Sie würden immer wieder gemeinsam nach Bell Gardia fahren. Nicht jeden Monat, denn für ein Kind in Hanas Alter waren sieben Stunden Hinfahrt und sieben Stunden Rückfahrt zu anstrengend, aber alle drei trafen sich fortan am Samstag oder am Sonntag – am Samstag *und* am Sonntag – in Tokio, um ins Kino zu gehen, Pfannkuchen in Form einer Blume zu essen oder auf einem Spielplatz am Stadtrand fünfzigmal oder mehr die Rutsche herunterzurutschen.

Von den vielen Dingen, die sie zusammen erlebten, blieb ihnen eines noch lange im Gedächtnis, wie ein Echo. Das war das traditionelle Fest des *o-bon* im August, als Hana und Yui Sommerferien hatten. Bei diesem Fest feierte man die Rückkehr seiner Vorfahren und hieß seine verstorbenen Angehörigen bei sich zu Hause willkommen.

»Dieses Jahr machen wir es richtig, so wie es sich gehört«, verkündete Takeshi.

Sie hängten *chōchin*-Lampions vor die Tür, wie es Brauch war, damit die Geister sich nicht verirrten und den Weg zu ihren Nachfahren fanden. Hana war eifrig damit beschäftigt, aus Auberginen, Gurken und Zahnstochern Pferde und Kühe zu bauen (»Pferde braucht man, damit sie schnel-

ler hierherkommen, und Kühe für eine langsame Rückkehr ins Reich der Toten«). Yui kramte das Rezeptbuch
ihrer Mutter hervor, machte Klebreis für *mochi* und füllte
die *o-hagi*-Kuchen mit selbstgemachter Erdbeermarmelade,
Takeshi besorgte die Blumen und andere Opfergaben für
die Hausaltäre, den eigenen ebenso wie den von Yui.

Hana stellte sich vor, wie ihre Mutter und der Großvater
väterlicherseits, den sie nie kennengelernt hatte, im Sattel
des grünen Höckerpferdes unterwegs waren, und neben
ihnen, in ebenso munterer Gangart, Yuis Mutter und ihre
Tochter. Der kleine Prozessionszug stand ihr so lebhaft vor
Augen, dass sie eine Zeichnung davon anfertigte und sie
Yui schenkte, die sie mit Tesafilm an der Küchentür auf-
hängte. Sie rührte sie jedes Mal, wenn sie daran vorbeiging.

Am Abend des sechzehnten August zogen sich Hana
und Yui leuchtend bunte *yukata*-Mäntel an und gingen
ans Meer. Takeshi stieß zu ihnen, sobald seine Schicht
im Krankenhaus beendet war, auch er in einem kimono-
artigen Mantel, den er sich von einem Arbeitskollegen geliehen hatte, und mit einem Paar *geta*, den traditionellen
Zehensandalen aus Holz, im Rucksack. Dann zog er sich
im Bahnhof rasch um, und Hand in Hand gingen die drei
auf die Landzunge zu, die das Inselchen Enoshima mit dem
Kanagawa-Viertel verband.

Hana erfuhr, dass die Menschen früher geglaubt hatten, das Jenseits liege am anderen Ufer von Meeren oder
Flüssen, so dass in vielen Gegenden Japans bis heute das
wunderschöne Ritual abgehalten wurde, Opfergaben oder
kleine Lichter auf Papierschiffchen oder Laternen zu Was-

ser zu lassen, wo sie mit der Strömung langsam aufs offene Meer hinaustrieben.

Die beiden Erwachsenen und das Mädchen beugten sich zu dritt über die Papierlaterne, auf die sie die Namen von Takeshis Frau, von Yuis Mutter und ihrer Tochter geschrieben hatten, und schauten noch einen Augenblick lang, in Gedanken versunken, auf das Flämmchen und die in Tinte geschriebenen Kanji-Schriftzeichen hinab, bevor sie gleichzeitig die Fäuste öffneten und das Schiffchen dem Meer überließen.

»Das war eine wunderschöne Idee«, flüsterte Takeshi Yui zu und drückte einen Moment lang ihre Hand.

Zu Fuß gingen sie in Richtung Insel und stiegen auf die Kuppe des Hügels, um an einem Schrein zu beten. Yui bat die Göttin Benten, ihr, die noch nie eine große Köchin gewesen war, dabei zu helfen, Hanas Bento-Box besser zu bestücken. Takeshi wünschte sich weitere Tage, die so sein würden wie dieser hier, während Hana sich darauf beschränkte, fasziniert die zitternden Reflexe der Laternen auf dem Wasser zu betrachten. Von oben sah es aus wie viele Glühwürmchen auf der Wasseroberfläche.

Jene Nacht verbrachte Yui zum ersten Mal bei Takeshi und Hana in der Wohnung. Sie schlief im Kinderzimmer neben Hana.

»Bleib hier, bis ich eingeschlafen bin«, bat die Kleine sie.

»Bedrückt dich etwas?«

»Nein, nein, einfach nur so«, hatte Hana erwidert. Sie wollte es, so wie man morgens noch eine Tasse Kaffee will oder im Winter eine zweite Decke.

Irgendwann war auch Yui eingeschlafen, und Takeshi ließ sie schlafen. Als sie aufwachte, hatte sie einen schrecklich steifen Hals und zwei tiefe Abdrücke auf der linken Wange. Doch das war es wert: Die Erinnerung an ihr gemeinsames Frühstück am Tag danach begleitete sie noch monatelang wie eine Zärtlichkeit.

Als Yui einige Tage später beim Stöbern in einer Buchhandlung ein Buch fand, das in feinen Pastellfarben alle möglichen Himmelreiche und Jenseitsvorstellungen bebilderte, kaufte sie es. Diesen Bildband legte sie Hana in einem Moment, in dem sie zu zweit waren, in die Hände; nach einem langen, ereignisreichen Tag saßen sie beisammen und aßen *sukiyaki*.

An den Wurzeln der Welt, so hieß es in Nigeria, gab es einen Stier; laut den Tartaren des Altaj hingegen lebten dort drei Fische, die in gewissen Abständen den Menschen Überschwemmungen schickten, um sie für ihre Missetaten zu bestrafen. Auf der indonesischen Insel Sumatra hauste eine Drachenschlange, die die Erde und die sieben Himmelsschichten auf ihrem Rücken trug (an dessen höchster Stelle wiederum wuchs der Baum, auf dessen Blättern die Schicksale aller Menschen geschrieben standen). Man glaubte, jede Bewegung des Untiers verursache Erdbeben.

»Genau wie in Japan!«, schrie Hana.

»Ja, genau wie in Japan«, wiederholte Yui und erinnerte sich an die Ukiyo-e-Drucke, die das japanische Inselreich in der Gewalt eines Katzenhais sahen, des *namazu,* den man wegen seiner kräftigen Schwanzschläge und der langen Barthaare für allerlei Unheil verantwortlich machte.

Sie lasen und sie lachten: Die Menschen hatten wahrlich keinen Mangel an Fantasie.

Takeshi, der an jenem Abend nach einer anstrengenden Schicht im Krankenhaus nach Hause kam, liebte ganz besonders die Yekuana-Welt aus Venezuela. Auf dem Sofa, mit einem Bier vor sich und einer Schale *edamame*, fragte er Hana und Yui, ob sie meinten, der Stamm der Yekuana läge richtig mit der Annahme, dass der Kosmos wie ein traditionelles Haus funktioniere. Wenn dein Haus diese oder jene Form hatte, warum sollte dann nicht das ganze Universum so gebaut sein?

Was sie alle jedoch am meisten beeindruckte, war die Vision der Ojibwa im kanadischen Manitoba. Im Mittelpunkt ihrer Sagenwelt stand der Traum. Im Traum lernte man die Verbindung zwischen dem Menschlichen und dem Nichtmenschlichen kennen und konnte dadurch noch unbekannte Orte erkunden, ohne seine sterbliche Hülle zu verlassen.

»Wenn du gut träumst, wirst du ein langes und schönes Leben haben«, sagte ein Großvater in dem Buch zu seinem Enkel, und Yui erinnerte sich an eines der allerersten Gespräche zurück, die sie und Takeshi miteinander geführt hatten.

»Ich träumte jede Nacht davon, meine Tochter noch einmal zu empfangen, und du wolltest Hana mit Verhaltensregeln überschütten, erinnerst du dich?«

»Klar. Wir waren wirklich zwei Verrückte.«

»Dabei warst du in Wirklichkeit ihr beschützender Geist und wusstest es gar nicht«, würde ihm Yui in jener Nacht lachend sagen, als sie sich an der Tür von ihm verabschiedete.

Immer wieder würden sie in dem Buch blättern, und jedes Mal würden sie zum Schöpfungsmythos der Ojibwa zurückkehren. Hana hatte diese Geschichte am allerliebsten, nicht etwa wegen des Traums, sondern weil die Verstorbenen in einer Geisterwelt landeten, wo man, um sich zu ernähren, nicht jagen musste, es vor allem jedoch keinen Winter gab. Ihre Mutter war sehr verfroren gewesen, und Hana erinnerte sich besonders gut an ihre ewigen Klagen, dass man im Haus schier zum Eisklumpen würde, wie schrecklich es sei zu frieren, und dass ihr sogar der eher unangenehm feuchte und schwüle Sommer in Tokio lieber war, während sie die Kälte aus ganzem Herzen hasste (nur um im Sommer die gleiche Klage andersherum zu führen). Der Gedanke, es könnte einen Ort geben, an dem ihre Mutter nicht in Wollsocken und mit einer Wärmflasche auf dem Bauch herumlaufen müsste, gefiel ihr sehr.

Kaum hatte sich die Haustür hinter ihr geschlossen und sie stand auf der Straße, erinnerte Yui sich daran, dass sie, ihre Mutter und ihre Tochter sich jeden Morgen ihre Träume erzählt hatten.

Wie hatte sie das nur vergessen können?

Yui, die noch nie viel geredet hatte, liebte es, gleich nach dem Aufwachen jemandem von ihren Träumen zu berichten. Zuerst als Kind ihrer Mutter, dann als Erwachsene ihrer Tochter. Und sie konnte sich gut an ihre Träume erinnern, als hätten sie eine tiefere Bedeutung, auch wenn das nicht zutraf.

Während sie ihren Reisbrei anrührte, berichtete sie damals mit lauter Stimme, was in jener Nacht passiert war, mit wem sie worüber gesprochen hatte, an welchen Orten sie gewesen war und in wen sie sich (wenn man das laut sagen konnte) verliebt hatte. Sie tat es, als gehörte es als unverzichtbarer Bestandteil zur Zubereitung des Reises oder dem Schneiden des Brotes dazu, über seine Träume zu sprechen. Und so hatte sich auch ihre Tochter, die sich gerne von der munteren Stimme der Mutter einlullen ließ, an Fisch oder Joghurt gewöhnt, die mit den Träumen der Mutter gewürzt waren.

Als sie später im Zug am Fenster der Tür stand, obwohl es in dem Abteil jede Menge freie Sitzplätze gab, sah Yui, wie sich die Umrisse Tokios vor einem lavaroten Hintergrund abzeichneten, und dachte an jenen Tag zurück, an dem ihre Tochter begonnen hatte, ihr die Worte zurückzuschenken.

Und was für herrliche Träume das Mädchen sich damals ausgedacht hatte – Puzzleteile ihres kleinen Lebens, die sie ganz beiläufig, aber mit sicherem Instinkt zusammensetzte: kunterbunte Kleider und Blumen in einem Feld voller Elefanten und Löwen, wie beiläufig vermischt mit ihren Ängsten, Dinosauriern, Verboten, letztere im gleichen strengen Wortlaut wiederholt, den sie am Tag von der Mutter gehört hatte.

Yui erinnerte sich, wie von jenem Tag an alles ein Austausch von Träumen gewesen war, denn auch ihre Mutter, wenn sie in der Früh zu Besuch kam, liebte es, an diesem Spiel teilzunehmen. Wäre jemand Fremdes an diesem Morgen in ihre Küche gekommen, hätte er staunend gedacht, dass die Fröhlichkeit hier offenbar in der Familie lag.

Als Yui an diesem Abend in die geronnene Stille ihrer Wohnung trat, dachte sie, dass auch die Erinnerungen Dinge waren, wie jener Fußball, der ein Jahr nach dem Tsunami an der Küste von Alaska angeschwemmt worden war, dreitausend Meilen entfernt auf der gegenüberliegenden Seite des Pazifiks.

Früher oder später tauchten sie wieder auf.

## 44

*Originaltitel des Bildbandes über das Jenseits,*
*den Yui Hana schenkt*

Guillaume Duprat, *L'Autre Monde. Une histoire illustrée de*
*l'au-delà,* Paris, Éditions du Seuil, 2016.

# 45

Der Umgang mit Hana war für Yui die größte Herausforderung. Dass sie dabei ihre eigene Tochter und das Leben, das auf sie gewartet hätte, auf Takeshis Tochter projizierte, geschah instinktiv. Sie brauchte Zeit, um die Dinge voneinander zu trennen und vor allem sich nicht jedes Mal, wenn sie wieder in das alte Muster verfiel, schuldig zu fühlen. Doch immerhin schwächte sich die Beklemmung, die sie dabei manchmal überkam, ab, wenn sie sich vorstellte, dass Hana möglicherweise die gleichen Ängste verspürte.

Es geschah jedoch immer wieder, bevor sie sich trafen, dass Yui ein Gedanke durch den Kopf ging, der ihr dann die gute Laune vertrieb: Sie stellte sich vor, wie sie das Mädchen berührte oder ihm einen Kuss auf den Kopf gab und nichts empfand. Einfach nichts. Es war ein hübsches, liebes Geschöpf, aber nicht mehr, einfach irgendein Mädchen wie alle anderen Kinder, denen sie auf der Straße begegnete.

*O Gott,* fragte sie sich, *und wenn ich wirklich nicht dazu bereit bin, sie zu lieben?*

*Ich werde gar nichts empfinden,* stellte sie sich vor, *und ich werde am Boden zerstört sein.*

Doch dann fiel ihr etwas ein, das sie einmal in einem

Pädagogikbuch gelesen hatte; vielleicht war es nur eine halbe Zeile gewesen. Darin hieß es (sie hatte es noch hervorragend in Erinnerung, weil es sie so aufgewühlt hatte), dass man Distanz brauche, um besser und mit größerer Achtung lieben zu können. Und dass diese Distanz gar keine so schlechte Sache war, ganz im Gegenteil. Fehlte sie, schadete es sogar, und nur das allerreinste Gefühl, die spontane und innige Liebe, war dazu in der Lage, Wunden zu heilen.

*Siehst du,* erinnerte sie sich noch, gedacht zu haben, *die Liebe ist gefährlich. Und oft dient sie nur dazu, sich selbst zu verzeihen, was man verbrochen hat.*


Zu Hanas Geburtstag organisierte Takeshi ein kleines Abendessen. Am Nachmittag, nachdem sie im Supermarkt eingekauft hatten, gingen sie zum Tempel. Hana hatte sich ausgesucht, was es zum Essen geben sollte: frittierte Austern, Kartoffelsalat, Maiscremesuppe und eine Torte, auf der die Hexe Kiki und die Katze Jiji abgebildet waren.

Yui, die in solchen Dingen achtsamer war als Takeshi, hatte bemerkt, dass Hana besonders an dem Tier hing, und ihn auf den Wunsch der Kleinen hingewiesen. Ihn erfüllen musste schließlich er.

Es war November, und im Schrein waren jede Menge Kinder, alle trugen Kimonos in leuchtenden Farben, denn es war *Shichi-go-san*, das Fest, das von den Mädchen zum dritten und zum siebten Geburtstag gefeiert wurde, und bei den Jungs am fünften.

»Tut es dir leid, dass wir deinen dritten nicht gefeiert

haben?«, fragte Takeshi seine Tochter, während sie die Steinstufen hinaufstiegen. Dabei stieß er fast mit einer schwer mit Tüten beladenen alten Dame zusammen, die jedoch so mit ihrem Enkel beschäftigt war, dass sie nichts davon bemerkte.

»Nein, aber wenn ich sieben werde, will ich das feiern«, antwortete Hana rasch. Von der Vergangenheit und dem, was sie durch den Tod ihrer Mutter verpasst hatte, sprach sie nicht gern.

»Wir kaufen ein *ema* und hängen es auf, magst du?«, beeilte ihr Vater sich, das Thema zu wechseln.

Im Geschäft war es nicht nötig, zu läuten, denn es herrschte solcher Andrang, dass die *miko,* die Angestellte des Tempels, die Schiebetür trotz des eisigen Windes offen gelassen hatte. Takeshi fragte nach einem der Holztäfelchen. Darauf waren drei Kinder im Festtagsgewand abgebildet, vor dem *torii,* dem Eingangstor des Schreins, das von Ahornblättern eingerahmt war. Hana reichte der Verkäuferin die goldfarbene Münze, die der Vater ihr gegeben hatte. Sie traten beiseite.

»Und? Was schreiben wir?«, fragte Takeshi lächelnd. »Es ist dein Wunsch, dein Tag, du musst entscheiden.«

»Ich wünsche mir, dass unsere Familie immer glücklich und gesund ist«, erwiderte Hana etwas steif, doch Takeshi sagte nichts dazu. Er stellte die Tüten ab und nahm den Verschluss von dem Filzschreiber, den die *miko* ihm gegeben hatte. Dann begann er die Kanji-Schriftzeichen zu zeichnen, die Hana im nächsten Jahr in der Schule schreiben lernen würde.

»Wo steht *Familie?*«, fragte das Mädchen und betrachtete das Täfelchen aus der Nähe.

Takeshi zeigte auf die beiden Kanjis, die für *Haus* und *Sippe* standen, und Hana legte den Finger auf 家族, *Kazoku*.

»Familie?«, fragte sie noch einmal, als erwartete sie eine Definition. »Papa, Mama, Großmutter und Hana?«

»Ja«, antwortete Takeshi geistesabwesend, weil er gerade damit beschäftigt war, die Tüten gerade zu rücken, die drohten, vom Ladentisch zu fallen.

»Und Yui-san?«

Etwas überrumpelt, zögerte der Vater mit seiner Antwort.

Ein kleiner Junge in Himmelblau, vollkommen überdreht, rannte hinter ihnen auf die abgesperrte Fläche direkt vor dem Altar, während die Eltern, die nicht weniger aufgeregt waren als er, seine Flucht zwischen üppigen Hortensienbüschen und hohen Steinlaternen mit dem Handy verewigten.

»Was meinst du, wenn Yui-san an ihre Familie denkt, denkt sie dann auch an uns?«

»Ich weiß nicht so recht«, erwiderte Takeshi. »Aber es wäre schön, wenn sie es täte, oder nicht?«

Er sah, wie Hana nickte und sich ihre Miene verfinsterte. Takeshi erinnerte sich daran, wie Hana als Neugeborenes das Gesichtchen verzogen hatte, wenn seine Frau ihm das Baby reichte, damit er es auf den Arm nahm, und wie die Kleine ihn immer zu mustern schien, als wäre sie unentschlossen, ob sie von ihm gehalten werden wollte oder lieber doch gleich zu brüllen anfangen sollte.

»Was ist denn? Freut es dich nicht, wenn es so wäre?«

Hana schwieg und wandte sich wieder den Schriftzeichen zu, die er auf das Holztäfelchen gemalt hatte. Mit der Fingerspitze begann sie, auf das Täfelchen zu klopfen, zog die Maserung nach, die von oben nach unten verlief, und verweilte auf den beiden leeren Stellen links und rechts des Schriftzeichens, die ihren eigenen Namen einrahmten.

»Aber ihre Tochter war so hübsch«, sagte sie nur.

»Meinst du Yui-sans Tochter?«

Hana hatte bei Yui zu Hause Fotos von dem Mädchen gesehen: Wie es an einem Eis schleckte, so riesig, dass es drohte, von der Waffel zu rutschen, wie es im Arm der Großmutter auf einer Schaukel saß, wie es mit weit aufgerissenem Mund brüllte wie am Spieß, und wie es mit geschlossenen Augen selig schlummerte. All diese Schnappschüsse hingen in einer Art Collage über Yuis Bett.

»Hana, meinst du Yuis Tochter?«, wiederholte Takeshi.

Die Kleine drückte das Kinn auf die Brust und schaute zu Boden, wich dem Blick des Vaters aus.

»Aber du bist doch auch ein sehr hübsches Mädchen!«

Das war sie auch, das hatte Takeshi immer schon gefunden, und er war überzeugt davon, dass er in seinem Urteil durchaus objektiv war. Hana hatte intelligente Mandelaugen und das ovale Gesicht ihrer Mutter, wie auf manchen Ukiyo-e-Drucken . Und dann ihre schmalen Händchen, die makellose Haut, dieser immer leicht verträumte und doch präsente Gesichtsausdruck. Sie war einfach wunderschön, anders konnte man das nicht sagen.

Jetzt begann der kleine Junge, den seine Eltern endlich

erreicht hatten, zu schreien, weil seine Mutter ihn am Weiterlaufen hinderte und sich alle Mühe gab, ihm den *obi* zu binden, der sich gelockert hatte. Von weiter hinten kamen die wiederholten Anweisungen eines Fotografen, der sich vergebens bemühte, eine Familie zum Lächeln zu bringen, die stocksteif und mit ernsten Gesichtern unter dem rötesten Ahornbaum des Schreins Aufstellung genommen hatten.

Takeshi gab sich Mühe, sich auf die Gefühlslage seiner Tochter einzustellen; sie fühlte sich offensichtlich nicht adäquat. So, wie er selbst sich meist fühlte.

»Außerdem bin ich unordentlich«, fügte Hana mit niedergeschlagener Miene hinzu.

»Ob man jemanden gernhat oder nicht, hat weder mit seinem Aussehen zu tun, noch damit, ob er ordentlich ist oder nicht«, rief Takeshi aus. Er hatte es so eilig mit seiner Antwort, dass sich seine Stimme ein wenig überschlug.

Hana schwieg, den Blick auf all die kunterbunt gewandeten Familien gerichtet. Es war ein lautes, lärmendes Fest, dieses *Shichi-go-san,* bei dem man die Götter bat, die Kinder unter ihre Fittiche zu nehmen. Bis zu seinem siebten Lebensjahr, so war man im Shinto-Glauben überzeugt, stand jeder Mensch unter dem Schutz des Göttlichen.

Takeshi ging vor seiner Tochter in die Knie und schaute ihr in die Augen.

»Hana, die Liebe hat nichts mit Schönheit zu tun, oder wie artig man ist, glaub mir.«

Die Kleine schwieg noch immer und nestelte an den Kanten des *ema* herum. Dann fragte sie tonlos: »Wirklich gar nichts?«

»Nein, gar nichts. Sonst wäre das doch auch eine schwache Liebe, findest du nicht?«

Hana sagte nichts, sondern ließ sich nur von ihrem Vater über den Kopf streichen, und das schien ihm auf ihre Weise auch Antwort genug zu sein. Dann, als wollte sie sich aus einem Gespräch winden, das ihr langsam zu beschwerlich wurde, nahm sie das Täfelchen in die Hand und suchte nach den Ösen im Holz, an denen sie es aufhängen würden.

Als sie sie gefunden hatte, ergriff sie entschlossen das *ema* und rannte in Richtung Schrein, wo die Familien wie Stare am Abendhimmel ausschwärmten und sich wieder zusammenfanden.

»Hier?«, fragte sie und zeigte auf ein Dutzend Täfelchen, die unter einem kleinen Holzdach aufgehängt waren.

Takeshi lächelte. »Ja, hier kannst du es anbringen.«

Sie waren zu weit voneinander entfernt, um sich hören zu können. Deshalb nickte er betont und bildete mit den Fingern das Zeichen für Okay.

Dann griff er nach seinen Einkaufstüten und eilte zu ihr.


Es war an jenem Abend, nachdem Hana die sechs Kerzen ausgeblasen und ein großes Stück Torte gegessen hatte, dass Yui, als sie sie zu Bett brachte, ihr erklärte, was es mit dem Geschenk auf sich hatte, das sie ihr mitgebracht hatte. Es war ein Holzrahmen, weiß und an den Rändern mit einer Blätterranke geschmückt.

Sie erzählte ihr von dem Mann mit dem Rahmen, wobei sie die traurigeren Aspekte der Geschichte für sich behielt, und Hana erfuhr, was Yui mit dieser Erinnerung verband.

Ja, die Welt war in der Tat in Rechtecke unterteilt – in Fenster und Fensterchen, in viereckige Löcher, in Ausschnitte.

»Und es ist leichter, die Welt zu begreifen, wenn man dort hindurchschaut.«

Hana, die bereits im Bett lag, hatte den Rahmen auf Höhe ihres Gesichts gehoben und mit größter Aufmerksamkeit die Zimmerdecke beobachtet, an die ein Projektor, den ihr Vater ihr an diesem Tag geschenkt hatte, einen riesigen Sternenhimmel warf. Dann senkte sie den Rahmen und betrachtete Yuis Gesicht.

»Auch die allergrößte Sache kannst du in viele, winzig kleine Stückchen aufteilen«, flüsterte Yui und streckte die Hand aus, um dem kleinen Mädchen über die Wange zu streichen. »Selbst das größte Problem. Alles lässt sich in einen Rahmen fassen.«

46

*Definition des Begriffes* Familie,
*wie Takeshi sie an jenem Abend im japanischen*
*Wörterbuch Kōjien (5. Ausgabe) fand*

かぞく【家族]
夫婦の配偶関係や親子-兄弟などの血縁関係によって
結ばれた親族関係を基礎にして成立つ小集団。社会
構成の基本単位。

→ 家

Familie かぞく (in der Lautschrift *Hiragana*); 家族 (in *Kanji*)

Familienstand der Ehepartner, Eltern und Kinder bzw. Geschwister in Blutsverwandtschaft; auch: verbundene kleine
Gruppe. Grundeinheit der Sozialstruktur.

→ Haus

## 47

Yui und Takeshi gingen die Dinge – alle Dinge – mit großer Ruhe an. Ihnen beiden war klar, dass Kinder nur wenig vom Leben wussten, und dass man ihnen Veränderungen am besten in kleinen Portionen verabreichte. Zu viel Neues auf einmal war nicht gut für sie, weil es sie überfordern konnte.

Eines Sonntagmorgens im Januar kündigten sie ihren Besuch im Tierheim an und überreichten Hana einen kleinen Transportkäfig.

Das kleine Mädchen war bereits seit Wochen aufgeregt: die Sache, die sie an ihrem Geburtstag damals noch nicht benennen konnte, schien Gestalt anzunehmen. Als wüchse ihre ganz besondere Familie aus einer einzigen kleinen Bohne, die sich durch Zufall im Garten des Hauses angesät hatte.

Hana wollte unbedingt ihr Rüschenkleid anziehen und den Rucksack mit der Hexe Kiki mitnehmen. Sie bat die Großmutter, das Haus nicht zu verlassen, damit bei ihrer Heimkehr jemand zu Hause war, um sie willkommen zu heißen.

Zu dritt machten sie sich auf den Weg: Hana, Yui und Takeshi. Geduldig saßen sie auf einer der spartanischen

Bänke des Tierheims und lauschten dem langen und ausführlichen Informationsvortrag, der verpflichtend war, wenn man ein Tier adoptieren wollte. Yui machte sich sorgfältig Notizen und schrieb sich genau auf, was im Fall einer der üblichen Erkrankungen einer Katze zu tun war, was es bei einer Sterilisation zu beachten gab und welche alltäglichen Gewohnheiten man zu respektieren hatte, damit das Zusammenleben mit einem Tier gelang. Sie wollte nichts verpassen.

Hana hatte Mühe, alles zu verstehen, was da vorgetragen wurde, und gänzlich verloren war sie bei all den Diagrammen, Grafiken und dem Medizinerlatein des Tierarztes. Doch ihr Vater legte aufmunternd den Arm um ihre Schultern, als er ihre Anspannung wahrnahm. Stirnrunzelnd schaute sie wieder nach vorne auf die Leuchttafel und den weißen Kittel des Veterinärs und versuchte, das ganze Interesse aufzubringen, dessen sie fähig war.

Nach der Belehrung wurden sie in ein anderes Zimmer geführt, wo in einem Käfig drei Kätzchen zusammengerollt lagen, alle von unterschiedlichem Alter und Farbe und auf verschlungenen Wegen dorthin gelangt. Überfordert von dem Gedanken, zwei von ihnen zurücklassen zu müssen, bat Hana ihren Vater, ihr bei der Auswahl zu helfen.

Die Wahl war schnell getroffen: Eine der Katzen, die mit schwarzem Fell und zitronengelben Augen, trug den Namen *Tora*, Tiger, auch wenn sie nur wenig mit ihrem großen Artgenossen gemein hatte. Sie war schwächlich und ließ sich ohne Widerstand in den Transportkäfig verfrachten.

Ein Tier zu versorgen, sei eine wichtige Erfahrung für Hana, flüsterte die Großmutter Yui und Takeshi heimlich zu, als sie das Fellknäuel sah, das nur aus Haut und Knochen bestand. Aber warum sie denn ausgerechnet dieses abgemagerte Exemplar ausgesucht hätten? Und wenn das Kätzchen stürbe? Riskierte man nicht ein weiteres Trauma?

Takeshi war voller Zuversicht. Der Tierarzt hatte gesagt, es handele sich um einen kleinen Streuner, der lange Zeit auf der Straße überlebt hatte. Das Tier sei zäh, und mit dieser Zähigkeit sterbe man nicht so leicht.

Allerdings war es so, dass keiner von ihnen Erfahrung mit Katzen hatte. Nur Yui hatte als Kind einmal einen senffarbenen Welsh Corgi besessen, dem der Schwanz fehlte und den ihre Mutter von einer Nachbarin übernommen hatte, als diese nach Europa übersiedelte. In den zehn Jahren, die sie zusammengelebt hatten, war Yui vollkommen vernarrt in den Hund gewesen und hatte ihn zum Mittelpunkt ihres Lebens gemacht. Als er dann krank wurde, fühlte sie sich, als müsste sie selbst sterben.

Über Katzen hingegen wusste sie nichts, zumal es ja hieß, Katzenliebhaber könnten ebenso wenig mit Hunden anfangen wie umgekehrt. Schlimmer als Anhänger verschiedener Fußballvereine. Und wie immer, wenn sie auf etwas Neues stieß, versorgte sie sich mit mehreren dicken Büchern über das Thema und fing an, sich darin zu vertiefen. Sie las sie in der U-Bahn auf dem Weg zur Arbeit und in den Werbepausen im Radio. *Nyan nyan,* miau miau, machten ihre Kollegen sich über sie lustig und lästerten über den Bücherberg, der sich auf Yuis Schreibtisch türmte und von Tag zu Tag wuchs.

»Dabei ist es noch nicht mal meine eigene Katze, stellt euch das mal vor«, spottete sie über sich selbst.


Wenn man sie in einer Buchhandlung an der Kasse fragte, ob sie einen neutralen Einband für das Buch wolle, so wie das in Tokio üblich war, lehnte Yui dies im Allgemeinen ab, den brauche sie nicht. Was kümmerte es sie denn, ob die Leute die Titel des Buches sahen, das sie gerade las? Sollten sie sich doch um ihren eigenen Kram kümmern, auf diesen Schutz ihrer Privatsphäre pfiff Yui.

Als sie nun allerdings ein Handbuch kaufte, in dem es darum ging, wie man ein Kind am besten auf die Schule vorbereiten könne, kam sie der Verkäuferin an der Kasse sogar zuvor. »Und ich hätte gern eine Schutzhülle«, bat sie, noch bevor diese den Barcode eingescannt hatte.

Von Kapitel zu Kapitel wiederholte der Experte in Variation den immer selben Gedanken: Die Einschulung sei nicht nur ein wichtiger Einschnitt im Leben eines Kindes, sondern führe sogar zu einer kompletten Umwälzung. Eine R-E-V-O-L-U-T-I-O-N. Eine *Revolution!* O Gott, wie sollten sie das nur machen? Staatsstreiche, gestürzte Statuen von Tyrannen, geworfene Pflastersteine und Armeen in den Straßen: Das Wort Revolution rief in Yui nur schreckliche Vorstellungen wach.

In jenem Winter und bis in den Frühling hinein besprachen sie gemeinsam eine Menge praktischer Angelegenheiten. Es gab so viel zu tun.

Yui und Takeshi diskutierten ausführlich, von Januar bis April hatten sie kein anderes Thema. Vor allem nach dem Abendessen, wenn Hana bereits schlief und an der Decke ihres Kinderzimmers der Sternenhimmel kreiste. Dann setzten sich die beiden an den abgeräumten Tisch, vor sich einen Kräutertee oder Tee, und während er den Beutel im heißen Wasser schwenkte, brachte Takeshi die Probleme vor, die ihm in den Sinn gekommen waren, oder Ratschläge, die er im Krankenhaus von Kollegen, deren Kinder schon größer waren, erhalten hatte; und Yui, die einen Löffel Honig in ihre Tasse gab und umrührte, berichtete ihm, was sie in dem Handbuch gelesen hatte (aus dem mittlerweile drei geworden waren), und versuchte nach Kräften, die Zweifel auszuräumen, die ihnen beiden immer wieder kamen.

»Zum Beispiel, wie die Kinder gekleidet werden sollen. Wie die Schuluniform über Jahre hinweg gepflegt wird, damit sie sich so wenig wie möglich abnutzt. Oder all dieser Klimbim, den sich die Kinder an den Rucksack hängen; du kannst dir gar nicht vorstellen, mit was für Sachen man heutzutage ein Kind ausstatten muss.«

»Ach, wirklich?«, fragte Takeshi beunruhigt.

»Außerdem sollten wir den Schulweg schon ein paarmal abgehen, damit sie ihn kennt, wenn es so weit ist. Am besten wäre es, andere Kinder zu finden, mit denen sie zusammen ein Stück des Weges zurücklegen kann. Offenbar tun sich Mütter zu Gruppen zusammen, die den Schulweg an wichtigen Stellen überwachen, dort, wo die Kinder eine Straße überqueren oder abbiegen müssen.«

»Ich hoffe, sie nehmen mit mir vorlieb.«

»Ach was, wir hören einfach auf diejenigen, die sich auskennen.«

Dann kam Hanas erster Schultag, und es war Yui und nicht Hana, die die Nacht vorher schlaflos verbrachte. »Eine Revolution, die eine Revolution ins Rollen bringt«: Dieser Satz verfolgte sie bis zum Morgengrauen.

Takeshi zwang sich, ihr keine SMS zu schicken, doch auch er lag wach und wälzte das einzige Problem, über das er bei jenen langen Dialogen im Winter und Frühling lieber geschwiegen hatte: Wie nur sollte er den Lehrerinnen sagen, was seiner Tochter widerfahren war – dass sie ihre Mutter verloren hatte –, und vor allem, wie sollte er ihnen die Tatsache erklären, dass das Mädchen ganze zwei Jahre lang kein einziges Wort gesprochen hatte?

Kein einziges Wort? Nein, kein einziges Wort.

# 48

*Der Einband aus Papier, den Yui sich aussuchen durfte*
*und bei dem sie die Wahl hatte zwischen:*

a) einem Muster aus roten Blumen mit kleinen Blättern auf gelbem Grund
b) einfarbig in Blau, Dunkelgrün oder Rot.
c) einem Muster aus Giraffen mit Krawatten und Elefanten mit Schirm und Gummistiefeln in Pastelltönen.

Ihre Wahl fiel auf b).

»Blau, Grün oder Rot?«, wollte die Verkäuferin wissen.

»Rot«, antwortete Yui bestimmt.

# 49

An diesem Morgen klingelte um sieben der Wecker, und um halb acht stand Yui, wie versprochen, vor der Tür. Ihre dunklen Ringe unter den Augen hatte sie überschminkt und auch etwas Rouge und Lippenstift aufgelegt, um frischer auszusehen. Als Takeshi ihr aufmachte, fand er sie ganz besonders anziehend, und das Lächeln, das er ihr schenkte, war zurückhaltend, fast unnatürlich steif.

Doch Yui rief rasch: »Guten Tag!« und bemerkte es nicht, weil sie gleich zu Hana ins Zimmer lief.

Was das Mädchen an diesem Tag anziehen würde, stand schon seit Wochen fest: ein blaues Stoffkleid, das ihr bis zu den Knien reichte, dazu Halbschuhe mit Riemchen und Knopf. Ein Gummiband mit gestreifter Schleife hielt die Strähnen im Nacken zusammen.

Vielleicht um etwas von ihrer Anspannung loszuwerden, stellten sie sich zum Spaß andere Lösungen vor: »Du könntest doch als Hexe verkleidet auf dem Besen in die Klasse reiten!«

»Oder wie wäre es, wenn ich ein Sommer-*yakuta* trage und vielleicht ein paar Tanzschrittchen wage?«

Wer weiß, was für Gesichter ihre Klassenkameraden machen würden!

Tora hockte unter dem Bett und spähte heraus.

Takeshis Mutter war in der Küche geblieben, um das Frühstück herzurichten. Wieder und wieder strich sie mit dem Geschirrtuch über längst trockene Teller und sagte: »Mensch, jetzt bist du schon sechs Jahre alt und gehst in die erste Klasse!« Unruhig wandte sie sich dann ihrem Sohn zu, drückte seine Hand und klopfte ihm auf die Schulter, als wolle sie ihm zu einer erstaunlichen Leistung gratulieren. »Tora! Tora!«, rief sie am Ende und gab dem Kätzchen die hundertste Leckerei. Obwohl das Tier bereits zugenommen und ein dichtes, glänzendes Fell bekommen hatte, war es in den Augen der alten Dame immer noch viel zu mager. »Gebt ihr ihr auch genug zu essen? Ich meine – wirklich reichlich?«

»Natürlich geben wir ihr reichlich! Mama, ich bitte dich, hör auf, sie nach Strich und Faden zu verwöhnen, sonst wird sie noch fett!«, schimpfte Takeshi sie. Seine Mutter spürte die Anspannung in seiner Stimme und erwiderte nichts.

Dann setzten sich alle zu Tisch, aber vor Aufregung hatte keiner so recht Appetit. Zum Frühstück hatte sich Hana die legendären Bananen-Eclairs gewünscht – um die Feierlichkeit des Moments zu betonen und weil sie längst zur Tradition geworden waren. Sie nahmen sich vor, am Abend zusammen vor dem *butsudan* zu beten und Akiko in allen Einzelheiten von diesem Tag zu berichten.

»Heute ist der Beginn einer Revolution«, flüsterte Yui Takeshi zu, während sie die Haustür hinter sich zumachten und das kleine Mädchen an der Hand der Großmutter und mit dem Schulranzen auf dem Rücken die Treppe hinunterstieg. Sie hatte gesehen, dass Takeshi noch viel aufgeregter war als sie selbst, und das hatte ihr geholfen, sich ein wenig zu entspannen. Diesen Satz wie aus heiterem Himmel zu wiederholen, war wie eine Befreiung, denn er rumorte schon seit Monaten in ihr.

»Eine Revolution, in der Tat«, erwiderte Takeshi. Er schien den Satz so ernst zu nehmen, dass Yui lachen musste.

Erst heute, auf der Straße, erzählte ihr Takeshi von seinen Zweifeln. Was sollte er den Lehrerinnen nur sagen? Seine Tochter sei so zartbesaitet.

»Zartbesaitet bedeutet nicht zerbrechlich. Lass doch einfach Hana reden. Sie soll es allein schaffen, so wie alle anderen Kinder auch«, schlug Yui ihm vor.

Sie überquerten gerade eines von drei Gässchen, die ihr Zuhause von der Schule trennten. Hana zeigte ihrer Großmutter stolz die Karte, die sie am vergangenen Sonntag von ihrem Schulweg gezeichnet hatte.

»Lass sie das erzählen, worauf sie Lust hat. Seit dem Besuch in Bell Gardia redet sie doch ganz normal, oder?«, fügte Yui aufmunternd hinzu.

Nach jenem wundersamen Tag in Bell Gardia war Takeshi noch mehrere Wochen lang nachts wach geworden vor lauter Angst, Hana könnte wieder aufhören zu sprechen. Er ging dann morgens zögerlich in die Küche, um sie zu begrüßen. Und er musste wieder lächeln, als er daran zurückdachte, wie er am Tag danach sogar so getan hatte, als würde er sie nicht sehen, von der Vorstellung gepeinigt, einen Fehler zu machen, damit den Zauber zu brechen und sie erneut zum Verstummen zu bringen. Stattdessen hatte Hana sich ausnahmslos genau so verhalten, wie er es sich erhofft hatte.

Wenn Yui Hana anschaute, tauchte manchmal vor ihrem inneren Auge das Bild ihrer eigenen Tochter mit zwei Jahren auf, wie sie sich, strahlend vor Stolz, zum allerersten Mal den kleinen Pinguinrucksack, den sie von ihrer Großmutter bekommen hatte, aufsetzte und im Zimmer umherlief, in dem unmöglichen Versuch, sich von hinten zu sehen, wie ein Welpe, der versucht, sich ins eigene Schwänzchen zu beißen.

Yui wandte sich Takeshi zu. »Sei ganz beruhigt«, sagte sie noch einmal und schenkte ihm ein ermutigendes Lächeln.

Dort vor dem Zaun der Schule, der für die Einschulung festlich geschmückt war, unter den duftig blühenden Kirschbäumen, von denen bei jedem Windstoß rosa Blüten herabregneten, war Takeshi auf einmal überzeugt davon, dass Yui recht hatte.

# 50

Das Bild, das Hana von ihrem allerersten Weg
zur Schule zeichnete

## 51

Für Hana war das alles in der Tat eine Revolution: nicht nur dieser erste Schultag, sondern auch der Umstand, dass sie wieder sprach, und die Wendung, die ihr Leben genommen hatte. Alles hatte sich verändert.

Und der Rahmen? Ja, vielleicht war es auch der Rahmen, der alles veränderte. Yui war immer öfter da, um ihr bei den Hausausgaben zu helfen, wie sie sagte, und um ihren Vater zu entlasten, der lange Schichten im Krankenhaus zu bewältigen hatte, doch in Wirklichkeit tat Yui es einfach deshalb, weil es ihr Freude machte. Und Hana freute sich, dass Yui immer da war, wenn sie sie brauchte, wenn nicht zu ihrer Linken, dann zu ihrer Rechten, und auf gleicher Höhe wie ihr Vater und die Großmutter.

Allerdings war es auch Letztere, die sich, nach anfänglicher Begeisterung, zu einer gewissen Eifersucht hinreißen ließ. Takeshi, der seine Mutter kannte, bemerkte es sofort und lud die alte Dame öfter zum Mittagessen ein. »Warum kommst du nicht auf einen Sprung rüber?«, fragte er sie sonntagmorgens am Telefon oder gegen Abend unter der Woche, wenn er früher Feierabend hatte und sie am Kiosk neben dem Bahnhof zusammen ein *dorayaki* oder eine Crêpe aßen.

Es war fundamental wichtig, dass seine Mutter sich nicht als Konkurrentin von Yui fühlte. Sie deshalb zu schimpfen, kam aus Respekt vor ihrem Alter nicht in Frage; außerdem war sie so eigensinnig, dass sie vermutlich aus Protest in die entgegengesetzte Richtung reagiert hätte. *Ich? Eifersüchtig? Wieso sollte ich denn eifersüchtig sein? Glaubst du etwa, Hana zieht sie mir vor? Oder bist es du, der mich nicht mehr braucht?*

Nein, und genau deshalb musste dies unbedingt vermieden werden.

Dank der häufigeren Einladungen und so mancher besonderen kleinen Aufmerksamkeit (ein Kissen für ihren Rücken oder ihr Lieblingstofu) entspannte sich die alte Dame tatsächlich, und es kam vor, dass sie, bevor sie sich hinlegte, oder wenn sie nicht schlafen konnte, ein langes Gespräch mit ihrem verstorbenen Mann vor dem *butsudan* führte und ihm in allen Einzelheiten von jener jungen Frau erzählte, die so mager war, dass man sich gar nicht vorstellen konnte, wie sie sich auf den Beinen hielt; und dass sie komische Mützen trug, die ihre Figur noch zarter wirken ließen, dafür aber einen seltsamen Schuhgeschmack hatte – immer trug sie sportliche Schuhe, nie mit Absatz. Wenigstens behandelte sie sie voller Respekt und Höflichkeit und schien vor allem zu bewirken, dass es ihrer Enkelin gut ging.

»Oft sagt sie so lange gar nichts, dass man sich fragt, ob sie überhaupt noch da ist«, sagte die alte Dame und fuhr mit einem Spitzentüchlein über den *butsudan*. »Und dann fängt sie urplötzlich an zu reden, ich schwöre dir, wenn man überhaupt nicht damit rechnet. Takeshi und Hana halten dann inne und hören ihr besonders aufmerksam zu. Sie sitzen da, ganz konzentriert, um sich nur ja kein Wort entgehen zu lassen. Du weißt doch noch, wie zerstreut Takeshi sein kann, oder? Doch in diesen Momenten sehe ich ihn wieder, wie er als kleiner Junge war, wenn er am Küchentisch saß und seine Hausaufgaben machte. Erinnerst du dich? Er war dann so konzentriert, dass er nicht einmal hörte, wenn man ihn rief.«

Was sich die alte Dame vor allem nicht vorstellen konnte, war, wie es die selbe Stimme schaffte, im Radio so locker und schnell zu reden. Einmal hatte sie sich aus purer Neugier eine Sendung angehört und war total verblüfft gewesen; es schien ihr ein ganz anderer Mensch zu sein, der da sprach.

Während Takeshis Mutter versuchte, Yui gerecht zu werden, wenn sie ihrem Ehemann von ihr erzählte, fing Yui in ihrem neuen Leben an, ein Nest zu bauen, wie eine Taube. Sie richtete in ihrer Wohnung für Hana eine Ecke ein, in der sie Hausaufgaben machen oder spielen konnte, wenn Yui sie von der Schule abholte. Manchmal nahm sie sie sogar in den Sender mit, denn Hana war von der Vorstellung fasziniert, in ein Mikrofon zu sprechen. Ihr kam es wie reine Zauberei vor, dass sich ihre Stimme damit bis an die entferntesten Orte verbreiten konnte und Zehntausende von Menschen erreichte, die einzig und allein durch diese geheimnisvolle Fähigkeit, zuzuhören, miteinander verbunden waren.

»Wie das Telefon des Windes, nicht wahr?«, hatte sie eines Tages gemurmelt, während Yui ihr die Haare flocht, bevor sie ins Studio gingen. Sie hatte ihr erlaubt, sie ins Studio zu begleiten, allerdings nur unter der Bedingung, dass Hana nicht den leisesten Mucks machte.

»Du sprichst zu den Menschen, weißt aber nicht, wer das ist, der dir zuhört. Aber du kommst zu ihnen nach Hause und machst sie glücklich.«

»Glücklich würde ich vielleicht nicht sagen, aber ganz sicher leiste ich ihnen Gesellschaft.«

»Und ist das nicht dasselbe?«

Während sie dort vor dem Spiegel die schmalen Zöpfe des Mädchens in den Händen wog, war Yui auf einmal sehr gerührt.

In genau dieser wie verzauberten Zeit kam die Nachricht, dass Suzuki-san erkrankt sei und es fortan keinen freien Zugang zum Telefon des Windes mehr geben würde. Stattdessen müsse man eine E-Mail oder ein Fax schicken, damit irgendein Freiwilliger, der gerade Zeit hätte, sich in Bell Gardia einfinden und den Gast willkommen heißen könne.

Nur wenige Tage später wurde gemeldet, Kujirayama werde in den nächsten Tagen von einem schrecklichen Taifun heimgesucht.

# 52

*Mitschnitt aus der Radiosendung, die Takeshis Mutter*
*verfolgte, um Yuis Stimme zu hören*

*Yui:*

»Die Art und Weise, wie wir auch als Einzelpersonen
den Gedanken des Wachstums, sowohl des wirtschaft-
lichen als auch des individuellen und persönlichen
Wachstums, verinnerlicht haben, mindert die Gegen-
wart immer herab im Vergleich zur Zukunft, denn
diese muss besser werden, mit mehr Ressourcen,
mehr Mitteln, mehr Möglichkeiten. ... Doch genau
dieses Modell, das für unseren Hörer, Herrn Matsu-
moto aus Shizuoka, der Kapitalismus im eigentlichen
Sinn ist ..., ist aus diesem Grunde nicht mehr haltbar.
Und was antwortet man darauf? Sie, was antworten
Sie?«

*Antwort der Expertin (eine gewisse Professorin Satō).*

*Yui:*

»Frau Professor Tsubura, wir haben soeben ein
Thema, eine Debatte berührt, die auch auf akademi-

scher Ebene bereits viele Jahrzehnte andauert, nicht wahr, und *(mit gesetzter Stimme, als würde sie zitieren)* laut Professor Satō wird sich der Markt dank der technologischen Neuerungen unter bestimmten politischen Bedingungen selbst regulieren ... aber dann müsste man näher darauf eingehen, welche diese politischen Bedingungen nun sein werden und welche es sein *sollten* ... Im Allgemeinen jedoch ... gibt es denn innerhalb des kapitalistischen Systems, das uns in Fleisch und Blut übergegangen ist, bereits die Ressourcen, mit denen wir die Ziele der Agenda 2030 erreichen können – oder wünschen Sie sich etwa einen Paradigmenwandel?«

II

1

Kujirayama war schwer getroffen. Im Taifun wurde der Berg des Wales vom Wind schwer gebeutelt.

Fast schien es, als wolle der große Meeressäuger zu seinem Element zurückkehren – dem Ozean, der sich nur wenige Kilometer unter ihm zu immer furchterregenderen Brechern aufbäumte. Der Walfisch richtete sich drohend auf und verkündete lautstark seinen Anspruch.

Vor Yuis Augen hob sich der Garten von Bell Gardia und senkte sich wieder. Und sie dachte, der Punkt, an dem es keinen Weg zurück mehr gäbe, sei vielleicht nur noch einen Schritt von ihr entfernt.

Während der Himmel sich aus seinem Fundament löste und Stück für Stück herabfiel, breitete Yui die Arme aus. Das tat sie instinktiv, entgegen jeglicher Vernunft. Und in genau diesem Augenblick schien es, als würden alle Stimmen, die im Lauf der Jahre in Bell Gardia heraufbeschworen worden waren, zu einem gewaltigen Strudel, der sie einhüllte. Es war ein Wirbel, ein entfesselter Mahlstrom, der ihre Arme und ihre Beine umschlang.

Sie hatte das Gefühl, sie könne sie sogar sehen, diese Stimmen, wie bei einem Hula-Hoop-Reifen, der um die Hüften von Kindern kreist.

Verstorbene Eltern, verschollene Kinder, verflüchtigte Vorfahren, verlorene Freunde: Die Stimmen von so vielen, die in all der Zeit vom Telefon des Windes aus angerufen worden waren, kehrten an den Ort zurück, an dem sie einst heraufbeschworen worden waren.

Yui verlor das Gleichgewicht und klammerte sich erneut an die Bank. In diesem Strudel von gigantischer Zerstörungskraft schien sie der einzig ruhende Punkt zu sein.

Als sie den Blick hob, um nach der Banderole auf dem Dach des Hauses von Bell Gardia zu schauen, fand sie sie nicht mehr. Ihre Ärmel waren aufgebauscht vom Wind, der Körper wurde energisch glatt gestrichen. Liebkosungen, wie besessen, wieder und wieder, die sich ganz allmählich in Hiebe verwandelten, zuerst wie zufällig und dann immer heftiger, gezielte Schläge, dann harte Prügel. In *Chōhen Shōsetsu,* dem Roman der Autorin Matsuura Rieko, hatte sie darüber gelesen: Das war eine Art, einen Menschen zu töten.


Während die Leute im ganzen Land angstvoll den Grad der Zerstörung im Fernsehen verfolgten, erreichte der Taifun seinen Höhepunkt.

In der Plastikhülle, mit der Yui sie umwickelt hatte, zitterte und bebte die Telefonzelle von Bell Gardia wie Espenlaub.

Die Luft war voller Erdkrumen, Zweige und Blätter wurden aufgewirbelt, ein Sammelsurium an Dingen, die Yui nur anhand ihrer Umrisse identifizieren konnte. Jene Linien dort waren vielleicht Dachziegel, andere Gartenwerkzeug. Blumentöpfe kugelten durch die Luft wie Steppenläufer in der weiten amerikanischen Prärie, dort eine Plastiktüte, die wer weiß woher kam und sich immer weiter und weiter nach oben schraubte.

Es fühlte sich an wie in einem dieser Science-Fiction-Filme, in denen die Schwerkraft außer Kraft gesetzt und alles aus der Welt herausgeschleudert wird. Durch den Wind schien die Schwerkraft sogar nur mehr eine Möglichkeit von vielen zu sein, nicht länger Gesetz, sondern etwas, dem man sich auch entziehen konnte.

Und alles, dachte sie, könnte in sich zusammenbrechen.

»Das ist nicht fair«, murmelte sie unwillkürlich. »Dieser Ort ist heilig.« Niemand sollte sich erlauben, ihn zu zerstören.

Dann, ganz plötzlich, nahm sie aus dem Augenwinkel ein Licht wahr, das herabstürzte, sie sah Fäden, die ein Stück dieses schlierigen Himmels nach unten zogen. Ein furchteinflößendes Blitzen, wieder und wieder, dann fielen sie erloschen auf die Straße, wie ein Erdrutsch.

Zwei weitere Strommasten stürzten um, und jetzt bekam es Yui mit der Angst zu tun.

Das Tosen des Windes, der sich mit voller Wucht auf den Berg stürzte, war so laut, dass man den Atem des Meeres nicht mehr hörte. Gewiss bäumte es sich auf, wie vom Teufel besessen, doch genau konnte Yui es nicht sagen, denn die Luft war so sehr mit Erdpartikeln durchsetzt, dass nichts mehr zu erkennen war.

Auf einmal knickte der Torbogen über dem Weg zum Telefon des Windes ein und zerbarst. Der Haken zu ihrer

Rechten, den Yui als ersten in den Boden gerammt hatte, löste sich. Sie versuchte, sich zu erheben, um ihn wieder an Ort und Stelle zu bringen, doch jeder Muskel ihres Körpers hatte genug damit zu tun, sich den Windstößen entgegenzustemmen und nicht vom Wirbelsturm mitgerissen zu werden.

Wieder sah Yui einen Blitz, der in derselben Sekunde in der Erde einschlug. Ein Regen aus elektrisch aufgeladenen Splittern ergoss sich prasselnd über ihr, dann ein leises Knistern, ein Klicken, als würde eine Telefonverbindung unterbrochen. Irgendwo da draußen legte jemand den Hörer auf, und in einem Zimmer wurde es totenstill.

Alles rund um Bell Gardia erlosch, auch die wenigen Lichter, die noch gebrannt hatten. Über Kujirayama wurde es Nacht, und auch Ōtsuchi, jenseits des Hügels, stürzte in die Finsternis. Der Blackout würde Stunden andauern.

Erst jetzt wurde Yui klar, in welcher Gefahr sie sich befand, und eine uralte Angst, die in Mensch und Tier die Furcht vor der Dunkelheit weckt, ließ sie zum ersten Mal wünschen, sie wäre ganz woanders, nur nicht hier.

Es war eine gewaltige Fehleinschätzung gewesen. »Sich selbst zu überschätzen, ist immer ein Fehler«, hatte ihre Mutter ihr einzutrichtern versucht, als sie noch ein Kind war. »Doch sich zu unterschätzen, ist schwerwiegender.«

Und was, Mama, ist nun schlimmer?

2

*Mögliche Antwort der Mutter auf Yuis Frage*

»Ich hab's dir ja gesagt, Yui, Liebes, sich zu unterschätzen, ist schwerwiegender.«

*(Um gleich darauf hinzuzufügen):*

»Aber nur, wenn es sich nicht um eine Gefahr für Leib und Leben handelt.«

3

Hat man der Hoffnung erst einmal eine andere Richtung gegeben, verliert sie den Weg aus den Augen und findet nie wieder zurück.

So als würde man bei einem Pullover an einem losen Faden ziehen und ihn ganz aufdröseln, war Yui plötzlich nicht mehr überzeugt davon, die richtige Entscheidung getroffen zu haben. Und wenn ihr etwas zustieße? Wie würde Hana reagieren? Würde sie ihr ihre Unvorsichtigkeit verzeihen?

Und Takeshi? Takeshi?

Sie liebte ihn, nach nunmehr drei Jahren wusste sie das. Und sie wusste auch, dass er sie liebte, denn er hatte es ihr bei unzähligen Gelegenheiten zu verstehen gegeben, auch wenn sie meistens so tat, als hätte sie es nicht bemerkt, und den Blick senkte, ablenkte. Aber bereit zu sein für etwas, bedeutete für Yui auch, es zu wissen, und wenn man es wusste und der andere ebenso, dann verlor man auch das Recht, sich hinter einem Schweigen oder einer Ausrede zu verschanzen. Dann war das kein einfaches Schweigen mehr, sondern kam einer Verweigerung gleich; und obwohl Yui noch nicht bereit für das Glück war, so war sie noch weniger bereit zu leiden. Tief in ihrem Inneren hatte sie jedenfalls nicht die Absicht, Nein zu sagen.

Doch was das Ja anging, fiel es ihr schwer, es mit voller Überzeugung zu sagen. Es würde ihrem Leben eine vollkommen andere Richtung geben, und das Leben von vorher würde nur noch eine Erinnerung sein, die man verpackte und wegstellte. Ein Karton, Deckel zu, Klebeband, hoch damit in einen Umzugswagen und Lebewohl.

Das sagte sie sich ständig, als wollte sie sich der eigenen Schwerkraft versichern, um am Boden zu bleiben. »Man muss sich sicher sein, Yui. *Du* musst dir sicher sein.«

Manchmal begann sie sich das schon am Morgen vorzusagen, wenn der Wunsch, ihn zu lieben, unerklärlicherweise besonders stark wurde, zusammen mit dem Hunger, der einen überkommt. An solchen Tagen frühstückte sie besonders langsam, als wäre sie nicht recht bei der Sache, jeden Bissen behielt sie lange im Mund, und der Kaffee wurde kalt, bevor sie die Tasse an die Lippen führte. Oft musste sie zweimal hintereinander den Wetterbericht ansehen, weil sie beim ersten Mal zu zerstreut gewesen war, und um zu wissen, ob sie die Wäsche auf dem Balkon trocknen lassen oder sie doch lieber ins Zimmer stellen sollte, zur Fernbedienung greifen und nach einem anderen Sender suchen musste.

Das bedeutete es für Yui, die Liebe hinauszuzögern: eine Stunde beim Frühstück zu sitzen, durch die Programme zu zappen.

Wenn das Herz jedoch bereit war, war das etwas ganz anderes: Dann konnte man es kaum erwarten, endlich den lang ersehnten Satz zu hören, und jeder Tag, an dem er sich nicht einstellte, fühlte sich an, als rückte das Allerbeste, was einem passieren konnte, in schier unerreichbare Ferne. Wie ein Teller auf einem gedeckten Tisch, wenn man vor Hunger starb.

Am Abend vorher, als Hana schon schlief, hatte Takeshi die entscheidende Frage gestellt.

Sie waren zwischen Wohnzimmer und Küche unterwegs. Er räumte gerade den Tisch ab und stapelte das Geschirr in der Spüle, während Yui eine kleine Bento-Box für das Mädchen zusammenstellte.

»Wir müssen wieder *furikake*-Tütchen kaufen«, sagte Yui und zeigte auf die leere Plastikhülle mit dem Konterfei von Anpanman, in der sich sonst die Gewürztüten für den Reis befanden. »Das hier ist das letzte.«

Takeshi ließ Hanas bemalten Teller los, und während das Geschirr in die Seifenlauge glitt, stieg diese mit weicher Trägheit im Becken hoch. Eine Seifenblase löste sich, und amüsiert pustete Yui sie in Takeshis Richtung.

Er schaute sie an. »Yui, warum ziehst du nicht zu uns?«

Selbst Jahre später konnte Takeshi nicht sagen, warum er ausgerechnet diesen Moment gewählt hatte und keinen anderen. Er hatte schon monatelang darüber nachgedacht, ihr diese Frage zu stellen, und doch hatte er immer geschwiegen. Er hatte es geplant, so wie man das Traumhaus plant, in dem man schon immer leben wollte: ein geräumiger Eingangsbereich mit offenem Zugang zum Wohnzimmer, ein lichtdurchflutetes Bad.

Ihm lag zu viel an Yui, an ihrer Freundschaft, als dass er

sie für das, was noch daraus werden könnte, aufs Spiel setzen würde. Er hatte sich vorgenommen, die möglichen Zeichen einer Ablehnung im Voraus zu erspüren und niemals etwas zu sagen, das er nicht wieder zurücknehmen konnte.

Und doch.

Und doch sagte er diesen gewaltigen Satz, dort, zwischen Küche und Wohnzimmer.

Yuis Holzstäbchen verharrten mitten in der Bewegung, als würden sie schweben, dazwischen ein Stückchen Tofu und Kartoffeln, und auf einmal hatte Yui Mühe, sich zu erinnern, was sie da eigentlich machte. Da standen der Reis, die frisch geschnippelten Erdbeeren, die Kekse in Hasenform, der Tesastreifen, mit dem man am Schluss den Plastikdeckel auf der Bento-Box befestigte.

»Zu euch ziehen«, sagte Yui, ohne es als Frage klingen zu lassen. Vielmehr wiederholte sie seine Worte, um sicherzugehen, dass sie sich nicht irrte, als wollte sie sich an diesem Echo seines Satzes abstützen.

»Dein Platz ist hier bei uns. Wir sind eine Familie – du, ich, Hana, auch Tora. Es ist nur noch eine Formsache.«

Takeshi trat von hinten an sie heran, schmiegte sich an ihren zarten Körper wie eine gebogene Muschelschale. Der Moment, in dem seine Brust ihre Schulterblätter berührte, fühlte sich an wie eine Verwandlung.

Sie wurden zu einem Baum, wurden zu Holz und Rinde. Es war, als wüchsen lange Wurzeln aus ihrer Haut, Keime sprossen, die schon bald viele kleine Blüten hervorbrachten, die seinen Körper untrennbar mit dem ihren verknüpften.

Eine Metamorphose, wie sie nur ein einziges Mal im Leben vorkommt.

Takeshi hielt sie fest an sich gedrückt, das Gesicht an ihren Hals geschmiegt, und sagte wieder und wieder: »*Suki, Yui, no koto ga suki.*«[3]

»Zusammen mit Hana bist du das Wichtigste in meinem Leben«, murmelte Takeshi und senkte die Stimme noch ein wenig mehr. »Jetzt gehe ich zu Bett, und du schlaf darüber. Wir reden morgen, wenn dir danach ist.«

Ohne ihr auch nur einen Kuss zu geben, hatte er das Gespräch so beendet.


Jetzt fragte sich Yui, ob jenes gewaltige Versprechen von Glück ihr nicht doch Angst gemacht hatte, und ob das nicht vielleicht auch der Grund war, warum sie mitten in der Nacht nach Bell Gardia geflohen war, um sich der tödlichen Gefahr eines Taifuns auszusetzen.

Nein, korrigierte sie sich, Angst war es nicht gewesen, eher das Gegenteil. Sie war so glücklich über diese Bestätigung gewesen – die Bestätigung, dass sie geliebt wurde und selbst liebte –, dass sie glaubte, dieses Gefühl allein würde sie beschützen.

---

3  Ich liebe dich, Yui, ich liebe dich.

4

*Inhalt der Bento-Box, die Yui an jenem Abend*
*für Hana vorbereitete*

Gekochter Reis (der Sorte *Koshihikari*).
Zwei gekochte Röschen Brokkoli.
Zwei Stückchen dampfgegarte Aubergine.
Ein Champignon.
Eine Hackfleisch-Kartoffelkrokette.
Zwei Stückchen *sanma*, Makrele, in Sojasauce.
Ein Tütchen *furikake*, Lachsgeschmack, mit dem Bild von
Akachanman.

Außerdem: ein kleiner Bananenmuffin, zwei Hasenkekse,
sechs aufgeschnittene Erdbeeren, ein Naturjoghurt[4].

---

4  Anmerkung: Vor lauter Aufregung vergaß sie, sowohl die Erdbeeren als auch den Muffin einzupacken. Außerdem brach sie einem der
Kekshasen das rechte Ohr ab.

# 5

Rund um Yui wütete der Taifun noch immer und riss die Dinge von ihrem sicheren Platz. In dieses Chaos wurde die Materie der Welt geworfen, so wie die Menschen tagtäglich beim Aufwachen in die Welt geworfen werden. Sie kannte sie gut, diese Leute, wie sie im Morgengrauen in Tokio unterwegs waren, ausgezehrte Gestalten, oft am Ende ihrer Kräfte, noch bevor der Tag offiziell seinen Lauf nahm.

Und während der Himmel über Kujirayama seinen ganzen Zorn über ihr erbrach – und Yui dachte, dass diesem Himmel niemand die Stirn hielt –, wünschte sie sich, anderswo zu sein. An Takeshis Seite, in seinen Armen in Sicherheit, ein Bein von Hana über dem ihren liegend, was oft vorkam, wenn sie nebeneinander auf dem Sofa saßen und in Märchenbüchern und Bilderbüchern blätterten, wenn sie sich aneinander wärmten wie die Affen in Hokkaido, über die das kleine Mädchen immer so lachen musste.

Takeshis *Arme*, Hanas *Bein*.

Und was, wenn ihr Takeshi zusammen mit jener etwas unbeholfenen Liebeserklärung auch ein Körperteil anvertraut hatte? Wenn auch er ihr, ohne es zu wissen, einen

Fuß, seine Leber, eine Arterie seines Herzens geschenkt hätte?

Und sollte auch Hana, wenn sie bei der Rückkehr aus der Schule fest ihre Hand nahm, ihr klammheimlich eines ihrer walnussbraunen Augen, den kleinen Pfefferfleck über ihrem Bauchnabel oder ihre Kopfhaut zugesteckt haben?

Und was würde aus ihnen werden, wenn Yui wieder aus ihrem Leben verschwände?

Es war dieser Gedanke, der sie erschütterte. Am liebsten hätte sie sich verkrochen oder irgendwo Unterschlupf gesucht, vielleicht im Schuppen von Suzuki-san oder bei der alten Dame mit dem Hund. Doch es war zu spät. Wenn sie jetzt losließe, lief sie Gefahr wegzufliegen, auf und davon, wie das kleine Mädchen mit den roten Schuhen im *Zauberer von Oz*.

Und während sie sich selbst durch die Luft fliegen sah wie ein kaputtes Spielzeug – grotesk –, in freiem Fall in Richtung der Wälder, die sich an den Hügel klammerten, oder weiter nach unten, in Richtung Meer, sagte sich Yui, dass die Welt vermutlich genau so entstanden war, aus all diesem Verrühren und Vermischen und Vermengen. Auch Tsunamis hatten offenbar ihre Daseinsberechtigung. Sie mischten den Kosmos auf, ebenso wie Erdbeben, Überschwemmungen, Erdrutsche und Bergstürze, und mochten sie auch für den Menschen eine Katastrophe sein, mochten sie ihn töten, verbrennen, ertränken oder verschütten, so brachten sie doch immerhin die Welt wieder ins Gleichgewicht.

In jenem Moment zwang sich Yui, an jede einzelne dieser Naturkatastrophen zu denken. Das war ihre Methode, diese furchteinflößende Zeit verrinnen zu lassen. Denn ganz bestimmt würde es höchstens eine Stunde dauern, bis dem Taifun die Luft ausginge und er endlich damit aufhörte, auf diesem Fleckchen Erde herumzutrampeln. Vielleicht würde sie ja nicht unverletzt davonkommen, ja sogar an Stellen bluten, mit denen sie nicht gerechnet hätte, doch sie würde überleben.

»Es geht mir gut, mir ist nichts geschehen!«, würde sie rufen und Hana und Takeshi entgegenlaufen. Vor allem aber würde sie ihnen versichern, dass die Körperteile, die sie ihr anvertraut hatten, in Sicherheit waren. Und dann würde sie ihnen versprechen, beim nächsten Mal daran zu denken, dass geliebt zu werden eine ebenso große Verantwortung mit sich bringt wie zu lieben.

Auf einmal hörte sie ein wütendes Donnern. Yui wurde getroffen. Etwas war eingestürzt.

Eine leise Sirene ertönte, wie ein unheimlicher Gesang aus weiter, weiter Ferne.

Durchnässt, und einzig und allein vom lächerlichen Gewicht ihres eigenen Körpers am Boden gehalten, blieb Yui liegen.

Der Griff ihrer Hände ließ nach, ihre Gesichtszüge wurden weich.

Von diesem Moment an war sie dem Wind ausgeliefert, sein Spielball, wie ein leerer Pappkarton.

# 6

*Das Letzte, was Yui dachte,*
*bevor sie ohnmächtig zu Boden sank*

»Oh.«

# 7

Das Gegenmittel für Gift ist Gift.

Am Ende war es der Wind mit seiner unfassbaren Zerstörungswut, der Bell Gardia bewahrte.

Die Kunde verbreitete sich, dass die Frau, die das Telefon des Windes retten wollte, selbst vom Wind gerettet worden war. Es hieß, sie verdanke ihr Leben dem Atem all derer, die zu Zehntausenden diesen Ort aufgesucht hatten, um Kontakt zu ihren Verstorbenen aufzunehmen. Oder den Toten selbst, die, auch wenn niemand sie hören konnte, den Lebenden mit einem Hauch, einer Liebkosung antworteten. Manche sagten, es habe an beidem gelegen, vereint mit der natürlichen Präsenz des Windes, dort auf dem Hügel von Ōtsuchi.

Diese drei Kräfte formten eine Mauer gegen den Taifun und beschützten Yui.

Bis zum Abend blieb die Gegend ohne Wasser und Strom. Es kam zu einem Erdrutsch, der Hunderte von Kiefern aus einem Wald ins Tal riss, schwere Regenfälle verwüsteten die Felder der Gegend jenseits des Berges, weiter im Westen drang der Schlamm bis in die Flure der Häuser ein, alte Menschen wurden von Hubschraubern des Zivilschutzes in den Himmel gehievt, andere auf Tragen weggebracht, weil sie während des Stromausfalls in ihren Häusern schwer verunglückt waren; viele Hunde und Katzen wurden zu Streunern, Autos vom Wind umgestürzt, ein LKW kenterte mitsamt seiner Ladung Äpfel aus Aomori auf der Autobahn und verteilte seine süßlich duftende Fracht auf beiden Fahrbahnen.

Als auch Yui endlich gefunden wurde, war die Welt um sie herum zerstört.

Suzuki-sans Dach war eingestürzt, die losen Ziegel waren durch den ganzen Garten geschmettert worden, wo sie die Auberginen und Tomatensträucher verwüstet hatten.

Die Telefonzelle wurde aus ihrer Verankerung gerissen und stürzte um, doch Yui traf sie nicht. Vielmehr bildete sie einen Schutzwall zwischen Yui und den aufgewühlten Erdmassen, die zusammen mit anderem Geröll in der Luft umherwirbelten.

Und so lag Yui am Ende in einem Spalt zwischen Bank und Telefonzelle, von einem Dach aus Plastikfolie und Gras bedeckt: Offenbar hatten beide auf eine ihrer Schutzschichten verzichtet, in die Yui sie gehüllt hatte, und sie ihr überlassen. Diese beiden Folien schirmten Yui vor dem Aufruhr um sie herum ab.

Eine einzige heftige Windbö hätte gereicht, um entweder die Telefonzelle auf sie stürzen zu lassen oder die Bank umzureißen, die dann Yuis Schädel zertrümmert hätte. Yui war zwar verletzt, aber nicht so schwer, wie man es unter diesen Umständen erwarten hätte können.

★ ★ ★

Es war Keita, der Gymnasiast aus dem Nachbardorf, der sie fand. Auch er hatte sich Sorgen um Bell Gardia gemacht, jedoch gewartet, bis das schlimmste Wüten des Taifuns vorüber war, und, nachdem sein Vater ihm untersagt hatte, allein loszuziehen, sich mit dem Auto hinbringen lassen.

Der Junge war vollkommen überrascht vom Zustand des Gartens. Nicht nur von der Verwüstung, dem Durcheinander aus Grün und Braun, den vielen Scherben, sondern von der Tatsache, dass alles, was Bell Gardia und das Telefon des Windes ausmachte, wie in ein Spinnennetz gehüllt schien. Es sah aus, als wäre ein riesiger Gliederfüßer über den Garten hergefallen, hätte seine Beute bewusstlos gemacht und sie dann fachmännisch und in genau der Haltung, in der er sie überwältigt hatte, mit seinem Speichel eingehüllt, um sie zu konservieren und später zu verspeisen.

Der Bogen über dem Weg war eingestürzt, ebenso wie die Telefonzelle, die längs neben der Bank lag, doch ansonsten schien alles noch zu stehen.

In diesem Moment schrie sein Vater: »Schau mal, da ist jemand! Lauf!«, und Yui wurde gefunden.

Yui war immer noch bewusstlos. Sie hatte eine riesige Prellung im Gesicht, etwas musste sie mit voller Wucht getroffen haben. Doch ihr Atem ging gleichmäßig, und das Herz schlug.

Sie trugen sie vorsichtig zum Auto und fuhren sofort los. Beim Fahren musste Keita sehr genau auf die Straße achten, die hie und da von heruntergefallenen Ästen und Erdmassen versperrt war, die sie beiseiteschieben mussten, um weiterfahren zu können. Noch immer blies ein starker Wind, und der dichte Wald an der Straße zum Krankenhaus schwankte heftig, als wäre er betrunken.

Sein Vater saß mit Yui auf dem Rücksitz, hielt ihr den Kopf und überlegte, wie er dem Arzt in der Notaufnahme schildern sollte, in welcher Position er die Verletzte vorgefunden hatte – die Neigung des Halses, das geronnene Blut am Fußgelenk, die unnatürliche Krümmung des Armes, der möglicherweise ausgekugelt war. Immer wieder versuchte er, sie aufzuwecken, indem er sie mit dem Namen ansprach, den sein Sohn noch in Erinnerung hatte: Hasegawa-san. Doch eigentlich sei Yui der Name, mit dem Suzuki-san sie immer angesprochen habe, sagte Keita.

In den vergangenen Jahren hatte er sie als recht freundliche, aber zurückhaltende Person erlebt, die meistens kerzengerade am Rande des Grundstücks von Bell Gardia stand und auf den Meerbusen hinausblickte, den man von dort sehen konnte. Oft knabberte sie dabei an einem Stück Schokolade, und immer trug sie Rot.

Keitas Vater senkte den Blick auf Yuis Rock, der tatsächlich rot und leicht ausgestellt war, und auf den enganliegenden Pullover, der über und über mit Schlamm und nassem Laub verschmiert war. Zuerst hatte er nur auf die Verletzungen und Schrammen geachtet, nicht auf die Farbe.

»Aber wieso war sie hier, ausgerechnet bei diesem Wetter?«, fragte der Mann wieder und wieder ungläubig, weil es ihm einfach nicht in den Kopf wollte, wie ein so zarter Körper, zerschrammt und mitgenommen, ein solch titanisches Werk vollbracht haben sollte.

Und doch war alles in Bell Gardia voller Sorgfalt in Plastik gehüllt, mit Isolierband verklebt und im Boden verankert worden. Das musste doch sie gewesen sein – wer sonst sollte das getan haben?

# 8

*Yuis vollständiger Vor- und Zuname*

Hasegawa 長谷川
Yui[5] ゆい

---

5  Yuis Vorname wurde von ihrer Mutter in der Silbenschrift Hiragana gewählt und sollte ihr ein »schlichtes und harmonisches Leben« bescheren.

# 9

Yui komme einmal im Monat nach Bell Gardia, fuhr Keita fort. Sie habe beim Tsunami des Jahres 2011 ihre Tochter und ihre Mutter verloren.

»Wie furchtbar«, murmelte der Vater und begann instinktiv, mit dem Handrücken das Gesicht der Frau zu streicheln, deren Kopf er auf seine Knie gebettet hatte.

Ja, eine sehr traurige Geschichte, sagte Keita, aber schließlich gelte dies für alle, die den Garten von Suzuki-san besuchten (»Für mich auch, oder nicht?«). Was im Übrigen keineswegs bedeute, dass es sich um depressive oder schwache Leute handele. Im Gegenteil – er sei dort vielen sehr interessanten Menschen begegnet.

»Aber hast du denn jemals einen getroffen, der wirklich und gänzlich glücklich war? Ich glaube nicht.«

»Ganz gewiss verschafft es ihr große Erleichterung, mit ihrer Mutter und Tochter sprechen zu können …«

Jetzt, da er darüber nachdachte, fiel Keita ein, dass er sie nicht einziges Mal die Zelle hatte betreten sehen.

»Ich weiß nicht, ob sie überhaupt jemals mit ihnen gesprochen hat.«

Stattdessen schlendere sie im Garten umher, gehe auf den Wegen auf und ab, bücke sich gelegentlich, um eine

Pflanze zu streicheln. Oft schreite sie feierlich unter dem Bogen hindurch und richte den Blick auf das Glöckchen, das über ihrem Kopf bimmelte, betrachte neugierig Keime und Knospen. Und sie lausche dem Wind, sagte er.

»Sie schweigt fast immer, doch wenn sie etwas sagt, ist es oft auch sehr lustig. Einmal hat sie uns das Geständnis gemacht, wenn sie wirklich intensiv an etwas denke, dann spreche sie es am Ende laut aus, ohne es zu merken, weshalb die Leute sie manchmal für verrückt hielten«, sagte Keita lachend.

»Weißt du, dass deine Mutter das auch gemacht hat? Wenn sie in Gedanken versunken war, bewegte sie manchmal die Lippen, und es kam vor, dass man sie etwas sagen hörte. Im Zug waren die Leute manchmal nicht so begeistert, sie im selben Abteil zu haben«, erwiderte der Mann und fiel in das Lachen seines Sohnes ein.

Es war sein Geheimnis, dass die Beziehung zu seiner Frau bei ihrem Tod bereits nicht mehr existent gewesen war, sie hatten sich auseinandergelebt, so wie viele Paare nach fünfzig Jahren. Allerdings hätte sein Sohn nicht verstanden, wieso es eine Erleichterung sein konnte, weniger zu lieben, wenn ein Mensch aus dem Leben gerissen wurde.

Noch war er nicht darüber hinweg, doch Keitas Vater hatte nicht so gelitten, wie die Leute es vermuteten. Seine Schuldgefühle hingegen waren sofort da gewesen, wie ein Bühnenscheinwerfer, der angeknipst wurde und sich stets auf den Punkt richtete, an dem seine Frau immer gewesen war und nun nicht mehr.

Damals hatte er sich geschworen, seiner verstorbenen Ehefrau jeden Tag seine Zuneigung zu beteuern, und so seinen Kindern die Liebe zu ihr zu erklären. Eine Zeit lang – mittlerweile lag sie gerade hinter ihm – hatte er sogar befürchtet, sich mit seinem Rollenspiel selbst zu überzeugen und sich ernsthaft – wenn auch nur in seiner Fantasie – noch einmal in sie zu verlieben.

Oft war er des Nachts mit Beklemmungen und Herzklopfen aufgewacht, oder er träumte von jenem Mädchen, das er im Sommer seines siebzehnten Lebensjahres kennengelernt hatte, am Strand, wo er, voller Stachel und doch grinsend ob der großen Anzahl Seeigel, die er gesammelt hatte, an Land gegangen war, jenem Strand, den sie beide bereits seit Kinderzeiten besuchten.

Die Szene, die dann folgte – wie sie ihn verarztete und es dann zum ersten Kuss seines Lebens kam, den er jemals einer Frau – außer seiner Mutter – gegeben hatte –, wiederholte sich nun Nacht für Nacht.

»Sie muss schon sehr früh heute Morgen gekommen sein, um all dies zu vollbringen«, nahm Keita den Faden wieder auf, ohne die Seelenqualen seines Vaters zu ahnen. Der Junge dachte immer noch über Yuis gewaltige Leistung nach, über die Hartnäckigkeit, die in diesem so schmächtigen Körper schlummern musste. Die Spinne, die Bell Gardia mit ihrem seidenen Netz geschützt hatte, war in Wirklichkeit Yui gewesen.

»Jetzt fällt mir ein – hast du das Auto gesehen, das vor dem Garten geparkt war?«, und erst als er diese Frage gestellt hatte, bemerkte Keita, warum ihm die ganze Situation von Anfang an so ungewohnt vorgekommen war: Yui war allein gekommen, Takeshi war nicht bei ihr.

»Es ist immer ein Mann bei ihr gewesen, Fujita-san«, sagte er. »Ich glaube nicht, dass ich sie jemals ohne ihn gesehen habe, oder ihn ohne sie. Es ist seltsam, sie kommen jedes Mal zusammen mit dem Auto aus Tokio hierher.«

»Aus Tokio? Aber das ist sehr, sehr weit weg!«, rief Keitas Vater überrascht aus. Er suchte in Yuis Gesicht nach Zeichen der Hauptstadt, jener Metropole, die ganz Japan in sich trug, und wo auch er während seines vierjährigen Studiums gelebt und auf die Menschenmassen, die ihm alltäglich auf der Straße begegnet waren, abwechselnd mit Begeisterung und Unbehagen reagiert hatte.

Er durchsuchte Yuis Taschen, wobei er darauf achtete, die Regeln der Schicklichkeit gegenüber einer ihm unbekannten Frau zu respektieren. In der Aufregung hatte er ganz vergessen, nach einem Handy Ausschau zu halten. »Wir müssen diesem Mann unbedingt Bescheid geben. Hast du seine Telefonnummer?«

»Suzuki-san vielleicht, ich nicht. Aber Suzuki-san ist ja selbst im Krankenhaus, erinnerst du dich? Ich weiß nicht, was wir noch tun könnten.«

»Sie hat nichts bei sich, wahrscheinlich ist die Tasche noch im Auto, mitsamt den Ausweispapieren. Wir müssen zurück und sie holen.«

»Die hole ich später, wenn sie im Krankenhaus untersucht wird.«

»Aber du bist dir sicher, dass er nicht ebenfalls in Bell Gardia gewesen ist?«

»Ja, zumindest nicht im Garten, sonst hätte ich ihn gesehen. Aber vielleicht ist er in Kujirayama. Wir müssen ihn
so bald wie möglich erreichen.«

# 10

*1) Keitas Gefühl an jenem Tag, das er seinem Vater
nur schwer erklären konnte (und das seltsamerweise dem
ähnelte, was Yui über die Sehnsucht dachte) und
2) die Situationen, in denen er dies noch stärker
empfand.*

1. Wie etwas, das nicht ganz exakt ausgerichtet und doch gerade ist, etwas, das man vielleicht sogar als richtig empfindet, das aber trotzdem ein wenig unscharf ist, ein bisschen zu weit rechts oder zu weit links. Etwas, das in der Theorie richtig ist und einem doch falsch vorkommt.

2. Wenn jemand rauchte und die Kippe einfach auf den Boden fallen ließ.
Jedes Neujahr, seit seine Mutter gestorben war, wenn der Geschmack der *osechi ryōri* gut, sogar sehr gut war und doch anders.
Wenn seine Schwester Lippenstift auftrug, bevor sie das Haus verließ, und aussah wie eine richtige Frau.
Jedes Mal, wenn einer von ihnen nach Hause kam und Mama *okaerinasai* rief.

## 11

Takeshi bemerkte Yuis Verschwinden erst spät.

Seit Tagen sprachen sie voller Beunruhigung über Suzuki-sans Gesundheitszustand, über die E-Mail-Korrespondenz mit seiner Frau. Niemand vermochte zu sagen, wie es dem alten Herrn tatsächlich ging, ob es sich um eine vorübergehende Erkrankung oder um etwas Ernsteres handelte.

Takeshi hatte Yui regelrecht verstört erlebt bei dem Gedanken, Bell Gardia könnte unerreichbar sein und jemand, der es dringend bräuchte, könnte nicht dorthingehen.

Bell Gardia rette Leben, es sei notwendig, dass es immer zugänglich sei, sagte Yui wieder und wieder.

Doch gaben nicht die Seminare – so entgegnete Takeshi –, jene Seminare, die in Bell Gardia abgehalten wurden, Hilfestellung, wie die Menschen unabhängig von dem Telefon werden konnten? Die Idee von der Sache zu trennen. Und so wäre es doch denkbar, im eigenen privaten Garten eine Telefonzelle einzurichten, oder vielleicht auch einen Briefkasten, in den man Briefe ohne Adresse einwerfen könnte.

Es war zehn Uhr abends, als sie den Fernseher angeschaltet hatten. Eigentlich nur, um sich den Wetterbericht anzuschauen und zu erfahren, ob sie morgen die Wäsche draußen aufhängen konnten, und ob es nötig war, Hana ihre Gummistiefel anzuziehen. Der Taifun würde ihre Gegend nur streifen, so hatte es am Morgen geheißen.

Ein Mann im Regenmantel, mit einem gelben Mikrofon in der einen Hand, beschrieb mit Worten und Gesten den Taifun, der im Anrollen war, während er mit der anderen den Zipfel seiner Kapuze festhielt. Dahinter war das Fernsehstudio eingeblendet, wo ein gezwungen lächelnder, hagerer Meteorologe mit einem Zeigestock auf eine Karte voller Linien wies. Allein der Kontrast – einerseits der durchnässte Reporter, andererseits der wie aus dem Ei gepellte Sprecher im Studio – wirkte irgendwie grausam.

»Wer wird Bell Gardia beschützen?«, fragte Yui mit nervöser Stimme.

Da er keine rechte Antwort auf diese Frage wusste, versicherte Takeshi ihr, selbst wenn der Garten tatsächlich Schaden nähme, könnte man ihn ja wieder errichten. Und hatten sie nicht immer gesagt, dass es auch ein anderes Telefon sein könnte, an einem anderen Ort? Schließlich sei nicht das Ding wichtig, sondern das, wofür es stand.

Yui winkte ab, ja, sie akzeptierte seine Antwort, doch besonders beruhigt wirkte sie nicht. Takeshi wechselte das Thema und sprach über die Einkäufe, die sie noch erledigen müssten, und über das absurde Faible seiner Mutter für kleine Teppiche, die sie sich überall im Haus hinlegte, ob es nun der geblümte Fußabstreifer im Wohnzimmer oder die gestreifte Matte im Bad war. Danach begann er, den Tisch abzudecken, trug seine künftigen Schichten im Krankenhaus in den Kalender ein und berichtete, was man sich über seinen neuen Chefarzt erzählte, der im April seine Stelle antreten würde.

Und dann, während Yui die Bento-Box für Hana zusammenstellte und er hinter ihr stand, war jener hochexplosive Satz gefallen.

Er hatte ihr nicht gesagt, was genau er an ihr liebte – denn an Yui liebte er so vieles –, und es ging dabei nicht nur um Hana, auch wenn sie eine wichtige Rolle spielte. Jedenfalls führten auf der Landkarte seiner Gefühle viele Pfade einzig und allein zu Yui. Da war zum Beispiel die pragmatische Art, mit der sie an alle Dinge heranging, oder dieses sinnliche Zurückwerfen ihres Haars, das ihr bis über die Schultern wogte, die Art, wie sie stets mit beiden Händen Türen aufdrückte oder Dinge hielt, oder der stets richtige Ton ihrer Stimme.

Obwohl Takeshi sein ganzes Leben lang üppige Frauen geliebt hatte, die mit einer natürlichen Fröhlichkeit gesegnet waren, konnte er sich an Yuis schmaler Gestalt, ihren klaren Linien kaum sattsehen. Ihren Körper zu betrachten, vor allem im Sommer, lehrte ihn alles über sie – jeden einzelnen Knochen kannte er, er wusste genau, wo ein Teil ihres Skeletts aufhörte und wo der andere begann, wo die eine Blutbahn entsprang und die andere sich mit einer weiteren vereinte.

Dennoch sagte er ihr banalerweise einfach nur, dass er sie liebe, und wiederholte wie besessen dieses eine Wort: *suki*.[6]

---

6  *Suki* bedeutet wörtlich: »Ich mag dich« und wird oft als ehrlicher empfunden als »Ich liebe dich.«

Hatte er da vielleicht einen Fehler gemacht?

Yui hatte gelächelt, ohne ihm jedoch in irgendeiner Weise zu vermitteln, was sie selbst empfand, und Takeshi hatte gefürchtet, sie habe sich in ihrer Trauer eingerichtet, den Verzicht auf Glück akzeptiert, wie es oft bei Menschen ist, die einen großen Verlust erlitten haben. Dennoch beschloss er, nicht pessimistisch zu sein. Nein, je länger er darüber nachdachte, umso mehr sagte er sich, dass man zuversichtlich sein musste. Die Liebe hatte Überzeugungskraft, wenn man ihr Zeit ließ.

So war er schließlich eingeschlafen, hatte sich vorgenommen, sich am darauffolgenden Morgen seine Unsicherheit nicht anmerken zu lassen, vielleicht seine Hand auf ihre zu legen, zu zeigen, wie glücklich er war, dass sie noch gemeinsam frühstücken würden. Und dass es schön wäre, wenn dies jeden Tag so sein könnte.

# 12

*Einzelheiten aus Takeshis Liebeserklärung an Yui*

Im Hintergrund lief der Nachspann zu dem Film *In the Mood for Love* des Regisseurs Wong Kar-wai aus dem Jahre 2000, einer der drei Lieblingsfilme von Yui. Takeshis erstes Wort fiel genau in dem Moment, als auf dem Bildschirm dem Kameramann gedankt wurde.

Takeshi trug eine weiche Jeans von Uniqlo und ein schwarzes Darth-Vader-T-Shirt[7,8]. Yui trug einen Jogging-anzug mit dem Gesicht von Rilakkuma, den ihr Hana zum Geburtstag[9] geschenkt hatte.

Beide waren barfuß.

---

7   *Star Wars* war Takeshis Lieblingsfilmepos.
8   Takeshis T-Shirt hatte ihm niemand geschenkt; er hatte es sich selbst gekauft.
9   Yuis Geburtstag war am 23. Juni.

# 13

Ein paar Stunden später begann Shio, der junge Mann, der immer die Bibel dabeihatte, seine Schicht im Krankenhaus. Er erkannte Yui und brachte sie alle zusammen. Er war schon länger nicht mehr nach Bell Gardia gekommen, und Takeshi und Yui hatten sich bereits gefragt, ob etwas aus ihren Gesprächen mit Suzuki-san zu Shio durchgesickert wäre, und er ihnen deshalb aus dem Weg ginge. Suzuki-san meinte, dies sei nicht der Fall, doch ganz sicher waren sie sich da nicht. Sie kannten beide die Angst, in anderen Menschen Mitleid zu erregen, und hielten es für ein deprimierendes Gefühl, noch schlimmer vielleicht als den Grund des Mitleids selbst.

Doch es verhielt sich ganz anders. In den vergangenen Monaten hatte Shio bemerkt, wie sein Vater sich allmählich veränderte. Wie das genau vor sich ging, hätte er nicht sagen können, doch wie es schien, welkte er dahin. Und je mehr sein Vater dahinschwand, umso entschlossener war Shio, dabei zu sein, wenn es mit ihm zu Ende ginge. Er ließ ihn keinen Moment aus den Augen, wollte anwesend sein, wenn es geschähe.

Dann hatte sein Vater von einem Tag auf den anderen Fieber bekommen, das nicht weichen wollte und immer wieder stieg und fiel. Niemand hatte es gewagt, einen Arzt zu rufen. Der Vater selbst hatte es nicht gewollt, und selbst wenn er schreie, sagte er, solle man ihn lassen. Shio war mit ihm einer Meinung: In den natürlichen Lauf der Dinge durfte man sich nicht einmischen.

Eine ganze Woche lang war der Mann im Delirium, und der außergewöhnlichste Eindruck, den sie alle aus dieser Zeit mitnahmen, war der, wie dieser Mensch, der nach der Katastrophe ergraut und aufgedunsen war, mit so kristallklarer Stimme zu sprechen vermochte, eine Stimme wie die eines Herrschers, der über das Meer befehligte und die Wellen zur Ordnung rufe.

Bei Tage verwechselte er die Vorhänge am Fenster mit Schiffssegeln, die *fusuma*-Wände mit der Wand des Führerhauses auf seinem alten Boot. Shios Tanten betraten sein im Halbdunkel liegendes Zimmer und brachten ihm ein Tablett mit einer leichten Mahlzeit. Er jedoch wollte nichts essen, und während er vorher seine Tage mit Grübeln und Essen verbracht hatte, magerte er jetzt immer mehr ab. »Er begeht schleichenden Selbstmord; wenn er nicht bald etwas isst, wird er sterben«, flüsterten sich die Frauen traurig zu, wenn sie am Abend zu ihm ins Zimmer gingen und das Tablett mit dem Essen wieder abholten, das er nicht angerührt hatte.

Doch dann kam der Taifun, der Wind veranstaltete ein höllisches Spektakel, und ein Blumentopf hatte das Badezimmerfenster eingeschlagen und Schaden angerichtet.

»Die Toten kommen zurück«, schrie Shios Vater, und alle im Haus hielten sich die Ohren zu, so schrecklich waren diese Worte.

Draußen quietschte und schepperte es, als zöge ein misstönendes Orchester vorbei, dessen Musik immer schiefer klang, je weiter es sich entfernte.

Als auch die Scheibe der Eingangstür zu Bruch ging und er hörte, wie Schritte durch das Haus eilten, um den tückischen Wind und die Zweige und den Schlamm abzuhalten, war Shios Vater schließlich von seinem Lager aufgestanden, um zu schauen, was da vor sich ging. Da alle daran gewöhnt waren, ihn nicht zu beachten, bemerkte niemand, dass der Mann wieder begonnen hatte, das, was er vor Augen hatte, auch wirklich zu *sehen*.

Wenn die große Sintflut aus dem Buch Mose ihn zerbrochen hatte, so war diese neue Sintflut für den Mann wie die Taufe des Neuen Testaments, denn anstatt ihn sterben zu lassen, erweckte sie ihn zu neuem Leben.

Shios Vater begann, fürchterlich zu weinen, rollte sich wie eine Katze zusammen und schluchzte laut. Er weinte mit seinem ganzen Körper, mit den Augen, dem Rücken, der Kehle. Niemals hatte man ihn so weinen hören, seit seine Mutter gestorben war, als Shio noch ein Kind war. Das war für seinen Vater so schlimm gewesen, als wäre der Hauptmast seines Bootes gebrochen und über ihm herabgestürzt.

»Er weint immer noch«, sagte Shio jetzt, an Takeshi und Yui gerichtet. »Niemand kann ihn davon abbringen, und er entschuldigt sich ständig, doch man sieht, dass es ihm viel besser geht.«

Yui lag im Bett, mit einem großen Verband um den Kopf und Pflastern auf den Armen, die unter der Bettdecke hervorlugten. Wenn man sie so sah, ruhig und guten Mutes, hätte man denken mögen, sie befinde sich nicht im Krankenhaus, sondern zu Hause, und Takeshi, der neben dem Bett stand, sei ein Gast, der zum Tee gekommen war.

»Der Chefarzt hat gesagt, er wolle noch genauere neurologische Tests durchführen, aber mir schien er recht zuversichtlich zu sein«, fuhr Shio fort und schaute seine Freunde an.

Er war von einer Euphorie erfasst, die schon Stunden andauerte, genauer gesagt, seit er an dem Krankenbett seines Vaters Platz genommen und sich über seine Brust gebeugt hatte, um ihn abzuhorchen. Der Mann hatte sich bemüht, möglichst stillzuhalten, hatte dann jedoch der Versuchung nicht widerstehen können, die Hände nach der Wange seines Sohnes auszustrecken und sie zu streicheln. Als sähe er ihn seit Jahren zum ersten Mal wieder, hatte er geflüstert: »Toll machst du das!« Shio hatte sich beeilt, ihm das Hemd wieder zuzuknöpfen, damit der Vater nicht sah, dass er ein paar kleine Tränen wegzwinkern musste.

»Gut, sehr gut! Was für eine wundervolle Nachricht, Shio!«, rief Takeshi bewegt aus. Wegen des Taifuns hatte er einen ganzen Tag gebraucht, um herzukommen, doch Yui war in der Zwischenzeit wieder bei Bewusstsein und hatte sowohl ihr Geburtsdatum als auch Takeshis Telefonnummer auswendig hersagen können. Als sie nach dem Zustand Bell Gardias fragte, konnte Keita sie beruhigen, innerhalb weniger Tage würde alles wieder so sein wie vorher.

Takeshi war vor Angst schier gestorben, als Keitas Anruf ihn erreichte. Noch immer konnte er kaum glauben, dass die Sache so glimpflich ausgegangen war. Sein Glück, so dachte er, musste dadurch allerdings vollständig aufgebraucht sein.

Kurz bevor Keitas Wagen mit seinem Vater und Yui auf dem Rücksitz vor der Notaufnahme vorfuhr, hatte sich der Taifun aufs Meer zurückgezogen. Nach einem ersten Riss, der einen Blick auf das unendliche Blau freigab, das jenseits der dicken Wolkendecke lag, strömte immer mehr Licht vom Himmel und vergrößerte die Öffnung von Minute zu Minute. Endlich wurde es Tag.

Die Kinder, unruhig geworden, nachdem sie so viele Stunden ins Haus verbannt gewesen waren, traten an die Fenster und sahen, wie die steilen, hohen Wolken gen Osten abzogen.

Ihre Wanderung würde noch Stunden anhalten, dann würde plötzlich die Temperatur ansteigen, und die Luftfeuchtigkeit.

Bei ihrer Rückkehr aus der Schule, nicht ahnend, in welcher Gefahr Yui geschwebt hatte, schrieb Hana ihrem Vater, es habe den Anschein, als wären der Sommer und die Feuer des *o-bon* nach Tokio zurückgekehrt. Takeshi antwortete, bei ihnen sei es das Gleiche; unter den Fenstern, in dem Garten, der das Krankenhaus umgab, nähmen die letzten Grillen des Jahres ihr ohrenbetäubendes Zirpen wieder auf.

Am nächsten Tag, kurz bevor Yui entlassen wurde und sich auf den Heimweg machte, kamen Keita und sein Vater in ihr Zimmer und erkundigten sich nach Yuis Gesundheitszustand, denn da sie maßgeblich an ihrer Rettung beteiligt gewesen waren, sahen sie es sowohl als ihre Verpflichtung als auch ihr gutes Recht an, mehr darüber zu erfahren als jeder andere.

Bei ihnen war auch Naoko, Keitas Schwester, eine junge Frau mit mürrischer Miene und fest aufeinandergepressten Lippen, die kein Wort von sich gab. Weder machte ihr Vater Anstalten, sich für sie zu entschuldigen, noch ermunterte er sie zum Sprechen, und das sorgte für eine angenehme Atmosphäre.

Kurz darauf erschien auch Shio, der so ganz anders aussah als in dem weißen Arztkittel, der ihn umflatterte wie Flügel. »Da wären wir«, rief er, und der Plural war auf der Stelle erklärt, als hinter ihm Suzuki-san auf der Schwelle erschien, gefolgt von der schmalen Gestalt seiner Frau.

Sofort erhob sich ein Chor der Überraschung und Sorge. »Suzuki-san!« – »Wie geht es, Herr Suzuki?« – »Aber sollten Sie sich nicht ausruhen?«

Es gehe ihm gut, sehr gut sogar, sagte der alte Herr, es sei nur eine kleine Malaise gewesen, nichts Schlimmes. Zwar hätten sie befürchtet, ihn habe eine ernstere Krankheit ereilt, doch die Untersuchungen hätten jeden Zweifel ausgeräumt. »Meine Befürchtungen waren grundlos, wirklich«, versicherte er ihnen.

Seine Frau neben ihm entschuldigte sich lang und breit

bei Yui und allen anderen, dass sie ihnen Sorgen bereitet hatte. Jene Nachricht, die sie damals überstürzt auf die Website von Bell Gardia gestellt habe, sei in der Eile unklar formuliert gewesen. Sie sei in solchen Dingen nicht sehr geübt, und schon sei das Missverständnis nicht mehr aus der Welt zu schaffen gewesen.

Das bekräftigte sie mehrmals, außerstande, ihre Rührung und Zerknirschung zu verbergen. Ihr Mann drückte ihr die Schulter, doch sie verbeugte sich in einem fort und entschuldigte sich wieder und wieder: *gomennasai* und *mōshiwakearimasen deshita,* »Bitte entschuldigt« und »Ich bitte euch, mir zu verzeihen.«

Es sei doch wirklich nicht nötig, sich zu entschuldigen, unterbrach Takeshi sie, außerdem sei Yui Bell Gardia so tief verbunden, dass sie wahrscheinlich in jedem Fall gefahren wäre.

»So ist es. Ich war einfach leichtsinnig«, pflichtete Yui ihm bei. »Sie trifft keine Schuld, das versichere ich Ihnen«, fügte sie hinzu und trat auf die Dame zu. »Allein der Gedanke, Bell Gardia und dem Telefon des Windes könnte etwas zustoßen, und damit all das zunichtemachen, was Sie im Lauf der Jahre für uns dort aufgebaut haben, machte mich verrückt!«, rief Yui und machte eine entschuldigende Geste zu ihrem Publikum.

Für sie, die es nicht mehr gewagt hatte, weit in die Zukunft zu denken, habe es sich so angefühlt, als wäre die Zukunft zu ihr gekommen, schloss sie. Und genau das sei der Zauber von Bell Gardia.

Bei dieser Feststellung nickten alle, bis auf Keitas Schwester, die, verlegen angesichts des Schauspiels, dessen Hintergründe sie nicht wirklich kannte, aus dem Fenster schaute, wo mittlerweile wieder die Sonne vom Himmel lachte.

»Auch er«, sagte Keitas Vater, an seinen Sohn gerichtet, »hat einmal keine Pläne für die Zukunft mehr machen wollen, und ich habe ihm immer gesagt, das sei nicht gut, denn in seinem Alter habe man doch das Leben noch vor sich.« Der Junge nickte, doch man merkte, dass er lieber das Thema gewechselt hätte.

»Wir alle sind Bell Gardia auf die eine oder andere Weise zutiefst verbunden«, warf Shio ein. »In den letzten 48 Stunden sind Hunderte Mails von Menschen eingegangen, die den Garten besucht haben und wegen des Taifuns in Sorge waren. Um ihnen allen zu antworten, werden wir Tage brauchen.«

Dieses *wir* schien sie alle einzubeziehen und rührte jeden im Zimmer. So voll wie der Raum war, wirkte er auf einmal winzig klein.

Die Leute, die an Yuis Krankenzimmer vorbeikamen, warfen Blicke hinein, durch das Stimmengewirr neugierig geworden. Kurz darauf trat eine Krankenschwester ein, verkündete, Yui dürfe jetzt gehen, und bedeutete allen mit einem höflichen Nicken, das Zimmer zu verlassen.

»Wir sind wirklich zu viele«, sagte Suzuki-san scherzhaft. »Entweder köpft jetzt jemand zur Feier des Tages eine Flasche Champagner, oder es ist höchste Zeit, nach Hause zu gehen.«

# 14

*Kurzer Meinungsaustausch, den Yui und Takeshi
im Auto bezüglich Keitas Schwester hatten*

»Mir schien sie ein ruhiges Mädchen zu sein.«

»Ich glaube eher, es war ihr peinlich.«

»Kam sie dir nicht ruhig vor?«

»Ob jemand ruhig ist oder nicht, lässt sich kaum sagen. In diesem Alter sind junge Leute immer schwer zu durchschauen, außer, sie sind unter sich.«

»Jugendliche kommen mir immer wie die Inkarnation dieses surrealistischen Prinzips vor … wie war das noch?«

»Welches denn?«

»Warte, es fällt mir nicht mehr ein. So was wie: ›Nur was schockiert, ist schön.‹«

»Im Sinne von extrem, meinst du?«

»Ja, alles ist entweder schwarz oder weiß, wunderschön oder abstoßend. In diesem Alter gibt es keine halben Sachen.«

»Und wie warst du als Jugendlicher?«

»Wie alle anderen: keine halben Sachen.«

»Wer weiß, wie Hana in dem Alter sein wird …«

»Wie alle anderen: keine halben Sachen.«

## 15

Shio begleitete die Freunde zum Ausgang, betrachtete sie inmitten des Gewusels von Patienten, Krankenschwestern und Krankenliegen von der Seite. Sein Blick folgte der rechten Hand Takeshis, der Yui beim Tragen ihrer Tasche half, mit der Linken drückte er ihre Hand; er sah, wie Keitas Schwester Naoko auf die letzten Wolken zeigte, die mittlerweile viel langsamer über den Himmel zogen. Und er winkte Suzuki-san und seiner Frau zu, die andere Hand in die Hüfte gestützt, während sich die Fahrstuhltüren öffneten und wieder schlossen.

»Freunde von dir?«, fragte ihn eine Krankenschwester von hinten kommend, mit der Shio oft zu Mittag aß.

»Ja, Menschen, mit denen ich sehr viel gemeinsam habe.«

»Wie schön«, sagte sie. »Bist du denn fertig hier? Kommst du mit in die Kantine?«

Shio nickte und zog, während er neben dem Mädchen herging, das *Buch Hiob* aus der Tasche.

Auch im Krankenhaus wussten alle von seinem Faible für die Bibel, und genau diese Krankenschwester hatte ihn nach einem kurzen Moment der Ungläubigkeit (»Ach, bist du Christ? Nein? Aber warum liest du dann die Bibel?«) auf die Idee gebracht, sich eine nach Büchern aufgeteilte Ausgabe zu besorgen, schmalere Bände, die er überallhin mitnehmen konnte. Nachdem er die Bibel einmal ganz durchgelesen hatte, schlug Shio sie jetzt nach dem Zufallsprinzip auf, als wartete er auf eine Offenbarung.

»Was sagt denn deine Bibel heute?«, fragte ihn die Schwester, während sie die Tür zur Kantine aufstieß. »Gibt es darin auch für mich eine besondere Erkenntnis?«

Sie machte sich nicht über ihn lustig; es war einfach eine Frage. Doch auch sie war davon überzeugt, dass Worte, ob man sie nun hörte oder las (nicht unbedingt in der Bibel, sondern überall), per Zufall zu den Menschen kamen, aber nicht ohne Absicht.

Sie selbst gab im Übrigen offen zu, dass sie alle Horoskope, die sie in die Finger bekam, gierig verschlang, auch wenn sie nicht daran glaubte, und diese beiden Dinge (astrologische Vorhersagen ebenso wie die Bibel) schienen ihr gar nicht so verschieden zu sein.

»Hast du was Schönes gefunden?«

»Schauen wir mal«, murmelte Shio nachdenklich. Die junge Frau stellte unterdessen ihre Handtasche in eine Ecke der langen Reihe von Tischen und Schemeln.

»Ach, hier!«, rief Shio aus. »Hör dir das an.«

Und er las ihr vor: »Zu mir ist heimlich ein Wort gekommen/ und von ihm hat mein Ohr ein Flüstern empfangen.‹«

»Hm, schön«, kommentierte die junge Frau. »Aber für mich vielleicht ein bisschen zu poetisch.«

Während sie sich in ihrer hellrosa Schwesternuniform erneut zum Eingang der Kantine begab, um das Tagesmenü zu studieren, bemerkte Shio zum ersten Mal, dass *Wind* in jenem Buch der Bücher ein wichtiges Wort war. Der Wind war das Chaos, die gähnende Leere der Urzeit, er hatte die Heuschreckenplage nach Ägypten gebracht, doch er hatte auch das Rote Meer geteilt. Er erinnerte sich an Elias Begegnung mit dem Herrn aus dem Ersten Buch der Könige zurück, wie Elia darauf wartete, zum Berg Horeb, dem Berg Gottes, zu gehen, und den Wind, der ...

»Was nimmst du?«, unterbrach ihn die Krankenschwester und blickte in Shios geistesabwesende Miene. »Wenn man sich nicht entscheiden kann, nimmt man am besten ein Curry, damit kann man nichts falsch machen«, fügte sie vorsichtig hinzu.

Die junge Frau hatte bereits ein Tablett mit Stäbchen und zwei Tellern Salat in der Hand und ging schnurstracks in Richtung Tresen, wo das Curry ausgegeben wurde.

Während sie das tat, erlebte Shio, mitten in der Kantine des Krankenhauses, seine ganz eigene Offenbarung: Es konnte gar kein Zweifel daran bestehen, dass es das Telefon des Windes gewesen war, das seinen Vater zu ihm zurückgebracht hatte. In all den Jahren, in denen er jenen Hörer ergriffen und mit seinem Vater gesprochen hatte, mit dem sehnlichen Wunsch, ihn wieder zu dem Mann zu machen, der er einmal gewesen war, hatte Gott seinen Atem aufgefangen und für ihn aufbewahrt.

So geschah es sicher mit jedem Menschen, der auf den Berg des Wales kam und das finstere Tal von Ōtsuchi hinter sich ließ; so geschah es jedem, der den mühsamen Weg zum windigen Garten von Bell Gardia zurücklegte.

Es war ein Akt reiner Zuversicht, jenen Hörer abzunehmen, die Finger in die zehn kleinen, runden Löcher der Wählscheibe zu stecken und zu sprechen, obwohl nur Stille aus dem Telefon kam. Ja, genau – der Schlüssel war die Zuversicht!

»Shio, komm! Sonst wird das Curry kalt und schmeckt nicht mehr«, sagte die Krankenschwester und drückte ihm ein Tablett in die Hand. »Na los, such dir was aus! Schnell! Außerdem ist meine Pause bald vorbei.«

»Ja gut, entschuldige, ich nehme auch das Curry bitte«, erwiderte der junge Mann und zog den Kantinenausweis sowie die Kreditkarte aus der Tasche.

Der Wind war der Atem Gottes, dachte Shio, während er den dampfenden Teller vor sich auf den Tisch stellte.

»Da ist der Löffel, den vergisst du immer.«

»Stimmt.«

»*Itadakimasu!*«

»*Itadakimasu!*«

Und während beide die Handflächen aneinanderlegten und den Kopf senkten, ging es Shio durch den Kopf, dass ja vielleicht der Wind doch *nicht* der Atem Gottes war.

Der Wind *war* Gott.

# 16

*Die Passage aus dem Ersten Buch der Könige,*
*die Shio zitiert hätte, wenn seine Freundin*
*ihn nicht unterbrochen hätte*

*Und ein großer, starker Wind, der die Berge zerriss und die*
*Felsen zerbrach, kam vor dem HERRN her; der HERR aber*
*war nicht im Winde. Nach dem Wind aber kam ein Erd-*
*beben; aber der HERR war nicht im Erdbeben. Und nach*
*dem Erdbeben kam ein Feuer; aber der HERR war nicht im*
*Feuer. Und nach dem Feuer kam ein stilles, sanftes Sausen.*
*Als das Elia hörte, verhüllte er sein Antlitz mit seinem Man-*
*tel und ging hinaus und trat in den Eingang der Höhle. Und*
*siehe, da kam eine Stimme zu ihm und sprach: Was hast du*
*hier zu tun, Elia?*

1. Könige 19, 11-13

# 17

S ie kehrten nach Tokio zurück, doch ihr Leben verlief
noch immer in zwei parallelen Linien.

Takeshi wollte es genauer wissen, und so versuchte er,
die beiden Linien zusammenzuführen: Sie würden heiraten
und unter einem Dach wohnen. Er, Yui und Hana.

Offiziell machte er Yui keinen Heiratsantrag, und zwar
nicht, weil es ihm an Anstand oder Entschlossenheit man-
gelte, sondern weil es für ihn nach all dem, was zwischen
ihnen gewesen war, auf der Hand lag, dass sie heiraten
würden. Alles lief darauf hinaus.

Als Takeshi ihr eines Sonntagnachmittags sagte, der
Mai wäre ein schöner Monat zum Heiraten, zuckte Yui er-
schrocken zusammen. Sie versuchte, es sich nicht anmerken zu lassen, auch nicht, als er sie fragte, wie viele Gäste
sie denn einzuladen gedenke, und ob sie eine Trauung nach
japanischer Tradition oder im westlichen Stil bevorzuge.

Yui hielt sich bedeckt und machte nur die Andeutung,
eine standesamtliche Trauung sowie eine Feier im kleinen
Kreis seien für sie vollkommen ausreichend. Im Mittelpunkt zu stehen sei ihr unangenehm.

Als sie sich fragte, warum sie diese Sache nicht von vorne
begannen, sondern mittendrin, hatte Yui das deutliche Ge-

fühl, etwas vergessen zu haben. Auf einmal war sie sich ganz sicher, dass ihr die Frage schon längst gestellt worden war und sie banalerweise in jenem Moment einfach nicht aufgepasst hatte. Aber sie war sich sicher, dass sie damals Ja gesagt hatte.

Übrigens war es wirklich ein Ja, davon war sie überzeugt. Dennoch kamen die Dinge für sie unerwartet ins Rollen, und sie fühlte sich überrumpelt.

Aus der Reaktion Hanas, die zufällig ins Wohnzimmer kam und Fetzen des Gesprächs aufschnappte, schloss sie, dass es für das Mädchen auf jeden Fall eine großartige Nachricht war, denn die Kleine stürzte auf sie zu und umarmte sie, was Yui noch mehr erschreckte als die Tatsache, dass Takeshi bereits im Kalender blätterte und die erste Maiwoche mit einem roten Stift umkringelte.

Seit genau diesem Moment empfand sie nicht etwa Freude, sondern ein seltsames Unbehagen. Eine nicht näher zu definierende Angst.


Gleich am nächsten Morgen rief Takeshi sie an, offenbar wollte er über das Programm für den Abend sprechen. Wenn sie ins Kino gingen, sollte es ein Animationsfilm sein, und wenn sie zu Abend aßen, dann etwa *okonomiyaki,* diese Fladen aus Reis und Mehl, die Hana so gerne mochte.

Allerdings war die Frage des Essens nur ein Vorwand, denn schon seit Tagen schien Yui immer Ausreden zu haben, um ihm auszuweichen, und ganz gleich zu welchem Thema, tat sie die meisten Gespräche mit einem *später* ab, was Takeshi zu denken gab.

Erst vor zwei Tagen, als sie auf dem Weg nach Ginza gewesen waren, um die Trauringe zu bestellen, hatte er beim Aussteigen aus der U-Bahn, als er Yui an der Schulter berührte, den deutlichen Eindruck gehabt, Yui entziehe sich seiner Berührung. Und am selben Abend war sie, Kopfweh vorschützend, weggegangen, noch bevor Hana ihre Gutenachtgeschichte vorgelesen bekam. Das Gleiche geschah auch am Tag darauf.

Takeshi spürte, dass da etwas im Gange war, doch was auch immer es war – Yui wollte ganz offensichtlich nicht darüber reden.

Takeshi rechtfertigte diese plötzliche Zurückhaltung mit der Tatsache, dass man auch für die schönen Dinge des Lebens Zeit brauchte, um sie genießen zu können. Jeder Mensch musste sich an Neues gewöhnen, ob es nun eine Einschränkung oder eine Bereicherung mit sich brachte. Die Hochzeit und der Umzug rückten näher, das alte Leben musste in Kisten verpackt und wieder ausgepackt werden.

Trauer, hatte Yui ihm einmal gesagt, sei etwas, das man jeden Tag zu sich nimmt; wie ein Brötchen, das man in kleine Stücke schneidet und in aller Ruhe verzehrt. Heute isst man die Oberseite, den Rest des Belages, morgen vielleicht die Zitronenscheibe. Die Verdauung gehe langsam vonstatten.

Und ganz ähnlich, so dachte Takeshi, verhalte es sich mit dem Glück.

★ ★ ★

Der Anruf erreichte Yui, als sie bereits im Sender war, in der Aufnahmeleitung. Am Abend zuvor, während der Übertragung, hatte sie ein schrilles Pfeifen in ihrem Kopfhörer gehört, aber es war schon spät, und alle hatten beschlossen, der Sache nicht mehr auf den Grund zu gehen, sondern Feierabend zu machen. Heute jedoch musste die Ursache der Störung geklärt werden, und so wurde ein- und ausgestöpselt, wurden Knöpfe gedreht und am Regler geschoben.

Der Tontechniker saß tief über das Mischpult mit all seinen Hebeln und Schaltern gebeugt und schien kurz vor des Rätsels Lösung zu stehen. »Das Kabel hier ist abgenutzt, das muss ausgetauscht werden. Probieren wir's noch einmal.«

Yui nickte und begab sich noch einmal in den Aufnahmeraum. Es war das siebte Mal, und allmählich wurde sie müde.

»Jetzt. Sag mal was.«

»Eins zwo, eins zwo.«

»Und, wie ist es?«

»Ich höre kein Pfeifen mehr!«, erwiderte Yui erleichtert. »Endlich … jetzt scheint es wieder zu gehen.«

Als sie gerade wieder hinüberging, vibrierte ihr Handy.

»Wenn du drangehen willst, mach nur, ich muss sowieso runter in die Buchhaltung«, sagte der Tontechniker, ohne den Blick vom Mischpult und dem blinkenden Bildschirm zu nehmen. »Ich geh mal kurz raus.« Yui wollte noch etwas erwidern, aber der Techniker war bereits draußen, mit einem Stapel Blättern in der Hand.

So diskret, wie Yui es sich gewünscht hatte, bereiteten sie gerade die Hochzeit vor: Sie hatten das Aufgebot bestellt, den schlichten Raum für die Trauung mit jenen Klappstühlen, auf denen man sich ein zukünftiges gemeinsames Leben versprach, und ein Buffet in einem italienischen Restaurant geordert, das für solche Gelegenheiten Räumlichkeiten vermietete.

Vielleicht wollte Takeshi ja wissen, ob sie ihre Kollegen nach Lebensmittelallergien gefragt hatte, ob Hanas Kleid fertig war und ob die erforderlichen Papiere aus ihrem Geburtsort endlich angekommen waren. Oder ob sie aus irgendeinem Grunde traurig war und warum.

Dennoch schienen Yui all diese Fragen auf eine einzige hinauszulaufen, die er wieder und wieder hartnäckig stellte und die in jeder anderen Frage anklang: »Bist du bereit, Yui? Bist du *wirklich* bereit?«

Das Telefon läutete ein letztes Mal und verstummte dann. Es kam das Zeichen, dass eine SMS eingegangen war, dann wurde es wieder still.

Yui las: »Wir erwarten dich um sieben. Hana sagte, sie will immer noch *okonomiyaki* essen. Was meinst du? Jedenfalls bis später!«

Sie las noch einmal: *Yui, bist du bereit? Bist du wirklich bereit für uns?*


Seit Tagen und meistens in den ungelegensten Momenten erschien vor Yuis innerem Auge das Bild des Mädchens, zu dem Hana vermutlich irgendwann heranwachsen würde.

Noch dichteres und längeres Haar, zu einem schwungvollen Pferdeschwanz hochgebunden. Sie sah Hana durch die Wohnungstür treten, ohne zu verkünden, dass sie wieder da war, sah, wie sie ihre Schultasche am Eingang auf den Boden fallen ließ, hörte, wie ihre Schritte im Haus widerhallten. Sie sah sie in ihrer Schuluniform vom Gymnasium, die Beine, die sie sich kaum dünner vorstellen konnte als jetzt. Sicher waren sie durchtrainiert, weil Hana Tennis oder Lacrosse spielte.

»Und, wie war's heute?«, fragte Yui.

Und Hana, brüsk: »Ich bin müde, ich brauch nichts zum Essen.« Und peng, knallte die Zimmertüre zu.

Dann Szenenwechsel.

Jetzt war da Yui, die sich selbst zwar nicht sehen konnte, jedoch wusste, dass sie älter war. Sie hielten sich beide in der Küche auf, sie teilte Hana mit, was es zum Abendessen geben würde (oder war es das Programm fürs Wochenende?), während um Hanas Mund ein verächtlicher Zug lag. Und sie sprach auch abfällig, besonders Yui gegenüber, die eigentlich nicht zur Familie gehörte. Hatte Yui vielleicht etwas Falsches gesagt? Oder hatte sie dem Mädchen etwas verweigert? Etwas, an dem ihr besonders viel lag?

Wahrscheinlich hatte Yui diesen ganzen Zorn nicht verdient, aber wie so oft war es eine Frage der Rolle, die man spielte.

Und dann ein weiteres Szenario, ein weiterer Vorhang ging auf.

Jetzt befanden sie sich an einem dritten Ort, der weder der Eingang war noch die Küche. Zu ihrer Überraschung kam ihr das typische Gerede einer Mutter über die Lippen, von wegen Hausaufgaben und Lernen und lass dir Zeit mit den Jungs, wenn du es einmal gemacht hast, prägt es dein ganzes Leben, glaub mir, Hana, ach, und dieser Rock ist viel zu weit hochgezogen (alle jungen Mädchen machen das so, auch Hana wird es ganz bestimmt so machen), und dieser knallige Lippenstift, den du dir draufgeschmiert hast, der gehört sich nicht in deinem Alter ...

Auf der Schwelle zu ihrem Zimmer schließlich, während Hana ihr ausweicht. »Hana, gehst du aus? Mit wem?«

»Was geht dich das an, Yui? Geht dich das was an?«

»Ich bin deine Mutter, und ...«

»Du bist nicht meine Mutter, ich bin dir keine Rechenschaft schuldig.«

Die Wahrheit war wie folgt. 1. Auch wenn sie Akiko gewesen wäre, hätte das nichts geändert. 2. Niemals hätte sie es gewagt, sich selbst als Hanas Mutter zu bezeichnen. Dieser Gedanke erschreckte sie ebenso wie die Vorstellung, jemand könnte ihr diese Bezeichnung wieder wegnehmen.

Und so geschah es: Tag für Tag stellte sie sich Hana als pubertierende Jugendliche vor, die ständig im Clinch mit ihnen lag, mit Takeshi und vor allem mit ihr, lauter einzelne Szenen, in denen sie Hana als Hauptakteurin in dem Kampf sah, den jeder durchmachte, bevor er erwachsen wurde. Das war für alle mühsam, Eltern wie Kinder, man stelle sich vor, wie schwierig es erst für Yui sein würde.

Schon als sie mit ihrer eigenen Tochter schwanger geworden war, hatte sie sich oft gefragt, wie es wohl wäre, wenn ihr Kind in die Pubertät käme. Vor dieser Lebensphase hatte sie fürchterliche Angst, und sie erinnerte sich, dies einmal ihrer Gynäkologin gegenüber erwähnt zu haben, während diese sie in der zwölften Schwangerschaftswoche untersuchte. Und die Ärztin hatte vom Bild dieses winzigen Wesens auf dem Monitor zu Yuis bestürztem Gesicht geschaut und war in Gelächter ausgebrochen.

In genau diesem Moment betrat der Tontechniker den Aufnahmeraum. »Was ziehst du denn für ein finsteres Gesicht, Yui? Alles in Ordnung?«

Aber vielleicht hatte sie ja auch vor etwas ganz anderem Angst. Vielleicht vor dem genauen Gegenteil: dass Hana nämlich so fügsam war, dass es gar nicht zum Aufbäumen käme und ihre Pubertät zu einem Versprechen würde, das sie nicht halten konnte. Oder, noch schlimmer, einer vertanen Chance. Und wenn sich Hana selbst einer Zensur unterzog, eben weil Yui nicht ihre Mutter war, und auf diesen Akt des Aufbegehrens und des Vorwurfs verzichtete, der doch so fundamental für diesen Lebensabschnitt war?

Auch das wiederum wäre schrecklich, und es würde alles Yuis Schuld sein, denn es geschah nur deshalb, weil Yui im Grunde *nicht* zur Familie gehörte.

»Was meinst du, machen wir noch mal eine Probe?«, wandte sie sich abrupt an den Techniker. »Dieses Pfeifen während der Live-Sendung von gestern hat mich sehr gestört.«

In der darauffolgenden Woche gingen ihr diese Szenarien immer wieder durch den Kopf, wenn sie im Supermarkt an der Kasse stand und einen Salatkopf und ein paar Trauben bezahlte, in der Schlange vor dem Bahnhofsklo, oder wenn sie beim Sender ihren Ausweis an den Sensor hielt. Es war die mehr oder weniger konstante Angst in ihr, Hana nicht genügend lieben zu können, vor allem in Zeiten, in denen es zwischen ihnen stürmisch zuginge.

Ja, genau das war es, sagte sich Yui eines Morgens vor dem Spiegel, während sie ihr Gesicht betrachtete. Nicht die Hochzeit war das Problem, und auch nicht der Umzug zu Takeshi. Sondern Hanas Mutter zu werden.

Sie erinnerte sich, dass es damals drei Monate gedauert hatte, bis sie sich in ihre eigene Tochter verliebt hatte. Dabei hatte sie sie auf die Welt gebracht, hatte neun Monate gehabt, um sich an den Gedanken zu gewöhnen. Man stelle sich nur vor, wie das erst mit einem menschlichen Wesen sein würde, das *nicht* ihr leibliches Kind war, in der unvermeidlichen Zeit, in der Hana alle Geschütze gegen ihre Stiefmutter auffahren würde?

Ganz auf die Sorge konzentriert, ob Hana sie liebte oder nicht, hatte Yui die aktive Rolle außer Acht gelassen, die sie selbst in dieser Sache spielte.

War sie dazu in der Lage, Hana zu lieben? Würde sie jemals jene Ebene der Vertrautheit erreichen, auf der man alle Vorsicht vergaß? Und sie schimpfen? Sie anschreien: »Mir reicht's jetzt, Schluss!«

# 18

*Die beiden schlimmsten Dinge,*
*die Yui während jener 23 Tage dachte*

Ich habe sie geliebt, aber es machte keinen Unterschied. Die Liebe kann keine Menschen retten. Sie kann sich weder um einen Garten kümmern noch die Wohnung aufräumen. Folglich ist sie zu nicht viel nutze.

Wenn sie nach den besten Erinnerungen an ihre Tochter stöberte, bereute sie instinktiv, glücklich gewesen zu sein. Oder es *nicht genug* gewesen zu sein.

# 19

Weniger als zwei Monate bis zur Hochzeit.
Wieder kam und ging der 11. März. Das Datum wurde immer behutsamer begangen, doch da war immer noch diese Wunde, von der man den Schorf abkratzte, um nachzusehen, ob sie wieder ein Stück weit zugewachsen war.

Während sie auf den Eingang des Bahnhofs von Tokio zuging, schaute Yui auf ihr Handy und sah Takeshis und Hanas Nummer darauf pulsieren.

Sie wollen mit mir reden, aber ich habe ihnen nichts zu sagen, dachte sie. Etwas zu besprechen gibt es immer, aber ich habe keine Lust, irgendetwas mitzuteilen.

In den vergangenen Wochen war sie ausweichend gewesen. Sie sagte, sie arbeite an einer neuen Sendung, deren Leitung und Moderation sie übernehmen sollte. Wenn die Vorbereitungen erst abgeschlossen wären und die ersten paar Sendungen über die Bühne gegangen, würde wieder Normalität einkehren.

Yui rempelte eine Frau an, flüsterte ein flüchtiges *Entschuldigung;* die Ablenkung machte sie grob. Statt die Frau anzuschauen, beschleunigte sie ihre Schritte. Als sich die Türen der Chūō-Linie öffneten, stellte sie sich in der rechten Schlange an. Der Zug spuckte Fahrgäste aus, verschluckte andere. Auch sie stieg ein.

»Nächster Halt Kanda. Kanda. Ausstieg in Fahrtrichtung rechts«, kündigte eine Computerstimme an. Geordneter Ton, geordnete Worte. Zuerst auf Japanisch, dann auf Englisch.

Yui durchquerte den Waggon von einer Seite zur anderen, um nicht im Weg zu stehen, wenn Leute ausstiegen.

Während der Zug mit einem leichten Schlingern in den Bahnhof einfuhr und zum Stehen kam, dachte Yui zum hundertsten Mal über die Tatsache nach, dass Hana, wenn Yui Takeshis Frau wurde, sie zur Mutter bekommen würde, und zwar sie allein.

Keine andere wird ein Anrecht auf diese Bezeichnung haben, dachte sie. Bist du dir sicher, dass du ihr gerecht wirst?

Yui war von Natur aus ein emotionaler Mensch und neigte ein wenig zur Traurigkeit, so als wäre in ihr eine Schräge, auf der sie leicht nach unten rutschte.

War sie einem ebenso empfindsamen Wesen wie Hana überhaupt gewachsen? Ging sie nicht das Risiko ein, das Mädchen mit ihrer unterschwelligen Schwermut anzustecken?

Auf dem Display ihres Handys erschien das Bild eines lächelnden Bärchens mit einem umgedrehten D als Mund. Zwischen seinen Pranken hielt es ein Tablett mit dem Schriftzug: *Kommst du heute Abend zum Essen?*

Hana liebte die virtuellen Sticker von Line und hatte

eine besondere Schwäche für die Serie mit den Bärchen. Den Sticker hatte sie offenbar selbst ausgesucht. Wenn sie groß war, sagte sie manchmal, wolle sie selbst so etwas entwickeln. Gab es denn einen solchen Job?

»Nächster Halt Ochanomizu. Ochanomizu. Ausstieg in Fahrtrichtung rechts.«

Yuis Ausflüchte hatten die beiden nicht verdient. Yui verließ den Zug in der Gewissheit, dass das Problem rasch gelöst werden musste.


Yui nahm sich zwei Wochen Zeit. Und Takeshi gewährte sie ihr, ohne zu wissen, worum es eigentlich ging.

Hana fragte nach ihr, hegte jedoch nicht den geringsten Verdacht, dass Yui eine schwierige Zeit durchlebte und diese Krise etwas mit ihr zu tun hatte. Oder genauer gesagt mit ihr als einer Person, die noch gar nicht existierte und von der man im Übrigen auch nicht wissen konnte, ob es sie jemals geben würde.

Offiziell war Yui unterwegs, um ihre Geburtsurkunde zu holen und sie sich abstempeln zu lassen. Tatsächlich jedoch war das Dokument schon vor Tagen mit der Post gekommen und lag in einer Mappe unter einem Berg anderer Schriftstücke in der Küche.

Wenn sie nicht wusste, was sie tun sollte, dann tat Yui gewohnheitsmäßig gar nichts. In diesem Fall jedoch war sie sich bewusst, dass die Zeit kostbar war und wie bei einer chemischen Reaktion alles auf dem Spiel stehen konnte, wenn man sich mit der Dosierung vertat, und so zögerte sie nicht.

Damit sie es sich nicht anders überlegte, griff sie sogleich zum Handy und rief ihn an.

»Suzuki-san, kann ich zu Ihnen kommen und Sie besuchen?«, fragte sie nach einem kurzen Austausch von Höflichkeiten.

»Yui-san, Sie sind immer bei uns willkommen«, antwortete der Hüter von Bell Gardia, der schon an ihrem Ton erkannt hatte, dass etwas vorgefallen sein musste.

»Ich dachte an ein oder zwei Tage.«

»Sie können so lange bleiben, wie Sie wollen.«

Dieses Mal fuhr Yui nicht mit dem Auto, sondern nahm den Zug. Sie wollte die Hände frei haben und, wenn nötig, auch die Augen schließen und ein kurzes Nickerchen machen können.

Bevor sie den Shinkansen bestieg, machte sie einen Abstecher zum *kombini,* um die üblichen *onigiri* und die Schokolade zu kaufen, als sie durch Zufall eine Frau sah, die dabei war, Fotokopien zu machen. Ihr fiel ein, wie begeistert ihre Tochter von den Fotokopierern bei Lawson oder im Family Mart gewesen war, denn irgendwann hatte das Mädchen entdeckt, dass auf dem Monitor des Geräts als Zeitvertreib, während man auf die Ausgabe der Fotokopie wartete, kleine Konzentrationsspielchen vorgeschlagen wurden. Es handelte sich um fast identische Bilder, bei denen es galt, fünf Unterschiede herauszufinden.

Zum Beispiel: zwei Kaninchen, die sich über einen Korb Karotten hermachten. Die Unterschiede:

1. Blauweiß gestreifte Ärmel statt grünweiß gestreiften.
2. Ein rotes Schleifchen auf der rechten Seite des Körbchens statt einem auf der linken Seite.
3. Blauer Himmel als Hintergrund statt einem wolkigen Himmel.
4. Vier Karotten statt fünf.
5. Drei Knöpfe am Hemdchen statt dem gleichen Hemdchen, aber mit einem Knopf mehr.

Auf dem Weg nach Bell Gardia, Bossanovamusik im Kopfhörer und auf dem Schoß eine Zeitung, in der sie nicht einmal blätterte, dachte Yui an fünf Unterschiede zwischen ihrer Tochter und Hana.

Nachdem sie sich monatelang dazu gezwungen hatte, diesen Vergleich zu unterdrücken, und vielleicht gerade wegen der Risse und Kluften, die sich seit ein paar Tagen spürbar in ihr auftaten, gestattete sie sich endlich diesen doch ganz normalen Gedanken – dass nämlich die beiden Mädchen sich ebenso ähnelten, wie sie verschieden waren. Und dass die Liebe es vielleicht gar nicht ausschloss, dass man an jedem von ihnen verschiedene Dinge zu schätzen wusste.

Ja, es kam sogar so, dass Yui statt nur fünf Unterschieden Dutzende ausmachen konnte, und dass diese Tatsache, statt sie zu beunruhigen, sie sogar beruhigte.

Yui verriet niemandem, wohin sie fuhr, und alle waren feinfühlig genug, ihr keine Fragen zu stellen. Hana sagte sie, sie fahre in ihr Heimatdorf, um wichtige Dokumente abzuholen, und dass es in diesem Ort keinen Handyempfang gebe. Das Mädchen ließ sich täuschen, doch was Hana überzeugte, waren nicht die Worte, sondern der angespannte Gesichtsausdruck ihres Vaters.

Als Yui nach drei Tagen, in denen sie sich völlig von der Außenwelt abgeschottet und bei niemandem gemeldet hatte, nach Tokio zurückkehrte, schien es ihr besser zu gehen.

Wohin sie gegangen war, würde ihr Geheimnis bleiben; nicht einmal Takeshi – auch nicht, nachdem sie Mann und Frau geworden waren – erfuhr davon.

Die Wahrheit war ganz einfach die: Suzuki-san hatte ihr ein Zimmerchen im obersten Stockwerk zur Verfügung gestellt, und wie eine erwachsene Tochter, die zu Besuch nach Hause zurückkehrt, hatte Yui sich nach Strich und Faden verwöhnen lassen. Sie hatte ausgeschlafen, ohne den Wecker zu stellen, hatte nur die leckersten Dinge gegessen und mehr über die Zukunft geplaudert, die sie erwartete, als über die Vergangenheit, die sie damals, bei ihrem allerersten Mal, hierhergeführt hatte.

Um sich zu revanchieren, tat sie kleine Gefälligkeiten: Sie hielt der Nachbarin die Leiter, als diese ihre Apfelbäume beschnitt, reinigte die Dachrinne, lackierte die Zelle des Windtelefons frisch, schälte Karotten und Kartoffeln, rührte Saucen an, reparierte den Saum einer Schürze und flickte den Riss in einer Arbeitshose.

Weder Suzuki-san noch seiner Frau erzählte sie etwas von ihren Ängsten, Hanas Mutter zu werden. Stattdessen beschrieb sie sie in allen Einzelheiten, erzählte, wie groß das Mädchen geworden war, seit es in die Schule ging, dass es bereits zwei Freundinnen gefunden hatte, sowie von den zahlreichen Begabungen, die Hana besaß, und die man mit der angemessenen  Begeisterung fördern musste.

An dem Tag, an dem sie wie vorgesehen nach Tokio zurückkehren sollte, bat sie darum, eine Stunde für sich sein zu dürfen. Dann stellte sie ihr Gepäck vor die Haustür und betrat die Telefonzelle.

Sie nahm den Hörer des Windtelefons in die Hand.

Und zum allerersten Mal sprach sie hinein.

# 20

*Das Spiel mit den fünf Unterschieden,*
*angewandt von Yui auf Hana und ihre Tochter*

Unterschied Nummer eins: *die Fingernägel.*
Hana knabberte an ihren Fingernägeln: Nach einem Schultag waren sie bis aufs Fleisch heruntergebissen. Ihre Tochter hingegen hatte schon in jungen Jahren nach Nagellack verlangt: So klein und doch schon anspruchsvoll, wollte sie ihre winzigen Nägelchen unbedingt himmelblau oder violett bemalt haben.

Unterschied Nummer zwei: *der Hunger.*
Hana aß nicht. Sie war gertenschlank, so wie Yui immer schon zu dünn gewesen war. Es läge am Alter, sagte Takeshi, nicht an ihrer Veranlagung. Hanas Mutter war eher füllig gewesen, sie liebte es, Fleisch auf den Rippen zu haben, und kaufte sich vorausschauend Kleidung eine Nummer größer, weil sie davon ausging, dass aus einem L bald ein XL werden könnte. Vielleicht würde Hana später nach ihr geraten, wer konnte das schon sagen? Man musste abwarten, wie sie sich entwickelte, wenn sie zehn wurde.

Yuis Tochter hingegen war eine leidenschaftliche und genussvolle Esserin gewesen; auch sie eher auf der dünnen Seite, was bei ihr jedoch Veranlagung war. »Ich habe Hunger«, beklagte sie sich ständig, »ich hab soooo einen Hunger.« Kaum waren Frühstück oder Abendessen beendet, lief sie, seit sie sich auf den Beinchen halten konnte (mit zwölf Monaten? Dreizehn vielleicht?), in Richtung Kühlschrank, ging auf die Zehenspitzen, zog mit dem Händchen an der Tür, inspizierte den Inhalt des weißen Schrankes und forderte mit gebieterischer Stimme: »Kekse! Joghurt! Karotten!«

Unterschied Nummer drei: *Stimme und Gesang.*
Hana sang nicht; allerdings versetzte Musik sie in einen Zustand der Verzückung. Wenn sie jemals singen wird, dachte Yui, wird es sicher schön klingen.

Ihre Tochter hingegen war wie ein Bündel Saiten gewesen, die alle ihre eigene Melodie spielten. Ihr Talent lag woanders: Aus nur wenigen Worten komponierte sie Texte, sie modulierte unsinnige Sätze und schien doch felsenfest davon überzeugt zu sein, es sei ihr gerade ein wundervoller Liedtext gelungen. »Hör doch nur, Mama«, rief sie und gab eine Abfolge von Vokalen und irgendwelchen Wörtern von sich. Und wie sie lachen musste!

★  ★  ★

Unterschied Nummer vier: *Katalogisieren und spielen*.
Ihre Tochter hatte die Dinge nach Farben sortiert.
Blöcke, Bücher, Puppen standen oder saßen immer
in Gruppen zusammen, einfach nur deshalb, weil sie
eben weiß, lila oder blau waren.

Für Hana zählte nur die Nützlichkeit einer Sache,
und damit hatte sich der Fall. Allem Anschein nach
sortierte sie gar nichts. Vielleicht heimlich, wer weiß.

Unterschied Nummer fünf: *Verhalten*.
Ihre Tochter war ein kleiner Wildfang gewesen.

Hana hingegen war das mädchenhafteste Mädchen,
dem Yui in ihrem ganzen Leben begegnet war.

# 21

Yui und Takeshi fragten sich oft, was *danach* passierte, wie die Geschichten der Menschen weitergingen. Darüber plauderten sie abends im Bett noch eine Weile, mit gesenkten, doch bedeutungsschwangeren Stimmen, in jenen Minuten, die der Nacht vorausgingen, bevor sich eine Hand nach dem Nachttisch ausstreckte und das Licht ausmachte, und dann ließen sie all die Gesichter und Gestalten Revue passieren, alte und junge, Sommerkleider, Zöpfchen, ausgebeulte Mäntel und andere Einzelheiten an Menschen, die sie gesehen hatten, wie sie in der Telefonzelle in Bell Gardia den Hörer abnahmen.

Vor allem und voller Zärtlichkeit dachte Yui an die Kinderhände zurück, die sich gierig zum Telefon streckten, wie die grünen Sprossen von Pflanzen, die es nach Licht dürstet.

Sie zählten die Männer und Frauen auf, die von der Trauer um den eigenen Lebensgefährten oder Ehepartner erschüttert waren. Einige, wie Takeshi, hatten im Lauf der Jahre noch einmal geheiratet. Andere waren allein geblieben, ohne jemanden, den sie liebten. Alte, vom Leben gezeichnete Menschen, die nach ihren verlorenen Kindern suchten, Geschwister, die ihre Brüder oder Schwestern überlebt hatten.

Wenn sie den Ausgang der Geschichte nicht kannten, malten sich Yui und Takeshi für jene Menschen eine schillernde Zukunft aus, mitsamt der Garantie, dass das Leben das Erlittene an ihnen wiedergutgemachen würde. Ihnen das Beste zu wünschen war das Einzige, was sie tun konnten.

Doch die Freundschaften, die sie in Bell Gardia geschlossen hatten, blieben ihnen für immer. Keita zum Beispiel. Seit der Junge nach Tokio umgezogen war, um die Tōdai-Universität zu besuchen, kam er regelmäßig zum Abendessen zu ihnen, und bei den seltener werdenden Gelegenheiten, wenn Yui und Takeshi nach Bell Gardia fuhren, schloss er sich ihnen an, um die Fahrt in Gesellschaft zurückzulegen und den Tag bei seinem Vater und der Schwester zu verbringen, um das Windtelefon zu besuchen und seiner Mutter von seinen Studienerfolgen zu berichten.

Niemand hatte jedoch von dem Vater gehört, der seinen Sohn durch jene kindische Wette im Taifun verloren hatte, was Takeshi bedauerte. Er erinnerte sich noch sehr gut an die lange Lebensbeichte des Mannes im Teezimmer von Suzuki-san und hatte das Gefühl, es sei gerade die Aufrichtigkeit seiner Worte gewesen, die dazu geführt hatte, dass sich an jenem Abend bei der Rückfahrt nach Tokio zwischen ihm und Yui eines der intensivsten Zwiegespräche entwickelt hatte, das er in Erinnerung hatte.

★ ★ ★

Doch eines Tages, zwei Jahre später, als sie etwas abgehetzt zu einem Interview in einem Café in Ginza unterwegs war, stieß Yui auf ein Lebenszeichen. Auf dem Regal im Fenster einer kleinen, unabhängigen Buchhandlung, auf dem jeden Monat ein einziger Titel vorgestellt wurde, las Yui in goldener Schrift: *Kein Alter zum Sterben.*

Obwohl sie viel zu spät dran war und es eilig hatte, blieben ihre Augen an dem Titel hängen. Sie ging in die Buchhandlung, und als sie sah, dass das Buch tatsächlich von dem Mann geschrieben worden war, den sie und Takeshi vor Jahren in Bell Gardia kennengelernt hatten, kaufte sie es.

An jenem Abend blätterte Yui zusammen mit ihrem Mann in dem Buch. Sie erinnerte sich an die Gespräche mit dem Mann und die vielen verborgenen Bezüge, Parallelen und Symmetrien zwischen der Welt der Toten und der der Lebenden.

»Hör dir das an«, sagte sie zu Takeshi und las die knappe Widmung (*Für Keigo von Papa*), die sie beide sehr rührte. Keine Beschimpfungen und keine Vorwürfe mehr. Und sie fragten sich, ob jenes nächtliche Zwiegespräch im Traum zwischen Vater und Sohn wohl immer noch andauerte.

Als sie Suzuki-san anriefen und ihm von ihrer Entdeckung berichteten, war der alte Hüter von Bell Gardia erleichtert. Er hatte den Mann schon seit Jahren nicht mehr im Garten gesehen, doch ganz offenbar hatte dieser einen anderen Weg gefunden, mit seinem Sohn zu sprechen. Im Grunde war es ja genau das, was man allen wünschte: dass sich irgendwo ein Ort auftat, an dem man seinen Schmerz lindern und sich dem Leben behutsam wieder annähern konnte. Ein Ort, der für jeden unterschiedlich war.

22

*Die Adresse der Buchhandlung,*
*an der Yui an jenem Tag vorbeikam*

Morioka Shoten & Co.
1-28-15 Ginza, Chūō-ku, Tokio
1. Stock, Suzuki-Gebäude

# Epilog

Yui moderierte mittlerweile täglich zwei Sendungen. Sie hatte aufgehört, abends zu arbeiten, weil sie so gerne mit ihrer Familie zu Abend aß. Dann ließ sie zusammen mit Takeshi und Hana den Tag Revue passieren, und nach der Hochzeit gesellte sich auch Takeshis Mutter des öfteren zu ihnen.

Yui irritierten manche der Fragen, die ihre Schwiegermutter wie ein Maschinengewehr auf sie abfeuerte, wenn sie nach Hause kam, und wie Akiko fand auch sie das permanente Gerede anstrengend. Doch sie würde es ihr niemals vorwerfen. Ganz im Gegenteil, sie war ihr sogar dankbar dafür, denn außerhalb des Aufnahmestudios war Yui schon seit geraumer Zeit keine Freundin großer Worte mehr. Sie liebte es zu schweigen und hielt sich zu Hause gern am Rand, erfreute sich an der Wärme und Schönheit, die ihr Haus erfüllte, an den tagtäglichen Situationen, die Takeshi, Hana und sie hier erlebten, ob im Wohnzimmer, in der Küche oder im Schlafzimmer.

Wenn sie in jenen geliebten Gesichtern Müdigkeit oder Erschöpfung erkannte, liebte sie sie sogar noch mehr. Abgespannte, müde Gesichter hatten sie schon immer mit Zärtlichkeit erfüllt, doch wenn sie das einem Menschen sagte, glaubte er es entweder nicht, oder er fasste es als falsche Schmeichelei auf, denn es klang unterschwellig so, als würde sie sagen: »Du siehst müde aus, aber das steht dir gar nicht schlecht.« So manchen nervte es sogar, wenn sie so etwas sagte. Doch Yui meinte es wirklich so: Müde Gesichter waren tatsächlich am faszinierendsten für sie. Manchmal fragte sie sich, ob es nicht auch an ihren nächtlichen Begegnungen um vier Uhr morgens in Shibuya lag, an Takeshis noch schlaftrunkenem Gesicht, dass sie sich so sehr in ihn verliebt hatte.

Das Kind, das sie irgendwann unter dem Herzen tragen würde und das Yui sich an jenem allerersten Tag in Bell Gardia nicht einmal hatte vorstellen können, würde erst im Erwachsenenalter entdecken, dass seine Mutter die Zerbrechlichkeit liebte. Diese hatte Yui, klar definiert wie in einem Wörterbuch, in den Menschen in ihrer Umgebung wahrgenommen.

Das war so seit jener Zeit, die sie mit verwundeter Seele in einer an den Berg geklammerten Turnhalle mit Blick aufs Meer durchlebt hatte. Nicht irgendein Meer, sondern der Ozean, der auf das Land vorgerückt war und sich dann wieder zurückgezogen hatte.

Die Zerbrechlichkeit hatte Yui insbesondere in sich selbst wahrgenommen, an jeder Ritze jener endlosen Jahre, von jenem März 2011 über den Tag, an dem sie Takeshi kennengelernt hatte, bis zu dem, als sie endlich selbst den Hörer des Windtelefons in die Hand genommen und mit ihrer Mutter und ihrer Tochter gesprochen hatte.

Über die eigene Schwäche sprach Yui nicht gern. Doch am Ende hatte sie sie akzeptiert, und genau das war der Moment, an dem sie wieder beginnen konnte, sich um sich selbst zu kümmern. Das Wissen um die eigene Zerbrechlichkeit half ihr, in den innersten, authentischsten Kern der Menschen zu blicken, sich ihnen nah zu fühlen und an ihrem Leben teilzuhaben.

Würde sie jetzt danach gefragt, hätte sie mit großer Überzeugung geantwortet: Das Leben zerrte an einem Menschen, mit der Zeit entstanden unzählige Risse und Brüche, doch vielleicht waren es ja genau sie, die die Geschichte eines Menschen formten und ihn anspornten, herauszufinden, was als Nächstes geschehen würde.

Es kam der Tag, an dem Yui weinte, und die Tränen bedeuteten gleichzeitig Abschied und Neubeginn. Sie stiegen an der Haltestelle Yokohama aus, Takeshi, Hana und ihr einjähriger Sohn, um gemeinsam das Museum von Anpanman zu besuchen. Der Kleine hatte seinen Rucksack mit dem Shinkansen-Motiv auf dem Rücken, jenem smaragdgrünen und rosa Zug, der in Nordostjapan verkehrte. Ehe man sich's versah, wand er sich aus dem Arm des Vaters, der ihn getragen hatte, und tapste in Richtung der Rolltreppen, die er ebenso liebte, wenn sie ihm entgegenkamen, wie er sie fürchtete, wenn sie nach oben glitten. Und während der Zug einfuhr und wie ein Windstoß den Bahnsteig leerfegte, weil alle hastig aufstanden, um den Zug zu besteigen, bemerkte der Kleine, dass alle weg waren und schrie lauthals: »Mama!«, so deutlich, dass sich alle vor Staunen umdrehten.

Ohne Vorankündigung wurde ihr an jenem Tag dieses Wort zurückgegeben. Ihrer beider Sohn hatte zum ersten Mal nach ihr gerufen.

Yui blieb stehen, ein Fläschchen mit Tee in der einen und Hanas kleine Finger in der anderen Hand.

»Was? Was hat er gesagt?«, fragte sie ihren Mann, während eine Gruppe chinesischer Touristen die kleine Familie einhüllte wie in einen Schal.

»Er hat *Mama* gesagt.«

Da war sie, die letzte in einer Reihe erstaunlicher Alltäglichkeiten, und die schönste von allen.

Dort im Durcheinander des Bahnhofs, mit der getragenen Stimme im Hintergrund, die Richtungen, Ankünfte und Abfahrten, die Minuten des Aufenthalts und die diversen Ausgänge ansagte, hielten sie für einen Moment inne, weil sie die Bedeutung dieses Moments spürten.

Takeshi gelang es mit akrobatischer Wendigkeit, seinen Sohn auf einem Arm zu halten und den anderen um Yui zu legen. Das Wort war ansteckend, genau wie seine Mutter immer sagte, denn nun begriff Hana, welche Macht darin steckte, und auch sie rief: »Mama!« Wieder und wieder sprach sie es, aufgeregt, wie eine Zauberformel, die die Erwachsenen froh und die Kinder euphorisch machte.

Nachdem sie jahrelang Yui oder Yui-chan zu ihr gesagt hatte, kam nun endlich das »Mama«, und von da an würden sich die drei Varianten ohne bestimmten Grund abwechseln.

Dort war es, wo das Glück begann. Es lag in einem Wort, das sie zurückbekommen hatte und sie zuverlässig immer an das Vorher und das Nachher erinnern würde. So wie jener Wind, der genau dort entstand, zwischen den beiden Zügen, die langsam in den Bahnhof von Yokohama einfuhren und ihn dann beschleunigt wieder verließen, gleichzeitig in entgegengesetzte Richtungen.

Alles kam wieder zurück, man musste es nur beim richtigen Namen nennen.


War es möglich, dass innerhalb eines einzigen Wortes so viele verschiedene Gefühle Platz hatten? Und konnte man es in einem Sinn verwenden, ohne einen Rattenschwanz anderer Bedeutungen hinter sich herzuziehen?

Nein, wahrscheinlich war das nicht möglich, genauso, wie es unmöglich war, Hana Kakao zu geben, ohne dass sie sich damit vollkleckerte, oder dass ihr kleiner Bruder laufen lernte, ohne sich eine beachtliche Menge an blauen Flecken zuzuziehen.

Dieses Wort musste sich festigen, musste zu einem Namen werden, mit dem sie wieder und wieder gerufen wurde, und sei es dreißigmal in der Stunde.

Yui begriff, dass das Unglück immer Fingerabdrücke des Glücks auf sich trägt, und dass auch die Menschen, die uns beigebracht haben, zu lieben und gleichermaßen glücklich und unglücklich zu sein, solche Fingerabdrücke auf unserem Inneren hinterlassen haben. Jene Menschen, die uns erklären, wie man Gefühle auseinanderhält und auch jenen gewissen Zwischenbereich erkennt, der uns leiden lässt, aber auch anders macht. Besonders und anders.

Das bestätigte ihr auch Takeshi an jenem Abend und in all den Jahren, die noch kommen würden:

»Je weiter ich gehe, desto mehr bin ich davon überzeugt«, sagte er, »dass wir alle an den Moment unseres allerersten Wortes gebunden sind.«

*Yuis Worte beim ersten Mal am Telefon des Windes*

Hallo?

Ich bin's, Yui.

Mama, ich bin's, Yui.

*Yuis Worte beim zweiten Mal am Telefon des Windes*

Hallo?

Sachiko?

Ich bin's, Mama.

# Dank

Dieses Buch verdankt seinen Ursprung jenem wundervollen Ort, dem Telefon des Windes, und Herrn Sasaki Itaru, der ihn erschaffen und so großzügig mit jedem geteilt hat, der ihn brauchte und bis heute braucht. Die Figur des Wächters in diesem Roman ist ihm ebenso frei nachempfunden, wie die Darstellung von Bell Gardia unvermeidlicherweise einer ganz persönlichen Wahrnehmung entspringt. Ich hege den Verdacht, dass dieser Ort, gerade wegen seiner inneren Spiritualität, von jedem, der ihn besucht, anders wahrgenommen wird.

Allerdings entschied ich mich dafür, den Namen des Gartens beizubehalten, um dem unermüdlichen Engagement und dem großen Herzen des Ehepaars Sasaki ein Denkmal zu setzen und meinen Teil dazu beizutragen, dass sich Bell Gardia als eine der intensivsten Stätten der Resilienz auf der Welt ins kollektive Gedächtnis einprägt.

All die Menschen, ob allein trauernd oder als Familie, die Bell Gardia im Laufe der Jahren besucht haben, formten diesen magischen, von Spiritualität durchdrungenen Ort und machen ihn damit zu dem, was er heute ist. Auch ihnen gebührt deshalb meine Dankbarkeit.

Dieser Roman verdankt in der Form, die er schließlich angenommen hat, sehr viel meinen geliebten Freundinnen Cristina Banella und Laura Sammartino. Laura, danke für den Titel! Danke auch an die unermüdliche Maria Cristina Guerra, die immer an meiner Seite war und vom allerersten Moment an an dieses Buch geglaubt hat, sowie Francesca Lang, deren unerschütterliches Vertrauen mich jedes Mal von Neuem rührt. Ein besonderer Dank geht an Laura Buonocore, die es bis ins tiefste Innerste verstanden hat, und an Pina, die es mit so viel Zärtlichkeit überhäuft hat. Und auch dir, Diego, danke ich von Herzen.

Das Alphabet der Zuneigung beginnt mit meiner Familie. Ganz und gar, von den Wurzeln bis zur Spitze. Und ein besonderer Gedanke gilt Mario di Giulia. Der leuchtenden Erinnerung an Franca. Und der Liebe, die, wenn sie so intensiv ist, für immer bleiben wird.

Ohne die Unterstützung meiner geliebten Schwiegereltern, Yoko und Yosuke Imai, hätte ich nie die Zeit gefunden, diesen Roman zu schreiben. Mein Dank an euch ist unermesslich.

Danke an Ikegami Sakura, Matsubara Ayumi und an Fukawa Kyōko, für die Atmosphäre eines ebenso gemeinsamen wie privaten Ortes, an dem ich unzählige Stunden an diesem Roman schreiben konnte. Aus dem gleichen fundamentalen Grund danke ich aufrichtig auch Kawase Reiko, Miura Yuki, Saitō Momoko und Shimamoto Terumi. Ein besonderer Dank geht an Sasakawa Nanoka für die wertvollen Dokumente über den Tsunami, der im Jahre 2011 über ihre Gemeinde hereinbrach, und die sie mir zur Verfügung gestellt hat.

Es ist selten genug, dass man den Menschen dafür danken kann, die dazu beigetragen haben, ein Buch über Landesgrenzen hinweg bekanntzumachen, doch *Die Telefonzelle am Ende der Welt* weckte bereits Monate vor seinem Erscheinen großes internationales Interesse. Deshalb möchte ich Luisa Rovetta und der gesamten fantastischen Belegschaft von Grandi & Associati meinen tiefen Dank aussprechen. Danke auch an Cristina De Stefano, Viktoria von Schirach, Caterina Zaccaroni, Tomaso Bianciardi und viele andere, die dieses Buch in die Hand genommen und in die Welt hinausgetragen haben.


Nach dem Unglück von Tōhoku hat sich die Welt ganz auf die Reaktorkatastrophe von Fukushima und ihre Auswirkungen auf Politik und Umwelt konzentriert.

Dieses Buch nimmt darauf bewusst keinen Bezug und ist stattdessen den Opfern des Tsunami vom 11. März 2011 gewidmet.

# Eine wichtige Bemerkung

Das Telefon des Windes ist keine touristische Attraktion.

Sucht es nicht auf der Karte. Und begebt euch nicht zum Kujirayama, es sei denn, ihr habt vor, tatsächlich den Hörer jenes schweren Telefonapparats abzunehmen und mit jemandem zu sprechen, den ihr verloren habt.

Tragt keine Kamera bei euch, lasst das Handy in der Tasche und haltet stattdessen euer Herz bereit. Streichelt es, wenn ihr den Gartenweg entlanggeht, der zur Telefonzelle führt, und sprecht ihm Mut zu. Es wird sich öffnen.

Es gibt Orte auf der Welt, die weiterexistieren müssen, unabhängig von uns Individuen und unserer Erfahrung. So wie der Regenwald des Amazonas, die Tempel von Selinunt oder die Steinskulpturen der Osterinsel, die bleiben werden, ob wir es nun eines Tages schaffen, sie zu besuchen, oder auch nicht. Einer dieser Orte ist das Telefon des Windes.

Ich selbst habe mich dagegen gesträubt, dorthin zu gehen. Jahrelang habe ich mich gerechtfertigt und immer neue Gründe gefunden, sei es die Arbeit, die große Entfernung von Tokio, die Schwierigkeit, jene Region zu erreichen, die so schwer von der Katastrophe des Jahres 2011 betroffen war, und dann kamen auch noch Schwangerschaften und Stillzeiten dazwischen. Die Wahrheit ist, dass ich fürchtete, jemandem, der es nötiger hatte als ich, Zeit und Verfügbarkeit zu nehmen, ihn zu berauben.

Doch wie auch immer: Während ich dieses Buch schrieb, begriff ich, wie wichtig es ist, von der Hoffnung zu erzählen, so wie es die Aufgabe von Literatur ist, sowohl neue Lebensweisen aufzuzeigen als auch die Dimensionen des Diesseits und des Jenseits miteinander zu verknüpfen.

Das ist das Telefon des Windes in erster Linie für mich: eine Metapher dafür, wie kostbar es ist, die Freude ebenso anzunehmen wie den Schmerz. Und dass einem im Leben noch so viel genommen werden kann – ebenso wichtig ist es, sich dem zu öffnen, was es einem geben kann.


Sasaki Itaru führt zusammen mit seiner Frau ganz allein den Garten von Bell Gardia. Wer die Existenz dieses wundersamen Ortes und der wohltätigen Stiftung, die sich dem Erhalt des Windtelefons verschrieben hat, unterstützen will – Letztere organisiert Jahr für Jahr zahlreiche Aktivitäten und Events, um der Einrichtung und den Menschen, die dort leben, zu helfen –, konsultiere die offizielle Website http://bell-gardia.jp/about_en. Dort finden sich alle Möglichkeiten, diese Einrichtung zu unterstützen.

# Glossar

*Akanbe! Bero bero be!* あっかんべー！ベロベロベー！: *Akanbe* beschreibt die Geste, bei der man das Unterlid mit dem Finger herunterzieht und gleichzeitig die Zunge herausstreckt. Die Lautmalerei *bero bero* bedeutet das Wackeln mit der Zunge.

*Anpanman* アンパンマン: Japanische Comicfigur, besonders beliebt bei Kleinkindern; ein Superheld, dessen Kopf ein mit Bohnenpaste gefülltes Brötchen ist.

*Azuki* 小豆: Rötlich-braune Bohnenart. Grundzutat der japanischen Patisserie, aus der man auch die rote Bohnenpaste *an* herstellt.

*Bento* 弁当: Eine Art Lunchpaket in einer Box, wie es von japanischen Hausfrauen gern für ihre Ehemänner und Kinder zubereitet wird.

*Boshi techō* 母子手帳: Abkürzung des Begriffs *boshi kenkou techou*. Kleines Handbuch für Mütter, in das die verschiedenen Phasen der Schwangerschaft, die Entwicklung des Neugeborenen, Impfungen etc. eingetragen werden.

*Butsudan* 仏壇: Hausaltar des buddhistischen Glaubens, gewöhnlich eine Art Schränkchen oder Tisch, wie er in vielen japanischen Haushalten zu finden ist und an dem die Ahnen einer Familie verehrt werden.

*-chan* 〜ちゃん: Suffix, mit dem man im Japanischen liebevoll weibliche und männliche Wesen, Babys, Kinder oder Enkel anspricht.

*Chirashi-zushi* ちらし寿司: Eine Schüssel Sushireis, auf der verschiedene Zutaten wie Gemüse, Fisch, Mollusken, Pfannkuchenstreifen und getrockneter Seetang angerichtet werden. Inbesondere wird sie traditionell zum *Hina-matsuri,* dem Fest der kleinen Mädchen, gereicht, das am 3. März gefeiert wird.

*Chōchin* 提灯: Laternen, die traditionell aus einem mit Reispapier bespannten Bambusrahmen gefertigt und von Hand bemalt werden.

*Dango-mushi* 団子虫: Eine Art Assel mit dem lateinischen Namen *Armadillidium vulgare.* Sie lebt in feuchter Umgebung und rollt sich bei Gefahr zu einer Kugel zusammen.

*Dorayaki* どら焼き: Pfannkuchen, mit Bohnenpaste gefüllt.

*Edamame* 枝豆: Unreif geerntete Sojabohnen, die gesalzen als Snack verzehrt werden.

*Ema* 絵馬: Kleine, geschmückte Votivtafeln aus Holz, die in Schreinen verkauft, mit einem Gebet oder dem Dank für einen Wunsch, der in Erfüllung gegangen ist, beschriftet und dann im Schrein aufgehängt werden.

*Family Mart* ファミリーマート: Eine der großen ausländischen Supermarktketten in Japan.

*Furikake* ふりかけ: Eine Art Gewürzmischung für Reis, aus getrocknetem Fisch, Seetang, Sesam und Salz hergestellt, die es in kleinen Tüten oder Gläsern zu kaufen gibt.

*Fūsen-kazura* 風船葛: Ballonrebe (*cardiospermum halicacabum*); ein Seifenbaumgewächs mit glockenförmigen Früchten.

*Fusuma* 襖: Rechteckige, mit Papier bespannte Schiebetüren, die in traditionell eingerichteten japanischen Behausungen zur Abtrennung von Wohnbereichen dienen.

*Geta* 下駄: Zehensandalen aus Holz mit einem Zehensteg aus Stoff. Werden überwiegend zum *yukata* getragen.

*Gomennasai* ごめんなさい: Japanisch für »Tut mir leid« oder »Entschuldigung«.

*Higan-bana* 彼岸花: Rote Spinnenlilie *(lycoris radiata),* auch Totenblume genannt.

*Hiragana* 平仮名: Schriftzeichen, die zusammen mit dem *Kanji* und dem *Katagana* das japanische Schriftsystem bilden.

*Hina-matsuri* ひな祭り: Wörtlich »Puppentag« oder »Mädchentag«. Ein Fest, das am 3. März gefeiert wird und bei dem eine Reihe von Puppen in den Gewändern der kaiserlichen Familie auf einem Stufenpodest präsentiert werden.

*Hōjicha* ほうじ茶: Gerösteter japanischer Grüntee.

*Itadakimasu* いただきます: Japanisch für »Guten Appetit!« Dazu legt man die Hände aneinander und neigt leicht den Kopf.

*Itterasshai* 行ってらっしゃい: Wörtlich »Bitte geh und komm zurück.« Abschiedsgruß an jemanden, der bald zurückkehrt. Wer geht, antwortet gewöhnlich darauf mit *ittekimasu,* wörtlich »Ich gehe, bin aber bald wieder zurück.«

*Jan ken* ジャンケン: Die japanische Variante von »Schere,

Stein, Papier«, mit der in Japan, von Erwachsenen wie auch von Kindern, Dispute jeglicher Art geklärt werden.

*Juku* 塾: Private Nachhilfe.

*Kanji* 漢字: Schriftzeichen chinesischen Ursprungs, die zusammen mit dem *Hiragana* und dem *Katagana* das japanische Schriftsystem bilden.

*Kan kan* カンカン: Lautmalerisch für das Bimmeln einer Glocke am Bahnübergang oder das Hantieren mit Metall.

*Katakana* カタカナ: Siehe *Hiragana* und *Kanji*. Wird vor allem für ausländische Lehnwörter oder Lautmalerei benutzt.

*Kaze no denwa* 風の電話: Das Telefon des Windes.

*Kazoku* 家族: Familie.

*Kendō* 剣道: Japanische Kampfkunst, die Holzschwerter benutzt.

*Kimono* 着物: Traditionelles japanisches Kleidungsstück, das gleichermaßen von Frauen wie von Männern getragen wird, heutzutage jedoch meist nur noch bei formellen Gelegenheiten wie Hochzeiten und Beerdigungen.

*Kombini* コンビニ: Kleiner Laden für den täglichen Bedarf, der rund um die Uhr geöffnet ist.

*Koshihikari* こしひかり: In Japan eine beliebte Reissorte.

*Kujirayama* 鯨山: Der Berg des Wales

*-kun* 〜くん: Informelles Suffix, angehängt an Jungennamen oder als Ansprache zwischen erwachsenen männlichen Freunden.

*Lawson* ローソン: Eine der drei großen ausländischen Supermarktketten in Japan.

*Line* ライン: Japans beliebtester Instant-Messaging-Dienst.

*Manju* 饅頭: Eine Art japanische Dampfnudel, oft mit Bohnenpaste gefüllt.

*Melon pan* メロンパン: Ein süßes Brot mit knuspriger Kruste, das in Japan sehr beliebt ist.

*Miko* 巫女: Junge Mitarbeiterin eines Shintō-Tempels.

*Mochi* もち: Reispaste, die in Dampf gegart und so lange gestampft wird, bis sie elastisch ist. Beilage und Grundzutat vieler Gerichte der japanischen Küche und traditioneller Süßspeisen.

*Momiji* 紅葉: Japanischer Ahorn, dessen Blätter sich im Herbst tiefrot verfärben.

*Mōshiwakearimasen deshita* 申し訳ありませんでした: Formel, mit der man in Japan um Verzeihung bittet.

*Nagatsuki* 長月: Wörtlich »Monat der langen Nächte«. Eine der altertümlichen Bezeichnungen des Monats September nach dem alten Mondkalender.

*Namazu* なまず: Fabelwesen in Gestalt eines Welses, dem man nachsagt, es verursache Erdbeben.

*NHK*: Abkürzung für Nippon Hōsō Kyōkai, Japans größte Rundfunkgesellschaft.

*Nyan nyan* ニャンニャン: Lautmalerei. Entspricht dem deutschen »Miau Miau«.

*Obi* 帯: Schärpe aus festem Stoff, die zum Kimono gehört und um die Taille gebunden wird.

*O-bon* お盆: Sommerliches Fest, bei dem nach buddhistischer Überlieferung der Verstorbenen gedacht wird.

*O-hagi* お萩: Traditioneller Kuchen aus Klebreis, der mit einer Schicht aus gezuckerten Bohnen bedeckt ist.

*Ohayō-gozaimasu* おはようございます: Gruß am bzw. für den Morgen oder eine Begegnung zu Beginn des Tages, informell zu *ohayō* abgekürzt.

*Okaerinasai* お帰りなさい: Formel, mit der man jemanden begrüßt, der dorthin zurückkehrt, wo der Sprecher sich befindet. Gewöhnlich wird der Gruß von dem Neuankömmling mit *tadaima* erwidert.

*Okonomiyaki* お好み焼き: Ein belegter Pfannkuchen.

*Omiyage* お土産: Geschenk oder Souvenir, das man Kollegen, Freunden oder der Familie von einer Reise mitbringt.

*Onigiri* おにぎり: Reisbällchen aus weißem Reis, oft mit Nori-Blättern umwickelt und mit salzigem, süßem oder eingelegtem Fisch oder Gemüse gefüllt.

*Osechi ryōri* おせち料理: Typisches Neujahrsgericht in Japan. Es ist hausgemacht und wird in bunten gestapelten Boxen verpackt. Jedes Einzelgericht hat eine besondere Bedeutung und bringt zum Beispiel Glück oder symbolisiert ein langes Leben.

*Otōsan* お父さん: Vater.

*Otsukaresama-deshita* お疲れ様でした: Wörtlich »Du hast hart gearbeitet.« Grußformel, mit der man jemandem für eine erledigte Arbeit und am Ende eines Tages nach einer individuell oder gemeinsam vollbrachten Arbeit dankt.

*Pachinko* パチンコ: Eine Form des Glücksspiels mit kleinen Metallkugeln, die in Japan weit verbreitet ist.

*Rakugo* 落語: Erzählform, die auf komischen Dialogen basiert.

*-san* 〜さん: Respektvolles Suffix, das auf Personen jeden Geschlechts und Alters angewendet werden kann.

*Sanma* さんま: Pazifischer Makrelenhecht. In Japan ein beliebter Speisefisch, besonders im Herbst.

*Sembei* せんべい: Reiscracker von verschiedener Form, Größe und Geschmack. *Sembei* sind gewöhnlich salzig, doch es gibt auch süße Varianten.

*Shichi-go-san* 七五三: Fest, das in Shintō-Schreinen am 15. November gefeiert wird, um das Heranwachsen von Jungen im Alter von drei und fünf Jahren und von Mädchen im Alter von drei und sieben Jahren zu feiern.

Shinkansen 新幹線: Schnellzüge, die in fast ganz Japan verkehren.

*Shio* 塩: Japanisch für Salz.

*Sukiyaki* すき焼き: Gericht aus hauchdünn geschnittenem Rindfleisch, Tofu, Lauch und verschiedenen Gemüsen, das am Tisch in Sojasauce geschmort und direkt verzehrt wird.

*Sumimasen* すみません: »Entschuldigen Sie!«

*Tanuki* 狸: Japanischer Marderhund. Tonfiguren, die als Glücksbringer vor vielen japanischen Restaurants, Geschäften und Bars stehen.

*Tatami* 畳: Strohmatte, die in traditionell eingerichteten japanischen Häusern als Unterlage dient.

*Tōdai* 東大: Kurzname der berühmten Universität von Tokio.

*Torii* 鳥居: Großes Portal am Eingang von Shintō-Schreinen.

*Ukiyo-e* 浮世絵: Ein japanisches Kunstgenre aus dem 17.

bis 19. Jahrhundert, das berühmt für seine Holzschnitte war. Viele der Bilder wurden zu Ikonen.

*Urusai* うるさい: Japanisch für: »Ruhe! Sei still!«

*Yukata* 浴衣: Eine leichtere und lässigere Version des Kimonos aus Baumwolle, traditionell getragen als Morgenmantel; heutzutage auch beliebtes Kleidungsstück bei sommerlichen Festen und Veranstaltungen wie etwa Feuerwerken.

*Yukue fumei* 行方不明: Wörtlich »Verbleib unbekannt«. Wird z. B. nach Naturkatastrophen für Vermisste verwendet, deren sterbliche Überreste niemals gefunden wurden.

*Zabuton* 座布団: Wörtlich »Sitzkissen«; wird im Kontext als Meditationskissen benutzt.

Die italienische Ausgabe erschien 2020 unter dem Titel
»Quel che affidiamo al vento« bei Piemme, Mailand.

Dieses Buch ist auch als E-Book erhältlich.

Penguin Random House Verlagsgruppe FSC® N001967

1. Auflage
Copyright © 2020 by Mondadori Libri S.p.A., Milano
Copyright © der deutschsprachigen Ausgabe 2021 by btb Verlag
in der Penguin Random House Verlagsgruppe GmbH,
Neumarkter Straße 28, 81673 München
This edition published in agreement with Grandi & Associati
Umschlaggestaltung: semper smile, München
nach einem Entwurf und einer Illustration von Alexandra Allden
unter Verwendung einer Abbildung von © Shutterstock.com
Satz: Uhl + Massopust, Aalen
Druck und Einband: Friedrich Pustet, Regensburg
Printed in Germany
ISBN 978-3-442-75896-8

www.btb-verlag.de
www.facebook.com/btbverlag